Sinner's Promise

Dark New Adult

Sophie L. Gellar

Covergestaltung: NH-Buchdesign
Buchsatz: Larissa Müller
Korrektorat: Korrektoratia
Innengestaltung & Kapitelzierden: Canva
ISBN: 9798833053607
Verlag: Independently published

Impressum:
Larissa Müller
Elsa-Brändström-Straße 26
13189 Berlin

Für alle, denen gelegentlich der Glauben an sich selbst fehlt.
Für alle, die gelegentlich zweifeln.
Ihr seid okay, ihr seid perfekt und niemals allein.

HINWEIS

Noch hast du die Möglichkeit, das Buch zuzuschlagen.
Oder bringst du den Mut auf, dich hineinzustürzen?
Dann solltest du dir bewusst sein, dass auf den folgenden Seiten nichteinvernehmlicher Sex und Handlungen stattfinden, die nicht moralisch vertretbar sind. Ganz abgesehen von den Figuren, die sowieso ständig tun, was sie wollen. Egal, ob es Konsequenzen mit sich zieht oder sie dem Tod gefährlich nahe kommen.
Das schreckt dich nicht ab?
Umso besser. Jetzt ist es deine Entscheidung, wie es weitergeht.

PLAYLIST

Can You Feel My Heart – Bring Me The Horizon
Therefore I Am – Billie Eilish
Freaking Me Out – Ava Max
Dear Maria, Count Me In – All Time Low
Drivers Licence – Olivia Rodrigo
forget me too – Machine Gun Kelly feat. Halsey
Dancing With The Devil – Demi Lovato
all the good girls go to hell – Billie Eilish
Teardrops – Bring Me The Horizon
Parents – Yungblud
you broke me first – Tate McRae
god save me, but don't drown me out – Yungblud
Annoying – MOD SUN
Downfalls High – Machine Gun Kelly
fleabag – Yungblud
I'm With You (Live from The Yungblud Show) –
Yungblud & Avril Lavigne

PROLOG

Oder Warnung. Nenn es, wie du willst.

Ich saß auf der Veranda-Treppe, als der Chevrolet in genau dem Augenblick in die Straße einbog, in dem ich aufsah. Unter Tausenden, gar Millionen Autos würde ich es wiedererkennen. Der Motor heulte laut auf, als wollte er signalisieren, dass er wieder da war. Als würde das nicht in Windeseile die Runde machen: Gabriel Skalbeck, der verloren geglaubte Sohn, war zurück. Es war nur eine Frage der Zeit gewesen, bis er in Prattsville auftauchen und das verträumte Städtchen im Südwesten Englands aus seinem Dornröschenschlaf reißen würde. Insgeheim waren die Bewohner von Prattsville darüber erleichtert gewesen, als bekannt wurde, dass er sich auf und davon gemacht hatte. Niemand wollte wissen, was genau der Grund dafür war, denn wenn es um Gabriel Skalbeck ging, konnte es nichts Gutes bedeuten. Es war der Sommer nach unserem

Schulabschluss gewesen, da fuhr er mit seinem Chevrolet durch die Straßen und war weg. Und seitdem waren verfluchte zwei Jahre vergangen. Zwei Jahre, in denen ich die meiste Zeit insgeheim darauf gehofft hatte, dass er zurückkehrte – und ich würde einen Teufel tun, es zuzugeben, nicht einmal vor meinem eigenen Spiegelbild.

»Sei froh, dass er weg ist, Jordan«, hatte Mum gesagt und dabei das Geschirr viel zu heftig mit dem Waschlappen geschrubbt, »dieser Junge hat immer nur Ärger gemacht. Endlich kann die Stadt mal aufatmen.«

Sie hatte stets angenommen, Gab sei nie gut genug für mich gewesen. Und es stimmte, es war nichts als die Wahrheit. Gab war nie gut genug gewesen, er war gerade so böse genug für mich gewesen. Er war kein guter Mensch, niemand, der anderen sonderlich viel Beachtung oder gar Verständnis schenkte. Ich glaubte, dass er so was nicht einmal besaß. Aber vielleicht hatte er mir deshalb seine Aufmerksamkeit gegeben: weil ich nie annahm, dass er etwas zurückgab oder ich ihn zu einem besseren Menschen machen würde. Bei Gott, eher würde ich mir die Kehle aufschlitzen, bevor ich versuchte Gab zu ändern. Er war so, schon immer, und nichts und niemand würde ihn ändern.

Also saß ich auf den Treppenstufen unseres Hauses und beobachtete, wie der Chevrolet die Straße passierte und für eine Millisekunde vor mir stehen blieb. Gerade so lange, dass ich die Konturen seines Gesichts, aber nicht dessen Ausdruck erkennen konnte. Dann fuhr er weiter und ich saß nach wie vor da, und ich wusste: Alles würde sich ändern. Auch wenn Gab vieles grundlos tat, er kam nicht grundlos in seine Heimat zurück. In die Stadt, die er so hasste und zugleich liebte. Zu seinen Eltern, die ihn und seine Eskapaden ausgehalten hatten, die ihn trotz seiner schlechten Seele liebten. Ich konnte es ihnen nicht verübeln. Denn es gab eine Zeit, in der auch ich Gabriel Skalbeck geliebt hatte, und obwohl er es nie gesagt hatte, wusste ich, dass auch er mich geliebt hatte. Dafür brauchte es nicht die verfluchten drei Worte oder das erste Mal, das uns auf wundersame Weise miteinander verband. Nein, es brauchte nichts von all dem kitschigen Zeug, was einem in Hollywoodstreifen immer weisgemacht wurde. Keine Liebesgeständnisse, kein Händchenhalten. Ich brauchte das nicht, um zu wissen, dass er mich liebte, denn ich sah es jedes Mal, wenn er mir einen Blick in seine Seele gewährte. Und das kam so selten vor, dass ich mich immerzu daran ergötzte. Ich sog jedes bisschen davon auf, jedes seiner stillschweigenden Zugeständnisse, wenn er mir in die Augen sah und kurz darauf seine Lippen auf meine legte.

Gabriel Skalbeck war meine Sünde. Und ich war der Funken, der sein inneres Feuer zum Entfachen brachte.

Jeder wusste es und selbst zwei Jahre nach seinem Verschwinden warfen die Leute mir Blicke zu, flüsterten sich untereinander etwas zu, weil sie nicht fassen konnten, dass ich mich mit ihm abgab. Dass ich mit ihm rumhing, ihn küsste, wenn alle hinschauten, und dass meine Eltern es zuließen. Aber was sollten sie schon tun? Mir den Umgang mit ihm verbieten? Nein, daran dachten sie nicht im Entferntesten, denn auch sie wussten genau, dass ich es nicht akzeptieren würde. Ob sie bereits ahnten, wie fortgeschritten unsere Sucht nach dem anderen war? Ob sie womöglich sogar nachvollziehen konnten, wie es war, süchtig nach etwas oder jemandem zu sein? Nach dem Rausch, der einem durch die Gliedmaßen fuhr, wenn die Sünde zum Greifen nah war?

Allerdings war ich nicht Gabs einzige Sucht. Er war süchtig nach Provokation, nach dem Bösen und danach, zu spüren, wie das Adrenalin durch seinen Körper schoss. Er brauchte es, denn ohne war er unberechenbar. Auch sonst war sein Verhalten unvorhersehbar.

Warum ich so viel über ihn wusste? Warum ich Freude empfand, als er mit dem Wagen durch die Straße fuhr? Weil ich nicht anders war. Das Leben in einem britischen Vorort war eintönig und ich tat alles, um der Langeweile zu trotzen. Selbst wenn das bedeutete keinen guten Ruf mehr zu haben.

Hätte Gabriel eine Ahnung, was ich in all der Zeit getan hatte, wäre er stolz auf mich. Und wütend, unheimlich wütend.

Mein Name war Jordan Cunningham und das hier ist eine Lovestory. Eine richtig abgefuckte Liebesgeschichte über ein lebensmüdes Mädchen und einen Typen, vor dem ich meine eigene Tochter beschützen würde. Aber was sollte ich sagen? Es war zu spät – davonzulaufen, sich nicht drauf einzulassen, denn es hatte schon längst begonnen. Vor sechzehn Jahren, als meine Eltern in das hübsche Reihenhaus in der Willesley Street gezogen waren und ich den damals noch süßen Jungen kennenlernte. Hätten sie gewusst, was für ein gewissenloses Arschloch Gabriel war, wären sie sicher schnurstracks weggezogen. Doch niemand hatte ahnen können, wie sich das mit uns entwickeln würde – und selbst wenn, wäre ich davor geflüchtet? Vermutlich nicht, gute Entscheidungen waren noch nie mein Steckenpferd gewesen und fürs Bereuen war das Leben sowieso zu kurz, oder?

Also, sei gewarnt: Gabriel Skalbeck war ein Dreckskerl und wenn ich mich schon nicht von ihm fernhalten konnte, dann solltest du das tun.

Ansonsten: Tja, Pech gehabt, jetzt ist es zu spät. Entweder bist du ganz schön wagemutig oder eine absolute Närrin. Dann willkommen im Zirkus, Schätzchen, und beklag dich nicht. Ich hab dich gewarnt.

PS: Weiterblättern auf eigene Gefahr.

KAPITEL 1

Gabriel

Kaum bog ich den Wagen in die Straße, sichtete ich sie. In ein schwarzes Kleid gehüllt und die Knie angezogen, saß sie auf der Veranda-Treppe und hatte eine Zigarette zwischen den Fingern. Ein Grinsen huschte über mein Gesicht. Sie war noch immer dieselbe Rebellin wie vor zwei Jahren. Cheston hatte also nicht gelogen, als er mir mitteilte, dass sie sich nicht geändert hatte. Ob es gut oder schlecht war? Ich war mir nicht sicher, und ebenso wusste ich nicht, ob es an dem Einfluss lag, den ich auf sie gehabt hatte. Nicht, dass Jordan jemals ein braves Mädchen gewesen war – oh, nein, sie wusste nur sich zu verhalten und wann sie ihren inneren Teufel zurückhalten und den Engel ausspielen musste. Auch wenn ich es niemals zugeben würde, genau das war es, was mich seit Kindheitstagen an ihr gereizt hatte: die liebe, brave Art, die sie über Bord warf, sobald es ihr gegen den Strich ging. Es geschah von jetzt auf gleich, von einer auf die andere Sekunde und obwohl mich ihre Launenhaftigkeit ankotzte, konnte ich genau deshalb nicht meine Finger von ihr lassen. Damals nicht wie heute. Daran hatte sich nie etwas geändert.

Aber für alle war nur ich der Böse. Der böse Junge aus der Willesley Street, der ausschließlich Böses tat und dem selbst ein Exorzismus nicht mehr helfen konnte. Der sich nicht um Regeln und Gesetze scherte oder auf Anstand und Gewissen achtete. Doch das stimmte nicht: Ich hatte meine eigenen Regeln und Gesetze und es war mir schlichtweg egal, was andere davon hielten. Wobei die meisten ohnehin eines von mir hielten: Abstand. Und das war auch gut so.

Die Leute tratschten und die Gerüchte, die sich um mich rankten, waren lächerlich. Sie taten fast so, als sei ich ein Serienmörder oder Kinderschänder, dabei spielte ich einfach gern Streiche. Ich liebte es, den Leuten Angst zu machen, bis ihnen das Blut in den Adern gefror und sie sich nicht einmal mehr trauten mir in die Augen zu sehen. Aber eines liebte ich noch mehr und ich wagte nicht es auszusprechen. Die Furcht davor und vor dem, was geschah, wenn ich es aussprach, würde sonst real werden.

Als ich am Ende der Straße an dem backsteinernen Reihenhaus angekommen war und den Wagen in die Parklücke lenkte, verharrte ich einen Moment. Der Motor heulte ein letztes Mal auf, ehe ich den Schlüssel zog. Vor zwei Jahren hatte ich diesen Scheißort verlassen, weil – ja, weshalb? Es gab nicht diesen einen Grund, der mich dazu bewogen hatte, es war eine ganze Reihe von Gründen. Die Langeweile, die ewige Beständigkeit und der mich anwidernde gleiche Trott. Tag für Tag, Nacht für Nacht. Es erdrückte mich, erschlug mich, bis ich glaubte keine Luft mehr zu bekommen. Da draußen warteten Tausende, gar Millionen Abenteuer und ich saß in dieser gottverdammten Stadt fest. Das war nicht meine Zukunft, nicht hier, nicht jetzt und vielleicht niemals. Also fuhr ich durch die Gegend, rastlos und stets auf der Suche nach einem neuen Abenteuer. Doch irgendwann gaben die Gedanken keine Ruhe mehr, sie suchten mich immer öfter und immer länger heim, bis ich ihnen nachgab. Ich. Gab. Ihnen. Nach. Fuck. Ich hasste es, Schwäche zu zeigen, und viel mehr, sie zu fühlen.

Nun war ich wieder hier, vielleicht für eine Weile oder lediglich für eine Woche. Ich war kein Mensch, der plante, ich ließ alles auf mich zukommen. Nur eines ließ ich nicht auf mich zukommen, das plante ich bis ins kleinste Detail. Schon vor Monaten hatte ich damit begonnen und seitdem ahnte ich, dass es lediglich eine Frage der Zeit war, bis ich zurückkehrte. Mein Blick glitt zum Reihenhaus am Anfang der Straße und obwohl ich mir im Klaren darüber war, dass sie mich vermutlich nicht sehen konnte, spürte ich ihren Blick. Sie wusste, dass ich da war, hatte mich gesehen und ich war froh, dass sie mein Gesicht nicht erkannt hatte. Denn dann hätte sie den Anschein eines Lächelns wahrgenommen und ich wollte nicht, dass sie sich weiter darin verlor. Und in mir. Und in dem, was wir hatten. Zwei Jahre machten viel mit einem Menschen. Und doch änderte es manchmal nichts.

Ich stieg aus dem Wagen und zog, während ich zur Haustür schlenderte, mein Smartphone aus der Hosentasche. *Später im Rixxon? Du wirst bereits erwartet*, hatte Ches mir vor einer Weile geschrieben, als ich mich auf der M1 nach Devon befand. Das Rixxon, auch Rix genannt, war kein gewöhnlicher Club oder eine Bar, sondern eine Flüsterkneipe. Es war ein Paradies für, nun ja, Verbotenes und all diejenigen, die darauf standen. Drogen, jede Menge Alkohol, Frauen und Sex. Sex abseits der Norm. Sex, bei dem Blutergüsse und bleibende Spuren gang und gäbe, sogar erwünscht waren. Auch Geldwäsche und vereinzelte Verkäufe von Waffen sollten dort stattgefunden haben, das interessierte mich jedoch herzlich wenig. Das Rix war der einzige Grund, weshalb ich es so lange in Prattsville ausgehalten hatte. Nicht, dass es nicht auch im restlichen Land Flüsterkneipen gab, die existierten es zu genüge, aber ich war sozusagen im Rix aufgewachsen. Schon als Sechszehnjähriger war ich dort ein- und ausgegangen, was meinen Hang zum Verbotenen und Verrufenen vermutlich verstärkt hatte.

Ein letztes Mal atmete ich geräuschvoll aus, dann drückte ich auf den Klingelknopf. Der Vorgarten meiner Eltern sah wie immer gepflegt aus und jede einzelne Pflanze blühte. Das perfekte Vorstadthäuschen, der perfekte Vorgarten mit einer fast perfekten Familie – wäre da nicht ich. Haha.

Die Tür wurde geöffnet und vor mir stand Mum. Sie trug ein cremeweißes Kleid, darüber ein Strickjäckchen und die Haare zu einer Steckfrisur drapiert.

»Gab«, sagte sie verblüfft und schloss mich direkt in eine Umarmung, die mich überrumpelte. Meine Mutter war ein Mensch, der es liebte, andere zu umarmen, ihnen in die Wangen zu kneifen oder durch die Haare zu streichen. Es nervte.

»Hey, Mum.«

»Komm rein, los, los.«

Ich trat in das Haus ein und alles war wie immer, wie vor zwei Jahren. Alles hatte seinen Platz, war blitzblank gesäubert und glänzte. Ja, eine fast perfekte Familie. Bestimmt hatte Mum sich immer ein Töchterchen gewünscht, dem sie die Haare frisieren und das sie einkleiden konnte. Tja, stattdessen hatte sie mich bekommen. Nicht, dass sie mich nicht liebte, das tat sie, sie hatte immer alles für mich getan, aber eine Tochter würde sie sicherlich ein wenig mehr lieben. Sie konnte ja nichts dafür, dass ich bereits meine Nanny in den Wahnsinn getrieben, in der Vorschule stets den Unterricht gestört und die Lehrkräfte mit meinen Streichen aufgebracht hatte. Es war doch lustig. Oder etwa nicht? Na gut, vermutlich war es das nur für mich gewesen, als ich den dusseligen Henry Armstrong an seiner Hose am Klettergerüst festgebunden und mit Hundekot beworfen hatte. Er hatte nicht mal geweint, sondern sich lediglich die Seele aus dem Leib gebrüllt. Schließlich hatte er sich selbst befreit, indem seine Hose nachgegeben hatte und er auf dem Asphalt landete. Dass er sich dabei nicht richtig aufgefangen und sich das Bein gebrochen hatte, dafür konnte ich nichts.

»Hättest du gesagt, dass du kommst …«, setzte Mum an und machte Anstalten, mir etwas zu trinken zu bringen, während ich es mir auf dem Sofa bequem machte.

»Was dann?«, erwiderte ich, nicht bemüht den spöttischen Unterton in meiner Stimme zu verbergen. »Sag nicht, du hättest nicht trotzdem jeden Tag mehrmals mein Zimmer geputzt und Staub gewischt, Mum, ich kenn dich. «

Sie lächelte beschämt, als sie mir ein Glas mit Limonade brachte und vor mir abstellte. Sie hatte einfach immer selbstgemachte Limo im Haus, und wenn nicht, stimmte etwas ganz und gar nicht. »Ich wusste ja nicht, wann mein Sohn gedenkt wieder heimzukommen. Ich kann doch unmöglich dein Zimmer versauern lassen. Du hast es sowieso wie einen … Schweinestall hinterlassen, Gab.«

Ihr kümmerlicher Versuch, mich zu tadeln, brachte mich zum Lachen. »Ich kenn dich, du kennst mich, Mum, was soll ich sagen?«

Sie zerzauste mir das Haar und schüttelte den Kopf, setzte sich jedoch neben mich. »Dein Vater ist noch im Rathaus, er wird spät nach Hause kommen.«

»Ich hatte eh vor Ches zu besuchen.«

»Er studiert jetzt auch an der Browningham, wusstest du das? Scheint so, als wolle er seinem Vater nacheifern.«

»Scheiße, echt?«

»Gabriel«, zischte sie.

Ich rollte mit den Augen. »Macht er jetzt einen auf Politikersohn, oder was?« Das hatte Ches mir verheimlicht, der Wichser, er dachte wohl, ich würde dann weniger von ihm halten. Okay, zugegeben, das tat ich, ein kleines bisschen. Als würde er ernsthaft die Rolle seines Vaters übernehmen und Politiker werden wollen. Ches war ein Dummkopf und hatte seine Zeit viel zu sehr mit Weibern und Gras verbracht, als dass er sich auf ein Studium konzentrieren konnte. Zumindest war es so vor zwei Jahren. Fuck, hatte sich doch mehr geändert, als ich angenommen hatte?

»Du solltest dir auch eine Zukunft aufbauen, Gab.«

Jetzt fing das wieder an. Ihr ewiges Gemeckere über meine Planlosigkeit war mit ein Grund, warum ich abgehauen war. Ich war jung und noch viel zu sehr gefangen. In mir. In meinen Träumen, die für andere Albträume waren. In Gedanken. Im Hier und Jetzt. Ich wollte nicht nächstes Jahr oder nächsten Monat planen und überhaupt war ich nicht dafür geschaffen, in die Fußstapfen meines Dads zu treten. Ich wäre ein ganz und gar grässlicher Bürgermeister.

»Danke fürs Gespräch, Mum, ich geh dann los.«

»Gab!«

Ich leerte die Limonade in einem Zug und schaute zu ihr auf.

»Kommst du wieder? Dein Vater würde sich bestimmt –«

»Ja, Mum, ich bin nur bei Ches. Ich werde zum Abendessen da sein.«

Sie nickte und ich wollte mir nicht eingestehen, dass die Tränen in ihren Augen für die Sorge standen, dass ich nicht zurückkäme. Dass es ihr tatsächlich etwas ausgemacht hatte, dass ich weg war. Deshalb wandte ich mich ab, verließ das Haus und zündete mir in meinem Wagen eine Zigarette an. Ich stieß den Rauch aus, startete den Chevrolet und fuhr los. Ob die Rauchschwaden auch meine Gedanken davontrugen?

KAPITEL 2

Vor vier Jahren

Es war eine laue Sommernacht. Der Sommer war dazu da zu feiern, zu lachen, Spaß zu haben. Und Gab und ich nutzten ihn und waren zum nahgelegenen Rohill Lake gefahren. Gab war siebzehn, hatte gerade den Führerschein gemacht und sich das Auto seines Dads, nun ja, mehr oder weniger ausgeliehen.

»Sex im Auto meiner Eltern, wie wär das, Jordan?«, fragte er, schlang den Arm um mich und hatte in der anderen Hand eine Zigarette.

»Igitt, Gab.« Ich wedelte den Rauch weg.

»Hab dich nicht so, Babygirl.«

Ich streckte ihm die Zunge heraus und ehe ich mich versah, hatte er mir seine in den Mund geschoben. Und wir verschmolzen in einem Kuss. Gott, ich wollte nicht wissen, wo oder vielmehr bei wem er so gut küssen gelernt hatte, aber er brachte mich jedes Mal um den Verstand.

Dann erhob er sich, nahm mich bei der Hand und rannte los. Ich versuchte nicht über meine eigenen Füße zu stolpern, als mir plötzlich bewusst wurde, was Gab vorhatte. Doch da war es schon zu spät. Das eiskalte Wasser des Sees peitschte um meine Beine und sogleich richteten sich meine Brustwarzen auf.

»Gabriel Skalbeck, du bist ein –«

»Ein was?« Er zog mich an sich heran, leckte sich über die Unterlippe und betrachtete ungeniert meine Nippel.

»Arsch«, flüsterte ich.

Er lachte. Seine Fingerspitzen strichen über den durchnässten Stoff und kniffen in meine erhärteten Nippel, woraufhin ich einen spitzen Schrei ausstieß. In der anderen Hand hielt er immer noch die angezündete Zigarette. Was zur Hölle? Er hatte mich absichtlich ins Wasser geschleift und dafür gesorgt, dass meine komplette Kleidung durchnässt war, während seine Zigarette weiterhin an war. Dieser Mistkerl!

Langsam öffnete er die Knöpfe meines Oberteils, seine Augen loderten. »Ausziehen, Babygirl.«

Ich wusste nicht wieso, doch ich gehorchte. Das Oberteil landete im Wasser. Sein Blick, dem ich mich nicht entziehen konnte, musterte mich auf sowohl unangenehme als auch erregende Art und Weise. Ich wollte verflucht noch mal, dass er etwas tat. Irgendwas! Aber hier zu stehen und von ihm angesehen zu werden, ohne dass er mich berührte, trieb mich in den Wahnsinn. Und er wusste es, genoss es.

Schließlich umfasste er mit beiden Händen meine Brüste und ich schloss die Augen. Nach wie vor fühlte sich die Berührung so unfassbar gut an. Vor Gab hatte ich ja keine Ahnung gehabt, wie gut. Zwar hatte ich mich bereits vor einigen Jahren selbst angefasst, das war allerdings nicht mit dem zu vergleichen.

Gabs Finger fuhren über meine Haut und ein Prickeln setzte ein, das meinen gesamten Körper ausfüllte. Zigarettenasche benetzte meine Haut und ich sog Luft ein.

»Was glaubst du, wie es sich anfühlt, wenn ich sie auf dir ausdrücke?«

Entsetzt starrte ich ihn an. Es würde schmerzen, sehr. »Tu es, Gab.«

Ein Grinsen stahl sich auf sein Gesicht. Ja, das gefiel ihm, mir Schmerzen zu bereiten und mich an die Grenze zu bringen.

»Was, traust du dich nicht?«, forderte ich ihn heraus.

»Ich wette, du hältst es nicht aus«, hielt er dagegen und weitere Asche berührte meine Haut.

Das war ein schwaches Argument, und das wusste er. »Du weißt ganz genau, dass ich hart im Nehmen bin.«

Mit mir konnte er über die Grenze und noch weiter hinaus gehen. Und er zeigte mir die Welt hinter der Grenze und ich lernte sie lieben. Es war wie Atmen.

Und dann drückte er die Zigarette auf meiner Haut aus, unterhalb meiner Brust. Und Schmerz durchfuhr mich, ließ mich schreien – und leben. Dann ließ Gab den Stummel ins Wasser fallen, riss mich an sich und küsste mich.

»Jordan Cunningham, du bist eine eiserne Schlampe«, flüsterte er mir ins Ohr und zauberte mir damit ein Lächeln ins Gesicht. Das waren Komplimente ganz nach meinem Geschmack.

»Und du bist ein ekelhafter Dreckskerl«, antwortete ich und spürte kurz darauf seine Erektion an meinem Bauch.

Ja, er hatte nicht gelogen, als er bei unserem ersten Kennenlernen sagte, er würde Spuren hinterlassen. In mir, und auf mir.

*

Ich schreckte hoch. Ich war tatsächlich auf der Veranda eingeschlafen, während ich auf Bex wartete. Ob ich mir das auch nur erträumt hatte? Dass er wieder da war? Oder war es ebenso eine bloße Erinnerung? Eine Erinnerung, die zum Traum wurde und nach der ich mich insgeheim sehnte. Mit den Fingerspitzen fuhr ich über die Narbe unterhalb meiner Brust. Sie erinnerte mich an jene Sommernacht und daran, wozu Gab fähig war. Aber vielmehr erinnerte es mich daran, wie ich war. Süchtig nach dem Schmerz, der mir das Blut in den Adern rauschen und das Herz bis zum Hals schlagen ließ. Allerdings war es schwer, mir genau die Dosis zu verabreichen, die mich in ein Delirium aus Erregung, Faszination und Tränen beförderte.

Wo blieb Bex nur? Sie verspätete sich schon um fünfzehn Minuten und ihre Schicht im Braveless fing in weniger als fünf Minuten an. Als Studentinnen waren wir auf unsere Nebenjobs angewiesen, wobei ich da weniger für mich als für meine beste Freundin sprechen konnte. Meine Eltern gehörten zwar nicht der Oberschicht an, aber sie konnten mir ein Studium finanzieren, ohne dass ich einen Kredit aufnehmen oder zwingend nebenbei arbeiten musste. Hier und da nahm ich einen Job an, allerdings war ich nur bedingt dafür geschaffen, Autoritätspersonen zu respektieren.

»So läuft das Leben nun mal, Jordan, früher oder später wirst du es merken«, meinte Mum immerzu.

Blablabla. Es ging mir am Arsch vorbei. Ohnehin hatte es mich gewundert, dass meine Eltern mir das Studium der Kunstgeschichte nicht versucht hatten auszureden. Sie beide arbeiteten in der Immobilienbranche, aber ich wollte niemandem Häuser andrehen und vor allem keine Bleistiftröcke wie Mum tragen. Ich wollte etwas Freies machen, etwas Unbändiges, etwas, das anders war. Und Kunst hatte mich jeher fasziniert. Für Kunst gab es nicht die eine Definition, kein falsch und richtig. Was Klausuren und Hausarbeiten anging, musste ich mich nicht großartig anstrengen, es ging mir leicht von der Hand.

Gerade in dem Moment, in dem ich mein Smartphone hervorzog, raste ein Auto an und hupte. Bex steckte ihre schwarze Haarpracht aus dem Fahrerfenster und winkte mir zu. Das hatte aber auch gedauert. Ich sprang auf, lief auf den klapprigen Honda zu, riss die Autotür auf und ließ mich auf den Sitz fallen.

»Hast du 'ne Ahnung, wie spät es ist?«, fragte ich.

Bex verdrehte die Augen und nestelte an ihrem Nasenring herum. »Ja-ha.«

»Nicht mal 'ne lahme Ausrede hast du parat.« Gut, eigentlich sollte es mir egal sein. Schließlich begleitete ich sie gelegentlich ins Braveless, weil ich nichts Besseres zu tun hatte.

Sie trat aufs Gaspedal und wendete, ohne auf den Gegenverkehr zu achten, den Wagen. Dann fuhren wir in Richtung Stadtmitte. »Reiß dich zusammen, Jordan«, sagte sie und betrachtete sich im Rückspiegel. Sie hatte mal wieder viel zu viel Make-up aufgelegt. Warum überhaupt stellte sie sich stundenlang vor den Spiegel? Ich zog mir mit Müh und Not einen Eyeliner-Strich.

»Klar, ist ja nur dein Job«, gab ich zurück.

Die Geschäfte von Prattsville, die lediglich mäßig besucht waren, zogen an uns vorbei und auf der Autobahn machte sich der Mittagsverkehr bemerkbar. Allerdings lenkte Bex den Wagen auf eine andere Straße. Ich runzelte die Stirn. Das war nicht der übliche Weg ins Braveless.

Bex seufzte. »Das ist meine letzte Schicht in der Bar«, offenbarte sie mir und biss sich auf die Lippe.

»Wie?«

»Ich hab ein Jobangebot bekommen. Ein gutes, Jordan, ein verdammt gutes. Ich konnte es nicht ausschlagen.«

Ich horchte auf. Das konnte nichts Erfreuliches bedeuten. Sie liebte ihren Job in der Bar und war wie gemacht dafür. Sie war aufgeschlossen, gewitzt und wusste, wie sie sich die lästigen Kerle vom Hals hielt. Die Hälfte der Miete für das mickrige Appartement, das sie mit ihrer Mum und ihrer jüngeren Schwester bewohnte, beglich sie nur mit Trinkgeld. Warum also sollte sie den Job für einen anderen aufgeben? Mehr Geld? Bessere Arbeitszeiten? Ich konnte es mir nicht vorstellen.

»Ich weiß, das kommt unerwartet, aber«, setzte sie fort, »meine Mum nagt auch am Hungertuch, Jordan. Nicht böse gemeint, das weißt du.«

Ja, das wusste ich, und trotzdem konnte ich es nicht verstehen. Zumindest bisher, womöglich verschwieg sie mir auch etwas. »Und du weißt, dass meine Eltern dir was leihen würden. Sie lieben dich wie eine zweite Tochter.«

Doch statt darauf einzugehen, rollte Bex ein weiteres Mal mit den Augen. Die Ampel vor uns sprang auf Rot und wir blieben stehen. Nervös trommelte Bex mit den Fingern auf dem Lenkrad herum. Leise Musik drang aus dem Radio.

»Bex«, zischte ich, weil sie es nur weiter hinauszögerte. Das ließ mich noch misstrauischer werden.

»Hass mich nicht.«

Kaum schaltete die Ampel auf Orange um, betätigte sie das Gaspedal und ich wurde in den Sitz gedrückt. Ihr Fahrstil war mörderisch.

»Sag. Es. Jetzt.«

»Okay«, sie blies die Backen auf, »ich hab ein Angebot vom Rix bekommen.«

Vom Rix, alles klar. Das konnte alles bedeuten. Denn im Rix zu arbeiten bot viele Möglichkeiten und mit den verboteneren, illegaleren ließ sich mehr Geld verdienen. Viel mehr. Ich hoffte, dass sie nicht einen dieser Jobs angenommen hatte.

»Das ist dein Scheißernst«, brachte ich hervor.

Bex warf mir ein gequältes Lächeln zu. »Ist es. Morgen fängt meine erste Schicht an.«

»Du bist verrückt.«

»Das sagst ausgerechnet du«, entgegnete sie monoton.

Vielleicht war ich verrückt, vielleicht hatte ich einen Knall – ganz sicher sogar. Ich hatte mich auf Gab eingelassen, das sagte alles, aber niemals würde ich im Rix arbeiten. Nur von ihm wusste ich, was dort überhaupt abging, und ich war mir sicher, dass er mir nur die halbe Wahrheit berichtet hatte. Nicht grundlos war das Rix so angesagt und zog Menschen aus allen Schichten der Klassengesellschaft an. Politiker, Unternehmensbosse, Drogendealer, Wissenschaftler und hin und wieder Journalisten. Doch nie drang etwas an die Öffentlichkeit, alles geschah hinter verschlossenen Türen, zu denen lediglich ausgewählte Frauen Zugang hatten. Und eine davon war nun offensichtlich meine beste Freundin.

»Sag mir nicht, dass du deine Beine für irgendwelche Typen breit machst oder sonstige kranke Sachen«, murmelte ich, als wir schließlich in eine Seitenstraße einbogen.

»Gott, nein!« Bex lenkte den Wagen in eine Parklücke, zog den Schlüssel und blickte auf das hellbeleuchtete Gebäude, in dem sich das Braveless befand. Ein letztes Mal sah sie sich im Rückspiegel an, zupfte an ihren Haaren und öffnete dann die Autotür. »Nimmst du bitte eine der Taschen auf der Rückbank? Hab was zum Abschied gebacken.«

Ich lachte auf. »Du und backen?«

Auf der Rückbank lagen zwei vollgepackte Taschen mit Schüsseln, in denen sich Muffins und Kuchen befanden. Ob die essbar waren? Bex' Kochkünste waren nicht gerade überragend, sie schaffte es nicht einmal, eine Tiefkühlpizza zuzubereiten, ohne dass sie anbrannte.

Als wir schließlich die Bar betraten, die mit schummrigem Licht beleuchtet wurde und in der leise Metal lief, wurden wir von Dorian begrüßt. Er war der Barbesitzer und hatte auch mir bereits einige Male einen Job angeboten, den ich jedoch immer abgelehnt hatte. Vermutlich würde ich genug verdienen, um mir ein eigenes Apartment leisten zu können, aber ich war nicht so geduldig und wortgewandt, um mir die Typen vom Leib zu halten. Bei mir gab es da nur eine Devise: zuschlagen, und wenn nicht in den Schritt, dann ins Gesicht.

»Ich kann dich echt nicht überreden, was?«, meinte er zu Bex und setzte einen Dackelblick auf, der so lächerlich war, dass ich mir ein Lachen nicht verkneifen konnte. Da wandte er sich mir zu. »Was ist mit dir, Jordan, willst du ihren Job nicht übernehmen?«

Ich machte eine abwehrende Handbewegung und stellte die Tasche mit den Leckereien (oder was auch immer sie waren) auf dem Tresen ab. »Vergiss es, Dorian, die Typen sabbern jetzt schon. Und das, obwohl ich nur hier rumstehe. Nein, danke.«

Den ganzen restlichen Mittag lag er mir weiterhin in den Ohren, aber wenn ich eins konnte, dann standhaft bleiben. Und ich hatte schlicht und ergreifend keinen Bock, in seiner Bar zu arbeiten. Ein paar Mal im Monat führte ich den Hund unserer senilen Nachbarin Gassi, das war's. Und das hatte vor allem ein Gutes, der Hund sprach nicht und nervte mich somit lediglich mit seinen Scheißhaufen, die ich eigentlich einsammeln sollte. Doch ich verdeckte sie immer mit Laub oder Gras. Warum zur Hölle stank das auch so bestialisch?

Obwohl Dorians Bar ziemlich heruntergekommen war, lief sie erstaunlich gut. Das Bier war billig, die Chips fettig und der Fisch pappig, keine Ahnung, warum sich die Leute hier immer versammelten. Da ich nichts Besseres zu tun hatte, verbrachte auch ich den Mittag an der Bar, lauschte der Musik und aß ein Thunfischsandwich, das Dorian mir spendiert hatte. Ein weiterer erfolgloser Versuch, eine Nachfolgerin für Bex zu finden. Wahrscheinlich gab es weitaus schlechtere Chefs als Dorian, er war witzig, geizte nicht mit dem Lohn, man konnte sein Trinkgeld behalten und dafür, dass er Mitte vierzig war, sah er nicht schlecht aus. Er war groß, mindestens 1,90 m, wirkte trainiert und gepflegt und sein dunkles Haar war mit grauen Strähnen durchzogen. Sollte ich ausnahmsweise zu viel getrunken oder schon zu lange niemanden mehr zwischen den Beinen gespürt haben, würde ich für nichts garantieren. Was Bex wohl dazu sagen würde? Sicherlich hatte sie selbst schon das ein oder andere Mal daran gedacht. Ich kannte sie schon mein ganzes Leben lang und wusste, dass sie vor allem bei älteren Männern schwach wurde.

»Nicht umsonst hab ich mich an der Browningham eingeschrieben«, hatte sie damals gesagt und mir zugezwinkert. Seitdem hatte sie ohne Zweifel mehrere Dozenten aufgerissen.

Die Stunden in der Bar zogen sich dahin, als drei Typen eintraten. Sie grüßten uns überschwänglich und ich glaubte sie schon mal irgendwo gesehen zu haben. Bestimmt auf irgendwelchen Partys, zu denen Gab, Bex, Ches und ich hin und wieder gegangen sind. Sie waren dunkel gekleidet und während der eine von ihnen großflächig tätowiert war, wurde die Haut der anderen zwei von einzelnen Tattoos geschmückt. Die gehen bestimmt im Rix ein und aus, dachte ich, so war es schließlich bei fast jedem in ihrem Alter der Fall. Es gab fast keinen Typen, der noch nie im Rix war.

»Hast du es schon gehört?«, brummte einer von ihnen.

»Wovon redest du?«

»Er ist wieder zurück. Gab.«

Ein Raunen glitt durch die kleine Runde und ich musste mich zusammenreißen, damit mein Kopf nicht zu ihnen schnellte. Es war nicht verwunderlich, dass bereits die ganze Stadt von seiner Rückkehr wusste. Natürlich war er seitdem Gesprächsthema Nummer eins.

Ich seufzte. »Machst du mir noch einen?«, fragte ich an Bex gewandt und deutete auf das Cocktailglas vor mir.

Sie zog eine ihrer einwandfrei nachgezogenen Augenbrauen nach oben. »Sicher?«

»Ja. Es ist deine letzte Schicht hier, kein Grund, dich weniger anzustrengen«, ärgerte ich sie, woraufhin sie mir den Mittelfinger zeigte und einen weiteren Cocktail mixte.

»Oder ist es, weil er wieder da ist?«, hakte sie nach und setzte mir anschließend einen Sex on the Beach vor.

Ich konnte nicht leugnen, dass mir beim Klang seines Namens ein Schauer über den Rücken lief. Ein wohliger Schauer. Eiskalt und brühendheiß zugleich. Er hatte nach wie vor diese Wirkung auf mich. Zwei Jahre, Herrgott, so lange war er weg gewesen. Vom einen auf den anderen Tag weg. Ja, ich war eine gewisse Zeit traurig gewesen, weil es sich angefühlt hatte, als hätte er mich allein gelassen. Und dann war ich wütend gewesen und wenn ich wütend war, tat ich Dinge, die … nicht immer förderlich waren. Ich hatte viel zu viel geraucht, getrunken und gevögelt, nur um überhaupt etwas anderes zu fühlen. Jetzt, wo er wieder zurück war, entfachte es diese Wut neu und ich wollte sie nicht kontrollieren. Ich wollte sie aus mir ausbrechen lassen und bei ihm entladen.

»Und selbst wenn, ich scheiß auf ihn«, gab ich zur Antwort, leerte das Glas und steckte mir eine Zigarette in den Mund.

Gabriel Skalbeck würde mich nicht einfach so davonkommen lassen, dafür war er nicht der Typ. Und ich war nicht der Typ, der leicht aufgab.

KAPITEL 3

Gabriel

Von außen konnte man das Rix leicht übersehen, so unscheinbar wirkte es. Doch drinnen wartete die paradiesische Hölle. Ich parkte den Chevrolet in einer Seitenstraße, sah mich ein letztes Mal im Rückspiegel an und drückte die Zigarette aus. Dann schloss ich den Wagen ab und lief auf die Eingangstür zu, durch die man in einen separaten Eingang zum Rix gelang. Dieser wurde selbstverständlich bewacht und man kam nur rein, wenn man seinen Ausweis vorzeigte, was für viele ein rotes Tuch darstellte, vor allem für diejenigen, die lieber nicht in solch einem Etablissement gesehen werden wollten. Aber das war die einzige Möglichkeit, die Spreu vom Weizen zu trennen. Als Bürgermeister wusste mein Vater natürlich vom Rix und es blieb ihm nichts anderes übrig, als es zu dulden, da er wusste, dass Verbotenes noch viel reizvoller war. Er war sogar derjenige, der mich hierher zum ersten Mal begleitet hatte. Als sei es eine Sache zwischen Vater und Sohn, das Rix gemeinsam zum ersten Mal zu besuchen. Aber ihm war klar, dass ich es sowieso früher oder später aufgesucht hätte – allein oder mit meinen Freunden. Schien so, als wollte er dem zuvorkommen. Was er jedoch nicht geahnt hatte: dass ich Gefallen daran finden würde. Gut, nicht an allem, aber das Verbotene wirkte auf mich wie ein Stück Schokolade auf ein kleines Kind. Ich hatte mich nicht einmal bemüht ihm zu widerstehen.

Nur noch eine einzige Tür trennte mich vom Rix. Blut kochte in meinen Adern und ich wusste, sobald ich das Rix betrat, war ich in einer anderen Welt. Einer, in der ich mich so geben konnte, wie ich war, und in der ich Sünden begehen konnte, ohne als Sünder zu gelten.

Kaum ließ mich die Security passieren, eröffnete sich vor mir die vertraute schwarze Einrichtung des Clubs. Zu meiner Rechten befand sich die Bar, dazwischen Stühle, Tische und Sessel, die spärlich besetzt waren. Der Großteil der Besucher befand sich ohnehin in den von dem großen Raum ausgehenden Darkrooms, in denen sich das meiste abspielte. Das, was das Rix überhaupt ausmachte. Von blutigen oder gar perversen Sexspielchen bis hin zu Poker in ebenso perversen Varianten, Drogendeals und Public Disgrace, also öffentliches Zurschaustellen, Vorführen und Benutzen von Frauen. Warum ausgerechnet Frauen, fragst du dich? Tja, so läuft das nun mal im Rix. Ob sie das freiwillig mitmachten? Manche sagten ja und andere wiederum waren nicht der Meinung. Ich konnte nur für mich sprechen: Natürlich war es ein größerer Kick, Frauen vorzuführen und zu benutzen, die sich widersetzten, aber wenn es ihr ebenso viel Spaß wie mir bereitete, war es wie ein Sechser im Lotto. Und Jordan, tja, sie wollte mir weismachen es nicht zu wollen, doch ich konnte es in ihren Augen sehen. Die Sehnsucht, dass ich mit ihr anstellte, was ich wollte. Das Rix war allerdings nichts für sie, was weniger daran lag, dass sie nicht mit der kranken Scheiße hier klarkommen würde, sondern daran, dass ich nicht erpicht darauf war, sie mit anderen zu teilen. Der böse Engel, der in ihr schlummerte und den ich damals vor sechzehn Jahren heraufbeschworen hatte, sollte auf ewig mir gehören. Ich war der Einzige, der ihr geben konnte, was sie brauchte, und Jordan wusste es. Auch wenn sie vermutlich die letzten zwei Jahre alles dafür getan hatte, um es sich nicht eingestehen zu müssen. Aber sie war mein, damals, heute und für immer. Und bald würde sie es wissen und unfähig sein es zu vergessen.

Oh, Jordan, du wirst mich wiedersehen.

Früher, als du annimmst.

Und nicht so, wie du glaubst.

Ich war weg, du warst allerdings immer in meinen Gedanken.

Ich werde dich mir wieder nehmen.

Du wirst wissen, dass ich da war, Babygirl.

Trotz des schummrigen Lichts erkannte ich Ches bereits von Weitem. Er saß an der Bar und nippte an einem Glas. Sein braunes Haar war länger geworden und reichte ihm sicherlich bis zu den Schultern, wenn er es offen trug.

»Einen Whisky«, wies ich den Angestellten hinter der Bar an, als ich dort ankam, und sofort sah Ches auf.

Sein Gesichtsausdruck hellte sich auf und er klopfte mir auf die Schulter. »Gab, Mann, endlich bist du wieder da.«

Ich nahm neben ihm Platz, als mir bereits der Whisky serviert wurde. »Ja, scheint so«, antwortete ich und fokussierte die goldene Flüssigkeit im Glas. »Prattsville ist immer noch derselbe Scheißort.«

»Und du immer noch derselbe Wichser«, gab Ches unbekümmert zurück.

Und dann lachten wir. Weil doch alles wie immer war. Wir zwei, im Rix und eine Zigarre, die ich aus meiner Hosentasche holte. Sogleich eilte der Angestellte herbei und zündete sie mir an. Ich zog daran, stieß den Rauch aus und reichte sie Ches. Zigarren waren für mich ein absoluter Genuss und unverzichtbar.

»Ich hab sie gesehen«, sagte ich.

»Und?«

Ich nippte am Whisky und ließ den Alkohol langsam meine Kehle herunterrinnen. Ich hatte keine Ahnung, was ich von Ches hören wollte oder gar was ich sagen sollte. »Jordan und ich waren ein gutes Team«, war alles, was mir dazu einfiel.

Ches stieß ein Lachen aus. »Ein gutes Team? Echt jetzt, Gab? So nennst du das?«

Es war eine miserable Lüge. »Du versuchst also deinem Alten nachzueifern? Ist es das, was du willst?«

Er warf mir einen Blick zu, ehe er den Gin in einem Zug leerte und den Eiswürfel in seinem Mund herumschob. »Lenk nicht ab. Du bist ein Dummkopf, wenn du so ein Mädchen wie sie gehen lässt.«

»Ein Mädchen wie sie?«

»Du weißt, was ich meine.«

Einen Scheiß wusste ich. Seine Worte rührten eine ungeahnte Wut in mir, bei der ich drauf und dran war, sie an ihm auszulassen und ihm auf der Stelle eine reinzuhauen. Obwohl er nur die Wahrheit gesagt hatte, der ich nicht ins Auge schauen wollte.

»Lass uns woandershin«, murmelte ich und war bereits aufgestanden, um zu einem der Darkrooms zu laufen. Selbst hier im offenen Bereich des Rix konnte man durch den aufkommenden künstlichen Nebel eine gewisse

Privatsphäre bewahren. Der Nebelschleier gab einem das Gefühl, nicht jeglichen Blicken ausgesetzt zu sein.

Gedämpftes Stöhnen empfing uns, als wir den Bereich der Darkrooms betraten, und es war, als eröffnete sich eine ganz neue Welt. Ich liebte den Nervenkitzel. Ich schritt durch den Flur auf den sogenannten Pleasureroom zu, der am Ende des Flurs lag und wie ein Rundtheater aufgebaut war. Dort wurden Sessions abgehalten und Frauen vorgeführt, hier hielt ich mich im Rix am meisten auf. Die Erregung und Anspannung der Teilnehmenden waren in jedem Augenblick fühlbar und übertrugen sich auf mich. Es war eben wie in einem Theater, dessen Stück mit den Akteuren stand und fiel. Manche Sessions langweilten mich, sodass ich den Pleasureroom bereits nach wenigen Minuten verließ, und andere wiederum fesselten mich – im wahrsten Sinne des Wortes.

Gerade war eine Vorführung in Gange, bei der die junge Frau, schätzungsweise Anfang zwanzig, mit Mundknebel an ein Andreaskreuz gefesselt war. Doch es war kein normales Andreaskreuz, dahinter verbarg sich eine Zielscheibe. Der Mann stand einige Meter davon entfernt und ließ ein Messer auf sie zurasen, das nur knapp neben ihrer Hüfte in die Scheibe einstieß. Mehrere Messer steckten zwischen den Beinen, frische Kratzer und Schrammen bedeckten ihre Haut. Das war jedoch nicht den fehlenden Fertigkeiten des Mannes zuzuschreiben und vor allem keine reine Willkür. Es war Vorsatz, erbarmungsloser Vorsatz. Der Brustkorb der Frau hob und senkte sich, Angst und Erregung standen ihr ins Gesicht geschrieben. Sie war gefangen und würde nicht loskommen, ehe sie von ihm freigelassen wurde. Und ich würde lügen, wenn ich sagte, dass es mich kaltließ. Ganz im Gegenteil, es war wie ein Tanz auf Messers Schneide, irgendwo zwischen Entsetzen und Faszination. Ihr Körper war wohlgeformt und schön, aber viel erregender war der Blick in ihren Augen. In ihren tiefblauen Augen, wenn sie begriff, in welch misslicher Lage sie sich gerade befand und dass sie sich jeglicher Kontrolle hingeben musste. Die Angst und den Schrecken darin zu erkennen, das war es, was mir Erleichterung verschaffte.

In Jordans Augen.

So blau wie der Abendhimmel.

So blau wie die tiefe See.

Ein spitzer Schrei riss mich aus meinen Gedanken und mein Kopf schnellte zu der am Andreaskreuz gefesselten Frau. Die Messerspitze hatte ihre Wange gestreift und Blut trat aus. Ein Raunen, sogar vereinzeltes Klatschen und Zurufe glitten durch den Raum. Dafür war das Rix da, für kranke Fantasien, für eine Auszeit von der abgefuckten Realität, für alles, was man sonst nie zu sehen bekam. Und das hier war harmlos, ich hatte schon ganz andere Sessions miterlebt, welche, bei denen selbst mir fast die Kotze hochkam und ich mich fragte, ob der Besitzer des Rix überhaupt wusste, was in seinem Schuppen abging. Mir war es egal, welche mittelalterlichen Foltermethoden die Typen anwandten oder auf welche Perversitäten sie abfuhren – sollten sie tun und lassen, was sie wollten. Verglichen damit waren meine Fantasien ein bodenloser Witz.

Warum dachte ich an Jordan? Warum hier und jetzt? Warum, selbst wenn ich mehrere Tausend Meilen von ihr entfernt war? Warum, wenn ich meinen Schwanz in wildfremde Pussys steckte? Wer war sie, dass sie immer in meinen beschissenen Gedanken herumgeisterte?

Und auch in meinen Fantasien, Jordan, darin geht es nur um dich. Wie ich dich benutze, deinen Willen breche und deine Seele.

Ich erhob mich und verließ, ohne auf Ches zu achten, den Pleasureroom. Im offenen Bereich wieder angekommen, blieb ich wie erstarrt stehen und spürte, wie heftig mein Atem ging.

»Was ist denn los mit dir, Gab? Bist du das Rix nicht mehr gewöhnt?« Ches kam von hinten an, lachte und klopfte mir auf die Schulter.

In einer einzigen Bewegung riss ich seine Hand von mir und starrte ihn wutentbrannt an. »Fick dich, Ches, und nimm deine Pfoten von mir.«

»Bist wohl 'ne Pussy geworden«, entgegnete er gefasst.

Noch bevor ich zu einer Antwort ansetzen konnte, erschien eine Silhouette in meinem Blickfeld. Sie näherte sich uns und durch den aufkommenden Nebel konnte ich nur schwer erahnen, wer es war. Bis ich einen Schopf feuerroter Haare erkannte. Penny. Sie hatte also immer noch diese lächerlich auffällige Haarfarbe. Aber eins musste man ihr lassen, sie wusste, wie sie sich zu bewegen, zu kleiden und ihre Kurven einzusetzen hatte. Deshalb war es nicht verwunderlich, dass sie seit ihrem achtzehnten Lebensjahr im Rix hinter der Bar arbeitete.

»Gabriel Skalbeck.« Sie schnalzte missbilligend mit der Zunge. »Die Gerüchte sind also wahr, der böse, böse Sohn des Bürgermeisters ist wieder zurück.«

»Scheint so, Penelope«, antwortete ich und musterte sie von Kopf bis Fuß. Ja, Shit, sie hatte sich die letzten zwei Jahre verändert und war zu einer richtigen Frau geworden. Ihre üppige Oberweite wurde von einem schwarzen Poloshirt verhüllt, dessen Knöpfe sich nicht einmal schließen ließen. Auch sonst war sie, wie es der Dresscode für Angestellte befahl, in Schwarz gekleidet. Penny war gut darin, ihr Umfeld um den Finger zu wickeln, denn sie wusste, welche Wirkung sie auf Männer hatte. Und sie wusste, was sie wollte. Eine Zeit lang hatte sie sich in den Kopf gesetzt, mich rumzukriegen. Ob sie es aus einem anderen Grund auf mich abgesehen hatte als den, dass ich der Typ war, der mit ihrer Feindin abhing? Schon in der ersten Klasse konnten sich Jordan und Penny nicht ab, sie hassten sich bis aufs Blut. Natürlich hatte ich Jordan mehrmals nach dem Grund gefragt, aber sie hatte immer nur mit den Schultern gezuckt und gemeint, dass es eben so sei. Und sich nie ändern würde. Sowohl Jordan als auch Penny konnten gewaltige Zicken sein und das war der einzige Grund, weshalb ich mich von Penny fernhielt – zumindest körperlich. Ich fand sie cool, Jordan zuliebe ließ ich es allerdings bleiben. Dabei hielt ich mich nie an Regeln.

»Und, schon eine Ahnung, wie lange du uns mit deiner Anwesenheit beehrst?« Sie verzog die rotgeschminkten Lippen zu einem Schmollmund.

Ich hatte ganz vergessen, wie sie es immerzu schaffte, einen zu bezirzen. Ihre Mimik, ihre Art, ihre Körpersprache. Wie sie sich zu einem beugte, ihre Haare über die Schulter streifte, sich auf die Unterlippe biss. Und gerade dachte ich darüber nach, wie es wäre, mein selbstauferlegtes Verbot zu brechen. Jordan hatte nie von mir verlangt mich von ihr fernzuhalten, also was sprach dagegen?

Du bist ein Dummkopf, wenn du so ein Mädchen wie sie gehen lässt.

Fuck. Ches hatte recht, ob ich wollte oder nicht. Konnte ich Jordan gehen lassen? Konnte ich ihr mutwillig seelischen Schmerz zufügen?

»Mal sehen, wie schnell die Frauen mich hier langweilen«, gab ich zur Antwort.

Sie schmunzelte. »Und Jordan hat dich erst nach sechzehn Jahren gelangweilt?«

Seelischer Schmerz setzte einem so viel mehr zu als körperlicher. Das begriff ich in dem Augenblick, in dem mich ihre Worte genau dort trafen, wo sie wehtaten. Wie gerne würde ich ihren unverschämten Mund stopfen, meinen Schwanz so tief in ihren Rachen schieben, bis sie würgte und ihr die Rotze übers Gesicht lief. Und mich anbettelte, mich förmlich anflehte sie zu ficken. Wie gerne würde ich ihr eine schallende Ohrfeige verpassen, bei der sie nach Luft rang, und ihren Arsch blutig hauen. Damit sie verstand, dass sie nicht das Recht besaß, so über Jordan zu sprechen. Ihre Worte waren keine Beleidigung, aber der unterschwellige Ton und ihr Gesichtsausdruck sprachen Bände, bei denen ich drauf und dran war, mich zu vergessen.

Und ich vergaß mich.

Für einen winzigen Moment. Für eine Sekunde, die mich daran erinnerte, wer ich war.

Meine Hand vergrub sich in ihrem Schopf und ich hörte, wie Penny nach Luft schnappte. Sie zappelte herum, ruderte mit den Armen und versuchte sich zu befreien. Sie konnte so heiß sein, wie sie wollte, sie war immer noch dumm wie ein Stück Scheiße.

»Muss ich dir etwa klarmachen, was du bist, Penelope? Du bist keine Nutte, denn Nutten lassen sich dafür bezahlen, die Beine breit zu machen. Du hingegen machst es umsonst. Du bist nichts weiter als der Dreck unter meinen Schuhsohlen«, zischte ich und ließ mit einem Ruck von ihr ab.

Sie taumelte nach hinten und konnte sich gerade so auf den Beinen halten. Ihre Augen blitzten auf und sie hielt sich den Hinterkopf. »Du«, stieß sie hervor, »bist nach wie vor das Arschloch, das du schon immer warst, Gabriel.«

»Endlich verstehst du es.«

Penny dachte wohl, sie konnte sich etwas darauf einbilden, dass ich sie heiß fand. Aber einen Scheiß konnte sie. Das gab ihr kein Recht der Welt.

Schließlich verzog sie sich hinter die Bar, wo sie weiterhin mit den Wimpern klimperte und jedem Kerl ihren Ausschnitt präsentierte, der sich an die Bar setzte. Schlampen blieben Schlampen, und Arschlöcher blieben Arschlöcher.

»Dass du immer so reagierst, wenn jemand ihren Namen sagt.«

Ches. Er schien auch der Ansicht zu sein, ungefragt seine Meinung abgeben zu können. Es ging mir gewaltig auf die Eier. Ich wandte mich ihm zu und ihm dämmerte immer noch nicht, dass er sich auf Glatteis begab. Das Eis unter ihm nahm schon Risse an und schmolz.

»Du hast es nicht kapiert, oder?«, fuhr ich ihn an.

Ein verwirrter Ausdruck trat auf sein Gesicht und er machte eine abwehrende Handbewegung. »Scheiße, Gab, was ist denn los mit dir? Die letzten zwei Jahre haben dir wohl nicht gutgetan.«

»Und wie gut mir die zwei letzten Jahre getan haben.« Das hatten sie wirklich. Ich war weit weg von diesem verfluchten Kaff und weit genug weg, um allem aus dem Weg zu gehen. Vor allem einem gewissen Menschen. »Dir allerdings anscheinend nicht. Deine Meinung interessiert mich einen Dreck, verstanden?«

Er seufzte. »Ach, aber sicherlich interessiert es dich brennend, wenn ich dir mitteile, dass demnächst jemand hinter der Bar stehen wird, den du kennst.«

Was zur Hölle? Jemand, den ich kannte? Er spielte doch nicht auf … sie an, oder? Würde sie mir das antun? Verdammt, ja, das würde sie, ohne mit der Wimper zu zucken. Nur um mich zur Weißglut zu treiben.

»Du bist so leicht zu durchschauen, wenn es um sie geht«, spottete Ches.

»Noch ein Wort –«

»Bex.«

Ein Wort, und mein Herzschlag setzte aus. Nicht Jordan. Es war nicht Jordan.

»Es ist Bex, sie wird demnächst hier hinter der Bar arbeiten«, fuhr er fort.

Nicht Jordan. Nicht Jordan. Nicht Jordan. Immer und immer wieder wiederholten sich die Worte in meinem Kopf. Ches konnte von Glück reden, dass er seit Kindheitstagen mein bester Freund war und ich ihm nicht direkt eine reinhaute.

»Noch ein Wort, Ches, und ich werde dir die Hölle heiß machen.«

Dann machte ich auf dem Absatz kehrt, bemüht die brodelnde Wut in mir zu bändigen, und war heilfroh, als ich meinen Wagen erreichte. Ich starrte mein Spiegelbild im Fahrerfenster an. Nicht einen Moment lang hatte ich in Betracht gezogen, dass Bex, Jordans beste Freundin, demnächst in diesem Schuppen arbeiten würde. Ob sie überhaupt die leiseste Ahnung davon hatte, auf was sie sich da einließ? Ein Job im Rix war nicht mit anderen Jobs gleichzusetzen. Natürlich wurde man bezahlt, und das nicht allzu schlecht, es gab Urlaubstage und fair eingeteilte Schichten. Aber nur, weil der Boss sich im Klaren darüber war, dass seine Angestellten das Aushängeschild waren. Man sollte sich stets vor Augen führen, was für ein Club das Rix war: ein Edelclub der besonderen Art.

Mit der Hand fuhr ich mir durch das dunkle, viel zu lange Haar, dessen Strähnen mir bereits auf die Stirn fielen. Ein Blick auf mein Smartphone verriet mir, dass ich mich ohnehin auf den Weg zum gemeinsamen Abendessen machen sollte. Vielleicht war meine Mum eine Schickimicki-Vorstadt-Hausfrau und mein Dad ein Snob, der sich zu viel auf seinen Posten als Bürgermeister einbildete, aber eines musste ich ihnen lassen: Sie hatten nie ein böses Wort über mich kommen lassen. Und dabei bot ich mehr als genug Anlass dafür.

KAPITEL 4

Viel früher als üblich machte Bex Feierabend. Der Abschied von ihrem Boss Dorian war so gesehen kein Abschied, denn so oder so verbrachten wir gerne den Mittag oder Abend nach einem anstrengenden Tag an der Browningham in der Bar.

»Die ekligen Chips werde ich jedenfalls nicht vermissen«, meinte ich, als uns draußen kühle Abendluft empfing. Die Straßenlaternen brannten bereits und dunkle Wolken schoben sich über den Abendhimmel. In einer Stunde würde Prattsville wie ausgestorben sein, in einer Kleinstadt wie dieser erregte es viel zu sehr Aufsehen, nach 20 Uhr noch draußen unterwegs zu sein. Dabei war die Nacht meine liebste Zeit des Tages. Der pechschwarze Himmel mit seinen glitzernden Sternen, den schwerelosen Wolken und der Stille, die meine Gedanken ausfüllte, zog mich seit jeher an. Die Dunkelheit der Nacht spiegelte sich gewissermaßen in meinem tiefsten Inneren wider.

Bex lachte und stieg in den Wagen, in dem stickige Luft herrschte. Sofort kurbelten wir die Fenster herunter. »Ach, ein netter Typ ist Dorian.«

Ich zog eine Augenbraue in die Höhe. »Ich hab zwar gerade vom Essen gesprochen, aber wenn das so ist: Dorian find ich auch nicht ganz übel.«

Nach mehreren Versuchen startete endlich der Honda und wir machten uns auf den Heimweg. »Nicht ganz übel? Also wenn du mich fragst, sieht Dorian für sein Alter noch richtig scharf aus.«

»Jaja, genau dein Alter von Mann und genau dein Typ, Bex.«

Sie grinste in sich hinein und lenkte den Wagen auf die Autobahn, auf der um diese Uhrzeit gähnende Leere herrschte. Der Feierabendverkehr war vorbei und der Großteil der arbeitenden Gesellschaft wieder zu Hause. »Jetzt, wo Dorian nicht mehr mein Boss ist …«, murmelte sie und schürzte die Lippen.

»Ach, als ob dich das daran gehindert –«

»Nope«, ging sie prompt dazwischen, »hat es mich nicht.«

Ich riss die Augen auf. »Du hast doch nicht etwa …«

»Schau nicht so bestürzt, Jordan, du bist auch kein Unschuldslamm.«

»Wenigstens hab ich nicht mit meinem Boss gevögelt«, entgegnete ich mit verräterisch dünner Stimme. Ja, gut, ein Unschuldslamm war ich noch nie gewesen, aber mit meinem Vorgesetzten zu schlafen hatte ich bisher auch noch nie geschafft. Bis vor zwei Jahren hatte ich überhaupt mit nur einem einzigen Menschen Sex gehabt.

Bex lachte auf. »Und was war mit dem Mann von Mrs Johnson?«, deutete sie auf den Beginn meiner Eskapaden an. Ich hingegen betrachtete es als Ausbruch – aus meiner

Trauer, dem lähmenden Zustand, in dem er mich hinterlassen hatte, und meines verletzten Inneren. Es war meine Art, mit Gabs Verschwinden klarzukommen und wieder zu mir zu finden.

»Ex-Mann, Bex, er war ihr Ex-Mann«, stellte ich klar.

*

Vor zwei Jahren

Es war ein heißer Nachmittag im Sommer, an dem ich mich in nichts als einem viel zu knappen Kleid zu Mrs Johnson aufmachte, um ihren Cockerspaniel Toby Gassi zu führen. Bei den Temperaturen würde ich ihn allerdings nur kurz vor die Tür schicken, die Straßen waren schließlich viel zu heiß, als dass ich es zulassen konnte, dass Toby mit seinen Pfoten länger als ein paar Minuten draußen unterwegs war. Er war ein fünfjähriger aufgeweckter Hund, dem ich zwar manchmal Einhalt gebieten musste, aber der im Großen und Ganzen auf mich hörte. Ich war ich kein Hundeprofi, aber seinen Hund mehr als acht Stunden am Tag allein zu lassen, erschien selbst mir nicht sonderlich tierlieb. Mrs Johnson war eine überaus gutaussehende Mittdreißigerin, kürzlich geschieden worden und eine der Topanwältinnen rund um Prattsville. Von ihrer Scheidung wusste das ganze Städtchen, über den Grund dafür wurde hingegen wild spekuliert, und ich hatte mehr als nur einmal aufgeschnappt, dass sie wohl betrogen worden war. Ob etwas dran war? Nach diesem Tag wusste ich, dass der Gedanke nicht ganz unsinnig war.

Die Sonne knallte vom wolkenlosen Himmel herab und ich war heilfroh nur dieses eine Stück Stoff und nichts Weiteres an meinem Körper zu tragen. Ich hielt grundsätzlich wenig von Unterwäsche, aber im Sommer war es dafür ohnehin viel zu heiß und sie klebte nur auf der Haut.

Als ich das Reihenhäuschen erreicht hatte, bückte ich mich und hob die Fußmatte an, um den Türschlüssel hervorzuholen. Aber da war keiner. Mit den Fingern tastete ich unter der Matte herum, bis ich sie schließlich vom Boden riss. Nichts, kein Schlüssel weit und breit. Hatte Mrs Johnson etwa vergessen ihn unter die Matte zu legen? Gestern Abend noch hatte sie mir eine Nachricht geschickt, in der sie mir versicherte den Schlüssel bereitgelegt zu haben. Was, wenn jemand den Schlüssel geklaut hatte? Fuck. Was sollte ich nur tun?

Gerade wollte ich nach meinem Smartphone greifen, als mir einfiel, dass ich es zu Hause hatte liegen lassen, da ich es nirgends verstauen konnte. So eine Scheiße aber auch! Musste ich nun ernsthaft in der brütenden Hitze noch mal zurück nach Hause laufen, nur um Mrs Johnson anrufen zu können? Aber was blieb mir anderes übrig? Ich konnte ja schließlich nicht das Fenster einschlagen und einsteigen, obwohl ich damit keine Probleme hatte. Mrs Johnson und ihre Versicherung vermutlich schon.

Genervt schlug ich gegen den Türrahmen und konnte meinen Augen kaum trauen, als sich diese öffnete. Was zur Hölle? Vorsichtig steckte ich meinen Kopf in das Haus, da vernahm ich auf einmal ein Poltern. In meinem Kopf spielte sich ein Szenario ab: Ein oder mehrere Einbrecher hatten sich mit dem Schlüssel Zugriff verschafft, plünderten gerade das Haus aus und würden mir bald gegenüberstehen. Sie könnten mich mit nur wenigen Handgriffen aus dem Weg räumen. Klar, früher hatten Bex, Gab, Ches und ich uns gerauft und geprügelt, gegen Erwachsene hatte ich allein jedoch nicht die geringste Chance. Noch hatte ich die

Möglichkeit abzuhauen, aber ich war nicht Jordan, wenn ich mich dafür entschied. Viel zu sehr rauschte das Blut in meinen Adern und viel zu sehr reizte mich das Risiko. Ob es verrückt war? Allemal. Ob ich von allen guten Geistern verlassen war? Seit Jahren.

Auf Fußspitzen trat ich in das Haus ein und sah mich um. Wenn es tatsächlich Einbrecher waren, wo zum Teufel steckte Toby? Sie hatten ihm doch nichts angetan, oder?

Erneutes Poltern ließ meinen Kopf zur Treppe schnellen, als dort plötzlich ein großgewachsener Mann erschien. Er trug eine Anzugshose, ein Sakko und darunter ein weißes Hemd. Okay, so sahen Einbrecher für gewöhnlich nicht aus. Die waren doch eher schwarz vermummt, oder nicht?

Er stand am Treppenabsatz und starrte mich an. Ich unten und starrte ihn ebenso an.

»Wer sind Sie?«, brach ich die Stille.

Er nestelte an der Knopfleiste des Sakkos herum und schien nicht so richtig mit der Antwort herausrücken zu wollen. Zugegeben, üblicherweise stand ich nicht auf Anzugtypen, aber irgendwas an ihm zog mich an. Vielleicht war es aber weniger der Typ an sich als die Tatsache, dass ich seit mehreren Monaten keinen Sex gehabt hatte. Vier Monate war es her. Vor beschissenen vier Monaten hatte sich Gab verpisst, ohne mir ein einziges Wort zu sagen. Ohne sich zu verabschieden. Vier Monate, in denen ich mich wie in einer Schockstarre befand. Damit musste Schluss sein! Ich wollte nicht mehr die Jordan sein, die ich gerade war, denn das war ich nicht. Ich war eine Fremde, ein weinerliches, naives Mädchen.

›Du bist einfach verletzt‹, hatte Bex gemeint.

Aber ich wollte um keinen Preis der Welt zugeben, dass Gabriel Skalbeck die Macht besaß, mich zu verletzen. Denn das bedeutete, dass es zwischen uns mehr war und dass jeder, der uns nur sah, recht hatte. Und das wollte ich nicht zulassen.

Ich war Jordan und ich war verdammt noch mal stark, unabhängig und ließ mir nichts vorschreiben.

»Sie sagen mir auf der Stelle, wer Sie sind, oder«, sagte ich, »ich rufe die Cops.« Zwar hatte ich kein Smartphone mit mir, aber ich hatte bereits das Festnetztelefon in meinem Augenwinkel erspäht.

»Nein, um Gottes willen«, erwiderte er und machte eine abwehrende Handbewegung, während er die Treppe herunterkam. »Ich bin Carter Johnson.«

Da dämmerte es mir, er war der Ex-Mann von Mrs Johnson. Das beantwortete allerdings nicht, weshalb er offensichtlich den Haustürschlüssel entwendet hatte und im Haus herumschlich.

»Aha. Und was tun Sie hier? Meinen Informationen nach sind Sie und Mrs Johnson vor einiger Zeit geschieden worden und sie hat mir nichts davon gesagt, dass sich ihr Ex-Mann im Haus herumtreiben würde.«

Nun stand er direkt vor mir. Er war größer als erwartet und – ich wusste nicht, ob es an dem Anzug lag – er strahlte eine gewisse Autorität aus. Graue Strähnen durchzogen sein dunkles Haar, der Bart schien frisch gestutzt und herbes Aftershave stieg mir in die Nase. Ob er ihr wirklich fremdgegangen war? *Als ob man so was einem Menschen ansehen könnte*, tadelte ich mich selbst, *wenn man das jemandem ansehen konnte, würde das einigen Beziehungsstress ersparen.* Gut aussehend war er jedenfalls.

Mit der Hand kratzte er sich am Hinterkopf. »Ja, du hast recht, eigentlich durfte ich nicht hier sein«, räumte er ein. »Aber als Evie mich rausgeschmissen hat, hat sie mir nicht die Zeit gelassen, mein ganzes Zeug mitzunehmen. Ich wollte nur holen, was mir gehört. Das verstehst du doch, oder?«

Die Art und Weise, wie er mit mir sprach und sich mir dabei näherte, jagte mir einen Schauer über den Rücken. Gott, er roch so gut. Wie es sich wohl anfühlte, wenn …

Ehe ich mich versah, taumelte ich nach hinten und eine nasse Zunge schlabberte mir über das Gesicht. Mit wild wedelnder Rute hatte sich Toby auf mich gestürzt und ich hatte Mühe, mir den Cockerspaniel vom Leib zu halten, um mich aufzurappeln.

»Und ich hatte schon die Befürchtung, Sie seien ein Einbrecher«, gestand ich, während ich Toby zwischen den Ohren kraulte.

Ein Grinsen umspielte seine Lippen. »Sehe ich etwa so aus für dich?«

Mit einem Mal war ich mir sicher, dass Toby nicht der Einzige im Haus war, der sabberte. Ich konnte förmlich spüren, wie meine Beine unter mir nachgaben und sich das Adrenalin in meinem Körper in Erregung verwandelte. Ich hatte eindeutig zu lange keinen Mann mehr in mir gespürt. Und er war kein verheirateter Mann mehr, was also sprach dagegen?

Was dagegen spricht? In einem fremden Haus mit dem Ex-Mann von Mrs Johnson zu schlafen, statt dem nachzugehen, für das du bezahlt wirst!

Zum Glück hielt ich nicht viel von Moral und gesellschaftlichen Normen. Genau genommen gar nichts.

»Nein«, antwortete ich. »Sie sehen eher aus wie jemand … «

Der Holzboden unter seinen Schuhen knarzte, während er auf mich zukam und mich gegen die Sofalehne drückte. »Wie sehe ich denn aus?«

Sein herber Duft schien den gesamten Raum einzunehmen und mir die Sinne zu vernebeln. Ich brachte kein einziges Wort mehr heraus. Das Sommerkleid klebte mir am Körper und es wäre nicht verwunderlich, wenn sich schon Schweißflecken darauf gebildet hatten. Carter kam einen weiteren Schritt auf mich zu, sodass ich das Gleichgewicht verlor und mit dem Rücken auf dem Sofa landete. Meine Beine lagen angewinkelt auf der Lehne und das Kleid ermöglichte ihm einen Blick, auf den er doch nur gehofft hatte. Sofort hefteten sich seine Augen auf meinen entblößten Unterleib und ich wusste, dass sich spätestens jetzt das letzte bisschen Widerstand auflöste.

»Scheiße, tu es«, schoss es aus mir heraus. »Fick mich.«

Er musterte mich, die Lippen aufeinandergepresst, so als wollte er sichergehen, dass ich es wahrhaftig wollte. Kaum nickte ich, öffnete er seine Hose, zog die Boxershorts herunter und platzierte seine glänzende Schwanzspitze zwischen meine Schamlippen. Pure Lust durchfuhr mich und ich konnte es kaum erwarten, ihn in mir zu spüren. Die vier Monate kamen mir vor wie eine Ewigkeit und es war an der Zeit, dem lähmenden Zustand zu entkommen.

Mit einem harten, tiefen Stoß drang Carter in mich ein und reflexartig krallte ich meine Fingernägel in seinen Rücken. Das war es, was ich gebraucht hatte. Einen unverbindlichen, rohen Fick und Carter war genau der Richtige dafür gewesen. Die Hände an meine Hüfte gelegt, stieß er immer wieder in mich, so hart und tief, dass ich glaubte es keine Sekunde länger auszuhalten. Unsere verschwitzte Haut klatschte aufeinander und unser Stöhnen hallte durch den offenen Wohnbereich. Meine aufgerichteten Brustwarzen drückten sich durch den dünnen Stoff des Kleides und wie aus dem Nichts schoss mir eine Erinnerung durch den Kopf.

Gab.

Wie er mein Kleid hochzieht, seine Finger die Innenseite meiner Oberschenkel entlangstreifen.

Seine Zunge, die über meine Scham leckt.

Du bist so bereit für mich, Babygirl, hatte er gesagt.

Aber statt mir sofortige Erleichterung zu verschaffen, hatte er meine Erregung in die Länge gezogen. Er liebte es, wenn ich mich unter ihm wand und zum Opfer meiner eigenen Lust wurde.

Carters Griff um meine Hüfte verstärkte sich, seine Stöße wurden schneller und ich hoffte, den Hauch von Schmerz zu spüren.

Gab.

Wie er die Hand um meinen Hals legt und zudrückt.

Wie mir die Luft wegbleibt.

Wie das Adrenalin durch meinen Körper schießt.

Sobald ich versuche mich aus der Berührung zu befreien, drückt er fester zu. Und mein Körper gehorcht. Ein Tränenschleier legt sich über meine Augen, meine Fingernägel krallen sich in Gabs Haut und ich erzittere in einem Orgasmus.

Die Erinnerung und Carters Schwanz in mir ließen das erloschen geglaubte Feuer in mir entfachen und ich schrie den aufkommenden Höhepunkt aus mir heraus.

»Wir haben kein Kondom …«, setzte er an.

»Komm in mir.« Es war weniger ein Wunsch, sondern eine Aufforderung. Ich wollte ihn nicht nur spüren, sondern in mir haben und wissen, dass all das gerade geschehen war. Dass das der Tag war, an dem ich ausbrach und mich die Scheißtraurigkeit nie mehr heimsuchen würde.

Nachdem Carter sich ein letztes Mal in mich stieß, kam er mit einem gedämpften Stöhnen. Dann zog er sich aus mir zurück. Das Herz klopfte mir bis zum Hals, mein Brustkorb hob und senkte sich und, die Augen gen Decke gerichtet, blinzelte ich. Ich hörte, wie Carter den Reißverschluss seiner Hose schloss, das Sakko zurechtrückte und sich räusperte.

»Das wird unter uns bleiben.« Obwohl die Worte einschüchternd oder fast bedrohlich wirkten, ließen sie mich kalt. Nicht zuletzt lag es an dem Grinsen auf seinem Gesicht, das mir verriet, dass auch er seinen Spaß daran gehabt hatte.

»Sicher«, antwortete ich, erhob mich und strich mit der Hand den Stoff des Kleides glatt.

Noch einen Moment standen wir uns gegenüber, ehe Carter sich nach einem Karton auf dem Boden bückte. »Okay, dann danke dafür, dass du dichthältst und mich nicht verrätst.«

»Ich danke dir«, wisperte ich, als er sich bereits umgedreht hatte und durch die Haustür verschwunden war. Ich sah ihm nach, bis er in sein Auto gestiegen und davongefahren war. Erst Tobys kalte, feuchte Nase, die mich anstupste, riss mich aus dem Jenseits. »Ja, Süßer, ich lass dich kurz raus und füll dein Wasser neu auf. Und erzähl ja nichts deinem Frauchen, hörst du?« Ich strich ihm durch das wuschelige Fell.

Zehn Minuten später, nachdem ich den Haustürschlüssel, den Carter auf den Tisch gelegt hatte, wieder unter der Fußmatte verstaut hatte, machte ich mich auf den Nachhauseweg. Die wenigen Meter bis dorthin fühlte ich mich wie in Trance und ich spürte, wie mir das warme Sperma die Beine herunterlief. Ein Lächeln schlich sich auf mein Gesicht. Das war es, was ich wollte und was mich ausmachte: polarisieren, rebellieren und mich gegen Normen und Regeln auflehnen. Es war längst überfällig, wieder zu der Jordan zu finden, die ich war und immer sein würde. Daran würde nicht einmal Gabriel Skalbeck etwas ändern.

*

Wir bogen gerade in die Willesley Street ein, etliche Autos parkten in den Einfahrten und Licht brannte in den Häusern, auch in dem von Mrs Johnson. Sollte sie von dem damaligen Zwischenfall mitbekommen haben, ließ sie sich jedenfalls nichts anmerken, denn seitdem ging ich nach wie vor in unregelmäßigen Abständen mit ihrem Cockerspaniel Gassi. Ihren Ex-Mann hatte ich nie wiedergesehen, was mich ein bisschen wehleidig stimmte, aber manchmal war es besser, Dinge dabei zu belassen. Es war schließlich eine einmalige Sache gewesen.

»Der Ex von Mrs Johnson kam zum richtigen Zeitpunkt«, sagte ich.

Bex schmunzelte und lenkte den Wagen in eine Parklücke direkt vor dem Haus. »Dass er gekommen ist, glaub ich dir aufs Wort, Jordan.«

»Willst du noch mit zu Abend essen?«, wechselte ich ohne Umschweife das Thema. »Meine Mum wird vor Freude in die Luft springen, du weißt, sie liebt dich wie eine zweite Tochter.«

»Mhh«, machte sie und warf einen Blick auf ihr Smartphone, »na ja, warum nicht? Morgen hab ich ohnehin erst um 12 Uhr ein Seminar und meiner Mum und Schwester hab ich mitgeteilt, dass es später werden kann.« Sie zog den Schlüssel aus dem Zündschloss und wir verließen den Wagen.

»Jordan, Liebling«, trällerte Mum, kaum dass wir das Haus betraten, »deckst du den Tisch?«

Wir schlüpften aus unseren Boots, die wir vor fast genau vier Jahren zusammen gekauft hatten und seitdem so gut wie jeden Tag trugen. Auf meine hatte ich ein paar Nieten und Glitzersteine geklebt, die allerdings nur mäßig hielten.

»Ja-ha, Mum.« Ich rollte mit den Augen, woraufhin Bex kicherte.

»Hey, Mrs Cunningham«, sagte meine beste Freundin und ließ sich auf einen Stuhl am Tisch fallen, auf dem bereits die aktuelle Tageszeitung für meinen Dad bereitlag.

»Oh, Rebecca«, machte Mum überrascht, die wie das brave Hausmütterchen am Herd stand und sich die Hände an der Schürze abwischte. »Wie schön dich mal wieder zu sehen. Ich habe den Eindruck, seit ihr an der Browningham seid, bekomme ich dich kaum noch zu Gesicht.«

Ihr überspitzt besorgter Ton in der Stimme brachte mich zum Lachen, während ich vier Teller aus dem Küchenschrank nahm und sie auf den Tisch stellte. Ich schlug mir eine Hand vor den Mund und Bex lachte in sich hinein. Tja, meine Mum liebte sie wirklich.

»Ihr werdet einfach zu schnell erwachsen.« Sie seufzte. »Wie läuft dein Studium, Rebecca?«

»So weit gut, gerade nehme ich an einer Übung im Labor teil«, begann Bex zu erzählen und kratzte dabei den ohnehin abblätternden schwarzen Nagellack auf ihren Fingern ab. »Mir wurde sogar eine Stelle als Werkstudentin bei Professor Edwards angeboten, aber …«

»Wegen deines neuen Jobs im Rix hast du dafür keine Zeit, stimmt's?«, erwiderte ich schnippischer als beabsichtigt.

Bex warf mir einen vernichtenden Blick zu und unangenehme Stille breitete sich in der Küche aus. Zwar ging meine Mum nur noch wenige Stunden die Woche ihrem Job als Immobilienmaklerin nach, aber das Rix war auch ihr kein unbekanntes Etablissement. Jeder in Prattsville und der weiteren Umgebung kannte es. Es war nicht meine Absicht, Bex bloßzustellen. Zumal ich wusste, dass sie im Gegensatz zu mir hart für ihr Geld arbeiten musste, und ich konnte daher nachvollziehen, dass sie die Chance ergriff. Als Alleinerziehende hatte Bex' Mum es nie leicht gehabt, weshalb meine beste Freundin zum Monatsende hin oft bei uns gegessen hatte oder meine Eltern ihr die Klassenfahrt bezahlt hatten. Natürlich war es ihrer Mum nie sonderlich recht gewesen, aber ich schätzte, sie war dankbar, dass ihre Tochter so nicht außenvor blieb. Nach sechzehn Jahren gehörte Bex außerdem zur Familie, da war es für mich selbstverständlich, ihr zu helfen – egal in welcher Lage.

»Ist das wahr, Rebecca?«, fragte Mum mit schreckgeweiteten Augen und schaltete den Herd aus.

Bex' Blick huschte zu mir und dann wieder zu meiner Mum, es war ihr sichtlich unangenehm. Und das nur, weil ich aus einer Laune heraus so ruppig reagiert hatte. Scheiße, das musste ich wiedergutmachen. Das Letzte, was ich wollte, war, sie in ein schlechtes Licht zu stellen.

»Ach, Mum.« Ich stieß geräuschvoll Luft aus. »Das war ein Scherz! Ein S-c-h-e-r-z, verstehst du?« Wild gestikulierte ich mit den Armen in der Luft herum.

Prompt wich ihr schockierter Gesichtsausdruck einem Kopfschütteln, wodurch sich einzelne Strähnen aus ihrem perfekt frisierten Dutt lösten. »Also wirklich, Jordan, darüber macht man keine Witze. Nicht über das Rix, jeder weiß doch, was in diesem Laden vor sich geht.«

»So? Warst du etwa schon mal im Rix, Mum?« Mit beiden Ellbogen stützte ich mich auf der Küchentheke ab und sah sie unverfroren an. Es amüsierte mich, zu beobachten, wie sie mit sich rang und abwägte, wie sie darauf antworten sollte. Sie war immer so fixiert darauf, sich tadellos zu verhalten und nicht aus ihrer Rolle zu fallen, da bereitete es mir einfach Spaß, sie herauszufordern. Und ich ahnte, dass sie sich in diesem Moment fragte, womit sie solch eine Tochter verdient hatte. Eine, die auf genau die Normen schiss, die sie schätzte. Als kleines Mädchen hatte ich sogar den Verdacht geäußert, adoptiert zu sein, was meine Mum an die Decke gehen ließ. Stimmt, wie konnte ich auch nur darauf kommen? Immerhin waren wir grundverschieden, so unterschiedlich wie Tag und Nacht, brütender Sommer und eisiger Winter. Während sie ein hübsches Kleidchen in einem Pastellton trug, befanden sich in meinem Kleiderschrank größtenteils schwarze Klamotten – zerschlissene Skinnyjeans, weite Hoodies, verschiedene Bandshirts, Netzstrumpfhosen oder wie ausnahmsweise heute ein schlichtes schwarzes Kleid mit Netzstoffärmeln.

Doch ehe Mum antworten konnte, wurde die Haustür geöffnet und Dad kam die Küche rein. Ob er auch in seinen Anzügen schlief? Seit ich denken konnte, hatte ich ihn noch nie in etwas anderem gesehen.

»Rebecca, wie schön dich zu sehen. Läuft der alte Honda noch?«, fragte er und gab zuerst Mum und dann mir einen Kuss auf die Stirn. »Oder braucht er bald wieder neue Reifen?«

»Nein, Mr Cunningham, er läuft einwandfrei.« Sie tauschten ein Grinsen aus und verfielen, wie üblich, in ein Gespräch über Autos, Gott und die Welt. Die beiden verstanden sich seit jeher auf Anhieb und konnten sich stundenlang unterhalten. Im Gegensatz zu meiner Mum, die meist reserviert wirkte, riss mein Dad gerne Witze und lockerte so jede Situation auf.

Als das Abendessen serviert wurde, holte ich Bex und mir aus der Speisekammer noch eine Coke und dazu zwei Gläser. Sie leerte es in einem Zug und streckte mir die Zunge raus, als ich anzüglich mit den Augenbrauen wackelte.

Da ich wenig Lust hatte, dem anbahnenden Gespräch über die Universität zu folgen, hing ich meinen Gedanken hinterher und aß mein Stück Schmorbraten stillschweigend auf.

Bis …

»Ich habe gehört, Gabriel ist zurück«, sagte Dad.

Augenblicklich veränderte sich die Stimmung am Tisch. Während Bex und ich einen Blick austauschten, verfiel meine Mutter in eine Schockstarre und starrte auf den Teller vor sich. Am liebsten hätte ich den Tisch umgeworfen und sie an den Schultern gerüttelt. Ja, Gab war kein Unschuldslamm oder ein unbeschriebenes Blatt, aber er war kein schlechter Mensch, nur weil er Schlechtes tat. Genau wie ich hielt er wenig von Regeln und gesellschaftlichen Normen. Doch das war es, was ihn in den Augen meiner Mutter zu jemandem machte, mit dem ihre Tochter lieber nicht abhängen sollte.

Es tut mir leid, Mum, aber da muss ich dir widersprechen.

Gabs und meine Seele waren aus demselben Holz geschnitzt, ob sie es wahrhaben wollte oder nicht. Dass er jetzt wieder zurück war, ließ für sie nichts Gutes verheißen.

»Und wie ich seine Eltern kenne, nehmen sie ihn wieder bei sich auf, ohne Konsequenzen walten zu lassen«, meinte Mum und versuchte erfolglos meinen Blick aufzufangen. »Kein Wunder, dass dieser Rabauke keinen Anstand kennt. Ohne ihn ging es unserem Ort viel besser.«

Nur mir nicht, Mum, aber das war dir ja schon immer egal. Dir ist es nur wichtig, dass du nach außen hin das perfekte Familienleben führst.

»Er rebelliert eben gern«, war alles, was Dad dazu sagte.

Ein spitzes Lachen drang aus ihrer Kehle. »Rebelliert?«, polterte sie plötzlich los. »Dieser Einfaltspinsel hat unsere Jordan verdorben, Robert, reicht das nicht etwa?«

Dad räusperte sich. »Ich bitte dich, Claire.«

Rabauke. Einfaltspinsel. Verdorben. Sie musste es immer wieder auf die Spitze treiben, ohne darauf zu achten, was ihre Worte in mir auslösten. Es reichte nicht, dass ich mir ohnehin wie eine Aussätzige im eigenen Elternhaus vorkam, nein. Jetzt war ich auch noch ein verdorbenes Mädchen.

»So siehst du mich also? Verdorben?«, fuhr ich sie an und stieß den Stuhl um, als ich mich erhob. »Gib doch zu, dass ich nie in dein scheißperfektes Leben gepasst hab und ich nie die Tochter war, die du dir gewünscht hast! Aber versuch nicht anderen die Schuld in die Schuhe zu schieben, denn da ist nichts, was du anderen vorwerfen kannst. Es ist einfach mein miserabler, widerwärtiger Charakter, Mutter, kapier es endlich.«

Blut rauschte in meinen Ohren und ich war drauf und dran, ihr für die abstoßenden Worte die Bratensauce ins Gesicht zu schütten. Aber für den Moment war der schockierte Ausdruck in ihrem Gesicht Entschädigung genug. Dabei hatte ich mich zurückgehalten und ihr nicht das entgegengeschleudert, was mir tatsächlich durch den

Kopf schoss. Denn das hätte sie nie und nimmer vertragen, dafür war Mum viel zu schwach. Sie hatte es nie geschafft, über den Tellerrand hinauszuschauen, so gesehen tat sie mir leid.

Verzweifelte Rufe meines Dads und von Bex versuchten mich aufzuhalten, aber ich musste raus aus diesem Ort der Scheinheiligkeit. Das hier war nicht die Hölle, sondern der Himmel, der weitaus schlimmer und erdrückender war. Eiseskälte und Heuchelei hüllten mich ein, wie viel schlechter konnte da die Hölle sein?

Ich lief, wohin auch immer mich meine Füße trugen, und hielt erst inne, als meine Lunge brannte und sich ein Weg vor mir eröffnete, den ich nur zu gut kannte. Er führte zum Rohill Lake, an dem Gab und ich zahlreiche Tage und Nächte verbracht hatten. Hier waren Erinnerungen entstanden. Hier war ich ein ach so verdorbenes Mädchen geworden.

Der Wind raschelte in den dichten Baumkronen, ich legte den Kopf in den Nacken und schloss die Augen. Mums Worte hatten mich verletzt und wenn sie glaubte, ich hatte Gab so schnell vergessen, hatte sie sich geschnitten. Die Rolle, die er in meinem Leben einnahm, würde nie sterben. Vielleicht würde er nicht mehr die Hauptrolle einnehmen, denn ich war bereit die eigene Hauptrolle in meinem Leben zu übernehmen, aber Gab war immer da. Überall.

Als ich die Augen öffnete, beschloss ich Bex eine Nachricht zu schreiben. Sie war unbeabsichtigt in eine Auseinandersetzung geraten und ich wollte nicht, dass sie darunter litt.

Lass dir von mir nicht den Hunger verderben, und nimm noch eine Portion für deine Mum und Holly mit. Mir geht's gut.

Da ich noch nicht bereit war umzukehren, schlenderte ich eine Weile in der Gegend herum und folgte dem Weg, bis ich das blaue Wasser des Sees erblickte. Der Rohill Lake war ein kleiner See, das Wasser allerdings sauber und immer einen Ausflug wert. Er strahlte Ruhe und Zufriedenheit aus, genau das, was ich gerade brauchte. Im Schneidersitz ließ ich mich am Flussufer nieder und versuchte meine hektische Atmung zu beruhigen. Hier war niemand anderes als die Tiefe des Sees, das Zwitschern der Vögel und das Rascheln der Blätter.

KAPITEL 5

Das Auto meines Vaters stand bereits in der Einfahrt und der Duft von Braten und gebackenen Kartoffeln lag in der Luft. Früher hatte ich mir noch die Mühe gemacht, den Geruch von Zigarren durch Parfüm zu überdecken oder durch mehrmaliges Duschen von mir zu bekommen. Mittlerweile war es mir egal, das Zigarrenrauchen war eines der harmlosesten Dinge in meinem Leben und das wussten meine Eltern. Also duldeten sie es.

»Hey, Dad«, sagte ich, als ich den Wohnbereich betrat und mich an den bereits gedeckten Tisch setzte. Die Gläser waren kristallklar poliert, kein einziger Wasserfleck war zu erkennen und auch das Silberbesteck glänzte gefährlich. Da traute man sich ja kaum damit Essen zu sich zu nehmen oder es gar zu berühren.

»Gab, mein Sohn«, er legte seine faltige Hand auf meine und lächelte mir zu, »schön, dass du hier bist.« Er war in den letzten zwei Jahren sichtlich gealtert, sein Haar war komplett ergraut und sein Bart dichter.

Ein Schmunzeln umspielte meine Lippen. »Ob das schön ist oder nicht, wird sich zeigen.«

»Aber Gabriel, sag doch so was nicht«, schaltete sich meine Mutter ein, die gerade den Braten servierte und sich die Hände an der Schürze abwischte. »Hast du die letzten zwei Jahre überhaupt was Anständiges zu essen bekommen?«

Dad und ich tauschten einen Blick aus, ehe wir loslachten und Mum entrüstet die Hände in die Hüften stemmte. Das war typisch Mum, die Welt konnte untergehen und sie sorgte sich um die kulinarische Versorgung. Für sie gab es nichts Schlimmeres als ein misslungenes Dinner.

Während wir aßen, brüstete sich mein Vater wieder mit außergewöhnlichen Vorkommnissen im Rathaus und wenn er eines konnte, dann überzeugend reden. Als Bürgermeister von Prattsville sollte er das auch können. Er verstand es, mit Worten umzugehen und wie sie beim Publikum ankamen. Einen Vortrag vor über Hunderten Menschen zu halten stellte für ihn kein Problem, sondern vielmehr eine Routine dar, die er mit Leichtigkeit bewältigte.

»Ich bin mir nicht sicher, ob die Frage überhaupt zulässig ist, Gabriel«, setzte mein Vater an und nippte an seinem Rotweinglas. »Aber was gedenkst du zu tun? Hast du einen Plan? Eine Zukunft? Oder ist das wieder eine deiner glorreichen Eingebungen?«

Dass das Gespräch irgendwann auf dieses unliebsame Thema gelenkt wurde, kam nicht überraschend. Mein Vater hatte einen geradlinigen, unkomplizierten Lebenslauf, in Cambridge Jura studiert, promoviert und war seit mehr als zehn Jahren Bürgermeister von Prattsville. Sicherlich hatte auch er andere Pläne für seinen Sohn gehabt.

Ich seufzte, legte das Besteck beiseite und konnte mir nur schwer ein herzhaftes Gähnen verkneifen. »Du weißt doch, Dad, das ist nicht mein Ding.«

»Nicht dein Ding?«, wiederholte er ungläubig. »Verantwortung, eine Zukunft und ein geregeltes Leben sind nicht dein Ding? Dann wirst du irgendwann auf der Straße landen, Junge, in deinem Alter –«

»Lass es gut sein, alter Mann, das Gespräch haben wir schon oft genug geführt. Kannst du dich erinnern, dass wir jemals auf einen gemeinsamen Nenner gekommen sind? Nein, oder? Das werden wir nie, also vergiss es, Dad. Du kannst mich nicht bekehren, du bist nicht Gott und schon dreimal nicht der Teufel. Du gibst dich mit deinem Job zufrieden, dann lass auch mich zufrieden.«

Diese Art von Gesprächen war ermüdend und auch mir gingen bald die Worte aus. Ich lag meinen Eltern nicht auf der Tasche und mein Leben war meine Angelegenheit, was wollten sie also tun?

Mum seufzte und zupfte an ihrem Kleid herum. »Gab.«

»Ich bin aus ehrlichen Absichten hergekommen und nicht, um euch Sorgen zu bereiten«, fügte ich hinzu, was sogar der Wahrheit entsprach. Prattsville war keine Hochburg außerordentlicher oder aufregender Vorkommnisse, es war ein gediegener Vorort im Südwesten Englands, ein Anziehungspunkt für Familien mit Kindern. Es war meine Heimat, jedoch nicht der Ort, an dem ich bleiben wollte.

»Das tun wir aber, Gab. Oder denkst du, ich möchte dabei zusehen, wie mein einziger Sohn sein Leben wegwirft?«, widersprach Dad und tupfte sich mit der

Serviette den Mundwinkel ab. »Abgesehen davon wissen wir nicht einmal, wo du dich die letzten Jahre herumgetrieben hast, geschweige denn, was du angestellt hast.«

»Ein Lebenszeichen hättest du wenigstens geben können«, ergänzte Mum, die ihren Blick auf den Teller vor sich gerichtet hatte.

Ich rollte mit den Augen. »Ich lebe noch, wie ihr seht. Vertraut ihr mir etwa so wenig?«

Die Antwort auf diese Frage war mir bereits klar, bevor ich die Frage stellte. Schon als kleiner Junge hatte ich die meiste Zeit allein draußen verbracht und ich wusste früh mich zu verteidigen. Einerseits verstand ich ihre Sorge, andererseits wollte ich mein Leben so gestalten, wie es mir gefiel. Was das anging, benahm ich mich häufig egoistisch. Ich gehörte weder in dieses Haus noch nach Prattsville, mein Platz in der Welt war woanders.

»Gab, wir haben dich und deinen Freigeist nie zurechtgewiesen«, nahm meine Mutter das Wort an sich und sah mir endlich ins Gesicht. Ihre Augen glänzten und die Hand, in der sie die Gabel hielt, zitterte kaum merkbar. »Du bist unser Sohn und wir lieben dich, aber du kannst es uns nicht zum Vorwurf machen, dass wir nur dein Bestes wollen.«

Für gewöhnlich lösten Worte nichts in mir aus, sie gingen rein und raus und waren noch schneller vergessen. Aber aus unersichtlichen Gründen trafen mich ihre Worte. Sie brachten mich zum Nachdenken und genau damit konnte ich nicht umgehen – mit Gedanken, die sich nicht nur in meinen Kopf, sondern auch in mein Herz fraßen. Als ich begriff, dass mir ihre Worte mehr bedeuteten, als ich jemals zugeben würde, wollte ich am liebsten flüchten. Vor dem Gefühl der Zuneigung und Nähe. Aber noch war es nicht so weit, noch hatte mein Plan ein paar Stunden Zeit. Es war der einzige Lichtblick heute und den würde ich voll und ganz auskosten.

»Mein Bestes, Mum«, erwiderte ich, bemüht nicht die Fassung zu verlieren, »ist nicht unbedingt das, was ihr für mein Bestes haltet. Bei aller … Liebe.«

Dad räusperte sich und rückte seine Krawatte zurecht. »Deine Mutter und ich haben uns unterhalten, wir sind zu einem Entschluss gekommen.«

»Eher eine Vereinbarung«, ergänzte Mum und stocherte in ihrem Essen herum.

Das konnte verdammt noch mal nichts Gutes heißen. Für einen kurzen Augenblick bereute ich es, hergekommen zu sein, aber ich sollte meine Eltern ausreden lassen. Und danach die Fassung verlieren.

»Lasst hören.« Der Spott in meiner Stimme war nicht zu überhören. Ich lehnte mich zurück und sah zwischen meinen Eltern hin und her. Ich war gespannt, auf welch fabelhaften Einfall sie gekommen waren. Wetten, dass sie die Rechnung ohne mich machten?

»Ohne eine gute Ausbildung kommst du heutzutage nicht weit und schließlich willst du mal auf eigenen Beinen stehen, eine Wohnung oder ein Haus kaufen, deinen Lebensunterhalt finanzieren«, begann Dad, »und es zu was bringen. Deshalb gewähren wir dir deine … Auszeit, oder wie auch immer man das nennen möchte, für weitere vier Monate. Bis dahin wirst du dich für ein Studium an der Browningham einschreiben, das wir dir selbstverständlich finanzieren werden. Drei Jahre an einer Universität, das wirst du doch durchhalten, oder, Gabriel?«

Und ich bereute es. Das war ein schlechter Witz. Sie verlangten genau das von mir, was ich verabscheute. Sie wollten mich in ein Leben zwängen, das nicht meines war und niemals sein würde. Ich würde einen Teufel tun, mich ihrem Willen zu beugen. Es war ihrer Ansicht nach das Beste für mich, aber ich wusste es besser.

»Das könnt ihr nicht von mir verlangen.«

»Wir wollen nur dein –«

»Bestes für mich?«, äffte ich sie nach und haute mit der Faust auf den Tisch, sodass die Gläser klirrten. »Einen Scheiß wisst ihr. Ihr denkt nur daran, was das Beste für *euch* wäre!«

»Du hast unsere Geduld lange genug strapaziert und nun ist es an der Zeit einzugreifen.« Das war ja klar, dass ausgerechnet mein Vater das sagte. Er, der als Bürgermeister sowieso im Zentrum der Aufmerksamkeit stand und um sein Ansehen besorgt war.

»Und was, wenn ich mich nicht an eure ach so wunderbare Vereinbarung halte? Verstoßt ihr mich dann?«, höhnte ich und zog die Augenbrauen in die Höhe.

Dad schwenkte das Weinglas in seiner Hand, ehe er einen Schluck davon nahm und mir antwortete: »Bitte, Gabriel, übertreib nicht so maßlos. Du wirst immer unser Sohn bleiben. Wir werden dir lediglich kein Dach mehr über dem Kopf bieten, die letzten zwei Jahre hast du es ja auch ohne durchgestanden, stimmt's?«

Meine Eltern meinten es tatsächlich ernst, so was von scheiße ernst. Aber ich war zu stolz, um zuzugeben, dass es mich juckte.

»Gut, wenn ihr meint«, gab ich schulterzuckend zurück und tat so, als wäre mir nicht jeglicher Appetit vergangen, und schob mir ein Stück Braten in den Mund. Es schmeckte fad und geschmacklos, aber ich würgte es herunter.

Mum und Dad schienen einen Moment lang überrascht über meine übereilte Zustimmung, aber sie dachten sich wohl nichts dabei. Tja, ihr Fehler, ich würde sicherlich nicht nach ihrer Pfeife tanzen. Ach, Mummy und Daddy, wie kamt ihr nur auf den Gedanken, dass ich das jemals tun würde?

Das Abendessen verlief ohne weitere Zwischenfälle, es folgten die üblichen Gespräche über anstehende Wahlen, Beschlüsse und sonstigen langweiligen Bullshit. Ich konnte gar nicht so viel essen, wie ich kotzen wollte. Die ganze Situation und die Tatsache, dass mich alles mehr traf, als es sollte, widerten mich an.

Die Zeit verging elendig langsam und so war ich froh, als meine Mutter den Tisch abdeckte und Dad sich mit einer Zigarre in sein Büro verzog. Die Stunden waren gezählt.

*

Es war kurz nach Mitternacht und ich tigerte schon eine ganze Weile in meinem Zimmer herum. Ich fühlte bereits, wie das Adrenalin durch meine Adern schoss. Ich wollte meinen Plan endlich in die Tat umsetzen. Im Haus war es mucksmäuschenstill, meine Eltern waren vor über zwei Stunden schlafen gegangen und nun erwachte meine Zeit.

Und sie, sie war so ahnungslos.

Leise schloss ich die Zimmertür hinter mir, zog mir die Mütze des Hoodies tief ins Gesicht und verließ das Haus. Die Luft draußen war kühl, die Wolken hingen dicht am Himmel und die Straßen waren menschenleer. Ich musste nur die Willesley Street hochlaufen und schon war ich da. Obwohl ich kaum Zeit in dem Haus verbracht hatte, war es mir vertraut und ich konnte nicht erwarten es nach zwei Jahren wieder zu betreten.

Da ich wusste, dass das Haus über eine Alarmanlage verfügte und man nur über ein Rankengitter an der Fassade hineingelang, durchquerte ich den Garten. Ich fokussierte mein Ziel, das erste Fenster links, und kletterte über das Gitter hoch. Es war anstrengender als erwartet, hatte ich doch seit Monaten keinen Sport mehr getrieben. Das Fenster zu öffnen hingegen war leicht und ich versuchte es so geräuschlos wie möglich zu tun. Anschließend schlüpfte ich in das Zimmer hinein und landete mit den Füßen auf dem Boden.

Da lag sie in ihrem Bett und schlief tief und fest, die Decke an ihren Oberkörper gedrückt. So unschuldig, so brav.

Natürlich hatte ich Vorsichtsmaßnahmen getroffen, nur geringfügig und darauf bedacht, ihr nicht den Spaß an der ganzen Sache zu nehmen. Sie sollte glauben sich in einem Zustand zwischen Schlaf und Wachsein zu befinden. Sie sollte an sich selbst und an dem, was gleich passierte, zweifeln.

Traum oder Realität, Babygirl.

Vorsichtig ging ich auf das Bett zu und betrachtete sie, ihr engelsgleiches Gesicht und wie sich ihr Brustkorb hob und senkte. Ich strich ihr eine dunkelblonde Haarsträhne hinters Ohr und fuhr mit der Fingerspitze über ihre vollen Lippen bis hin zu ihrer Kinnpartie und ihrem Brustansatz. Ich seufzte. Natürlich trug sie nichts unter dem schlabbrigen T-Shirt, ihre Brustwarzen reckten sich mir schon in freudiger Erwartung entgegen. Am liebsten würde ich ihr das Stück Stoff vom Leib reißen und an ihren Nippeln saugen, bis sie so feucht war, dass ihr der Saft an den Schenkeln runterlief.

Shit, reiß dich zusammen.

Ihr Körper zuckte kurz zusammen und für einen winzigen Augenblick fragte ich mich, was passierte, wenn mein Plan nicht aufging. Wenn Jordan erwachte und ihr bewusst wurde, was ich mit ihr anstellte. Andererseits kannte ich sie gut und lange genug, um zu wissen, dass sie genau darauf stand. Sie genoss es, sich sowohl körperlich als auch seelisch in meine Arme fallen lassen zu können. Doch vor zwei Jahren hatte ich sie einfach fallen gelassen, womöglich in eine unberechenbare Düsternis. Ches' Erzählungen zufolge hatte Jordan ihre ganz eigene Art gehabt, mit meinem Verschwinden umzugehen – natürlich, sie war ein Dickkopf wie eh und je.

Und eine Rebellin, aufmüpfig und unzähmbar.

Du verlierst dich in rührseligen Erinnerungen, Schwachkopf. Fokussier dich auf dein Vorhaben.

Mein Vorhaben, o ja. Ich betrachtete ihre zartrosa Lippen, die einen Spaltbreit geöffnet waren, und die schon viel zu lange nicht mehr meinen Schwanz umschlossen hatten. In einer flinken Bewegung zog ich die dünne Bettdecke von ihr und ein Grinsen schlich sich auf mein Gesicht, als ich ihre Pussy erblickte. Glatt rasiert und verführerisch glänzend im fahlen Licht des Mondes. Sie trug ohnehin so gut wie nie einen Slip, bereits mit zwölf Jahren war sie das Stück Stoff leid gewesen. Ganz zu meinem Wohlgefallen. Ich ließ meine Finger durch ihre Schamlippen gleiten und als spürte sie meine Anwesenheit, öffnete sie ihre Beine ein wenig. Fast widerstandslos drang ich mit zwei Fingern in sie ein, den Daumen an ihrer Knospe. Mehrmals stieß ich in sie, den Blick beständig auf Jordan gerichtet, deren Atem immer schneller ging. Hektischer. Stoßweise. Zu sehen, wie sie sich unter meinen Berührungen wand, ließ unberechenbare Erregung in mir explodieren. Den Wunsch, sie auf der Stelle zu nehmen und meinen pochenden Schwanz in sie zu rammen, musste ich mühselig zurückhalten. Das hier sollte nur ein Vorgeschmack sein, eine Erinnerung, vielleicht auch eine Warnung. *Ich bin wieder da, Babygirl, und ich hab keine einzige Sekunde, die wir miteinander verbracht haben, vergessen.*

Ich zog meine Finger, die klatschnass waren, aus ihr heraus und beugte mich zu ihr hinab. Dann leckte ich über ihre Pussy und genoss ihren Geschmack auf meiner Zunge. So süß, so verdorben. Gerade als ich ihr T-Shirt nach oben zog und mich am Anblick ihrer perfekt geformten Brüste ergötzte, öffneten sich flatternd ihre Augenlider. Ein Stöhnen entschlüpfte ihrer Kehle.

»Gab«, wisperte sie undeutlich, ehe sie ihre Augen wieder schloss und ihren Kopf auf die Seite bettete.

Ein Grinsen stahl sich auf mein Gesicht. Es verlief bisher alles wie geplant. Schließlich umfasste ich ihre Brüste, so fest, dass Jordan aufstöhnte, und nahm einen ihrer rosigen Nippel in meinen Mund. Sie bewegte sich unruhig unter mir, streifte dabei meinen Arm und drückte ihr Becken gegen meines.

»Das gefällt dir, was?«, murmelte ich an ihrem Hals, biss sanft in ihr Fleisch und hinterließ einen violetten Fleck.

Das wird nicht die einzige Spur sein, die ich heute Nacht auf deinem kostbaren Körper hinterlasse, Babygirl.

Meine Finger wanderten wieder zwischen ihre Beine und ihre Scham war nass und bereit. Scheiß drauf, sie sollte mehr als einen jämmerlichen Vorgeschmack bekommen. Ich zog meine Hose ein Stück nach unten und drang mit einem Stoß in sie ein. Sie nahm mich sofort in sich auf und sie fühlte sich so betörend an wie eh und je. Ich wünschte, sie wäre bei vollem Bewusstsein. Dann könnte ich sie fühlen lassen, was in meiner geschundenen Seele vor sich ging. Unbändige Wut und das fremdartige Gefühl in meiner Brust, wann auch immer meine Gedanken zu ihr schweiften. Sie sollte spüren, welchen Orkan an Gefühlen sie in mir auslöste.

Damals.

Heute.

Ich stieß erbarmungslos in sie, ohne den Blick von ihrem unschuldigen Gesicht zu nehmen, dessen Stirn sich kaum merkbar runzelte. Ihr Mund war geöffnet, dumpfes Stöhnen drang aus ihm und ich spürte, wie sich ihre Pussy um meinen Schwanz zusammenzog.

Traum oder Realität, Babygirl, was glaubst du?

Blut rauschte in meinen Ohren und benebelte meine übrig gebliebenen Sinne. Erregung und die Erkenntnis, wahrhaftig wieder hier zu sein, bei ihr, in diesem gottbeschissenen Ort, setzten kurzzeitig meinen Verstand aus. Meine Hand legte sich um ihren Hals und drückte zu. Eine Sekunde. Zwei. Fester. *Was, wenn dir die Luft ausgeht, Jordan? Wirst du mich dann anbetteln? Glaubst du dann immer noch, das alles geschieht nur in deinem Kopf? In dem Ort schmutziger Fantasien?*

Im Grunde genommen waren wir beide gleich. Rastlos, immerzu auf der Suche nach dem Tropfen, der unser inneres Feuer entzündete.

Aber du weißt nicht, dass genau du das für mich bist. Der Mensch, der meinen seelischen Orkan beschwichtigt und es in etwas verwandelt, das sich weniger unberechenbar anfühlt.

Und ich war nicht in der Lage, es zuzugeben.

Ich nahm meine Hand von ihrem Hals und starrte auf den Abdruck, den ich hinterlassen hatte. Eine Träne rollte über ihre Wange und ich fing sie auf. Ja, das war die Jordan, die ich kannte und vor über zwei Jahren zurückgelassen hatte.

Ich zog mich aus ihr zurück, stellte mich neben das Bett und betrachtete sie, während ich meinen Schwanz wichste. Wenn Jordan doch nur wüsste, was ich gerade mit ihr anstellte – sie wäre außer sich, vor Wut, vor Erregung. Sie würde mich anschreien, womöglich schlagen und anspucken und fragen, was ich mir erlaubte.

Alles, würde die Antwort lauten. Sie wäre stinksauer und die Vorstellung würde sie mehr erregen, als sie zugeben würde.

Schließlich kam ich – auf ihren Brüsten, ihrem Bauch und genoss den Anblick meiner Samen auf ihrem Körper.

»Du wirst aufwachen und wissen, dass ich da war«, flüsterte ich ihr ins Ohr, woraufhin sie leise stöhnte und sich die Lippen befeuchtete. Ich umfasste ihr Kinn und fuhr die Konturen ihres Mundes mit dem Finger nach. Obwohl die Sehnsucht, sie zu küssen, mich fast zerriss, wagte ich es nicht. Nicht jetzt, nicht heute.

Aber hoffentlich eines Tages, fügte der schwache Teil meines Verstands hinzu, den ich die letzten zwei Jahre aus meinem Leben verbannt hatte.

Ich gestattete mir einen letzten Blick auf die friedlich schlafende Jordan, ehe ich das Zimmer geräuschlos durch das Fenster verließ. Es war kurz nach 2 Uhr nachts und menschenleer in den Straßen Prattsvilles. Ich griff in meine Hosentasche und zündete mir eine Zigarette an, deren Rauch mich wie ein Kokon umgab. Die Ruhe der Dunkelheit, das Nikotin in meinen Lungen und das gestillte

Verlangen ließen mich für einen Moment durchatmen. Ich war mit meinem Auto durch ganz England gefahren und doch wieder hier gelandet. Aber wer konnte schon ahnen, wohin es mich diesmal führte und wie lange. Daran wollte ich keinen Gedanken verschwenden. Ich zog an der Zigarette, stieß den Rauch aus und drückte sie mit dem Schuh auf der Straße aus. Dann öffnete ich die Haustür und hielt prompt inne.

»Wo kommst du her?« Meine Mum stand, in einem Bademantel bekleidet und ein Glas Wasser in der Hand, in der Küche. Ihre geweiteten Augen musterten mich.

»Konnte nicht schlafen.«

»Hm«, machte sie nur.

Genug, um mir unmissverständlich klarzumachen, dass sie mir nicht glaubte. »Nacht.«

»Gabriel, warte.« Sie legte ihre Hand auf meinen Arm und ich beging den Fehler, stehen zu bleiben. »Ist es … wegen des Ultimatums?«

Ich seufzte. »Nein, Mum.«

»Du wirst wieder abhauen, stimmt's?«

Ich musste sie nicht ansehen, um zu wissen, dass Tränen in ihren Augen standen. »Nein, Mum, werde ich nicht«, antwortete ich zu meiner Überraschung.

»Wir meinen es nur gut.«

Vielleicht sie, aber ganz bestimmt nicht Dad. Seine Forderung war mehr als klar und ich tat einen Teufel, mich ihm zu beugen. »Ich bin müde.« Dann lief ich, ohne auf eine Reaktion ihrerseits zu warten, die Treppe hoch in mein Zimmer und schloss ab. Den verschwitzten Hoodie tauschte ich gegen ein frisches T-Shirt aus, setzte mich auf mein Bett und fuhr mir durch die Haare. Wie Jordan wohl reagierte, wenn sie aufwachte und das getrocknete Sperma auf ihrem

Körper sah? Allein die Vorstellung machte mich wieder hart. Aber eine versteckte Kamera bei Jordan im Zimmer anzubringen wäre wohl zu viel des Guten gewesen. Oder?

Ich lachte in mich hinein. Sie konnte von Glück reden, dass ich nicht zuvor auf die Idee gekommen war. Jordan und ich hatten so einiges getan, das sich abseits jeglicher Norm und Moral abspielte – aber ein Stalker war ich nun wirklich nicht.

Aber ein Perversling, der in ihr Zimmer einbricht und sie fickt. Ohne Kondom. Ohne Einverständnis. Ohne Gewissen.

Zu behaupten, dass es ihr gefallen hätte, wäre sie bei vollem Bewusstsein gewesen, spielte keine Rolle. Das machte es nicht ungeschehen und mich zu keinem besseren Typen. Allerdings hatte ich das auch nie gesagt.

Du kannst mich verurteilen, aber das macht dich ebenso wenig zu einem besseren Menschen.

KAPITEL 6

Blinzelnd öffnete ich die Augen und streckte mich, ehe ich bemerkte, dass mein T-Shirt ein ganzes Stück nach oben gerutscht war. Es legte meine Brüste frei und als ich es nach unten ziehen wollte, hielt ich inne. Ich fuhr mit dem Finger über die getrockneten, verkrusteten Stellen, die sich von meinen Brüsten bis zu meinem Bauch zogen. Was zum Teufel war das? Hatte ich in der Nacht einen Milchshake getrunken und verschüttet? Das war unmöglich, immerhin … war ich mir nicht mal im Klaren darüber, was letzte Nacht geschehen war. Nach dem katastrophalen Abendessen war ich spazieren gewesen, bis mich der Stress der vergangenen Tage so müde gemacht hatte, dass ich beschloss zurückzulaufen. Aber nicht nur der Stress der vergangenen Tage, sondern auch Gabs Rückkehr.

Gab.

Ich hatte einen Traum gehabt, einen verdammten Traum. Einen verdammt realistischen Traum.

Plötzlich riss ich mir das T-Shirt vom Leib und starrte auf mich hinab. Es war kein Traum gewesen. Das konnte unmöglich wahr sein, oder? Er hatte es nicht gewagt, mich zu ficken, während ich schlief, oder? Und wie er das hat, schoss es mir durch den Kopf. Dieser Bastard! Ich werde ihn mir vorknöpfen und meine Fingernägel so tief in seine Eier bohren, dass sie bluten, dass ihm die Augäpfel rausfallen. Das war ein Einfall ganz nach Gabs krankem Charakter. Er hatte es geplant, da war ich mir ganz sicher, und es hatte ihm einen Heidenspaß bereitet. Dieses abartige Schwein.

Damit wollte er mich einschüchtern und mir klarmachen, was ich für ihn war. Was er für mich war. Aber die Wahrheit war, er war nichts weiter als eine bloße Erinnerung.

Zwei Jahre, Gab, nicht nur du hast dein Leben gelebt.

Und doch machte mich der Gedanke daran, was er letzte Nacht mit mir angestellt hatte, mehr an, als ich zugab. Das war absolut verrückt – und eine Untertreibung. Damit kam er nicht so einfach davon, er hatte mich herausgefordert und ich würde zurückschlagen. Aber so was von.

Als ich im Bad stand, betrachtete ich seine Spuren ein letztes Mal, ehe ich mich unter die Dusche stellte und das warme Wasser sie wegspülte. Ich hasste mich dafür, dass ich dabei so etwas wie Bedauern empfand. Ich wusch mich derart schnell und fest, dass meine Haut rot war, und dann wollte ich nichts wie weg. Schließlich hatte ich mich mit Bex an der Browningham verabredet und ich war ohnehin zu spät dran.

»Guten Morgen –«

»Keine Zeit! Sorry, Mum!«, stieß ich schwer atmend hervor, als ich die Treppe hinunterhechtete und die Haustür hinter mir krachend zufiel.

Den Bus, der Prattsville nur einmal in der Stunde anfuhr, erreichte ich gerade so. Ich setzte mich auf einen Platz im hinteren Bereich, den Rucksack auf meinen Schoß gebettet und starrte aus dem Fenster. Die Häuser und Ladengeschäfte rauschten an mir vorbei, ohne dass ich sie wahrnahm. Da waren nur die Bilder von vergangener Nacht in meinem Kopf, die sich immer wieder vor mein inneres Auge schoben – egal, wie sehr ich versuchte sie abzuwehren. Ich presste die Augenlider so fest aufeinander, dass es schmerzte.

Gab. Seine Hände auf meinem Körper, seine Lippen, so nah an meinen, sein Schwanz in mir. Seine Augen, deren Blick er stets auf mich gerichtet hatte. Das Gefühl, ihn in mir zu spüren, war überwältigend. Doch noch überwältigender war es, seine Anwesenheit zu spüren. Zu wissen, dass er hier bei mir war und meine Gegenwart gesucht hatte. Dabei war er derjenige gewesen, der abgehauen war und mir damit ein kleines Stück meines Herzens zerbrochen hatte. Vorsätzlich.

Fuck! Erst die Ansage meiner Haltestelle riss mich aus dieser dämlichen Tagträumerei. Ich stolperte aus dem Bus und direkt in Bex' Arme, die mich mit hochgezogenen (und perfekt nachgezogenen) Augenbrauen musterte.

»Du siehst aus, als wärst du einem Geist begegnet.«

Das traf es mehr oder weniger gut. »Ich brauche Koffein, dringend. Du auch?«

Sie nickte, hakte sich bei mir ein und gemeinsam liefen wir über den Campus zur Cafeteria. Überall wuselten Studenten herum, auf dem Weg zum nächsten Kurs, zum Bus oder in die Bibliothek. Die Cafeteria war um diese Uhrzeit brechend voll, sodass ich abwägte mich vorzudrängeln.

»Was ist los mit dir?«, fragte Bex und kaute übertrieben auf ihrem Kaugummi herum, aus dem sie im nächsten Moment eine pinke Blase formte. Sie hatte die Arme in die Hüften gestemmt, die pechschwarzen Haare zu einem Vogelnest drapiert und trug unter ihren Shorts eine Netzstrumpfhose. Natürlich blieb ihr meine Zerstreutheit nicht verborgen.

»Hab schlecht geschlafen.«

»Aha«, machte sie. »Ist es wegen deiner Mum oder –«

»Oder was?«, fiel ich ihr viel zu laut ins Wort, wodurch sich einige Köpfe zu uns herumdrehten. Ich schnitt eine Grimasse und schnell wandten sich die meisten ab. Neugierige Aasgeier. »Ich hab einfach nur beschissen geschlafen, dafür braucht es keinen Grund.«

Bex schnaufte und es ging in der Schlange endlich vorwärts. »Wow, ich bin nicht deine Mum, falls du mich durch deine übermäßig getuschten Wimpern nicht richtig erkennst. Also auch kein Grund, mich so anzufahren.«

Scheiße, sie hatte so was von recht. Frustriert rieb ich mir mit der Hand über das Gesicht. »Tut mir leid«, räumte ich ein. »Letzte Nacht hat mich echt … geschlaucht.« *Und wie sie das hat, du elendige Lügnerin.* Ich konnte Bex unmöglich davon erzählen, was passiert war, oder? Sicher, es war nicht das Schlimmste, was Gab getan hatte, es gab weitaus Verstörenderes. Das einzige Verstörende daran war, dass es mir verdammt noch mal gefallen hatte – auch wenn meine Erinnerungen nur aus ein paar Fetzen bestanden. Das vor meiner besten Freundin zuzugeben war, wie sich selbst einem Mörder auszuliefern.

Gab. Seine Hände, die meine Brüste umschlossen. Seine Zunge, die über meine triefend nasse Scham leckte. Sein Herz, das im selben Takt mit meinem schlug. Für diese

Nacht, für diese wenigen Augenblicke. Sein Sperma, das meinen Körper verzierte.

»Jordan!«

Mein Kopf schnellte herum und vor mir stand wie aus dem Nichts Cheston. Er fuchtelte wild mit seinen Armen vor mir herum, woraufhin ich ihm in den Bauch boxte und er sich gespielt betroffen die Stelle rieb.

»Mach dir nichts draus, sie ist heute mit dem falschen Fuß aufgestanden«, brummte Bex, nicht ohne mir einen vernichtenden Blick zuzuwerfen, »oder eher gesagt, mit zwei falschen Füßen.«

Ich verdrehte die Augen und deutete mit dem Zeigefinger abwechselnd auf Bex und Ches. »Und das ist der neueste Trend? Partnerlook?«

Beide sahen den anderen verdutzt an, bis ihnen klar wurde, dass ich auf ihre Frisur anspielte. Sowohl Bex als auch Ches trugen das Haar zu einem Knoten auf dem Kopf.

»Haha«, entgegnete Ches. »Wenn man im Rix arbeitet, hat man offensichtlich keine Zeit mehr, sich ordentlich die Haare zu machen.«

Bex stieß ein spitzes Lachen aus, wodurch sich erneut mehrere Köpfe zu uns herumdrehten. »Sagt der, der seine gesamte Freizeit dort verbringt.«

Einerseits war ich froh, dass die zwei mit ihrer Auseinandersetzung die Aufmerksamkeit auf sich lenkten und so nicht mehr meine miese Laune im Vordergrund stand. Andererseits musste ich mir schleunigst überlegen, wie ich mich an Gab rächen konnte. Die Zeit, als ich mich ihm hingegeben hatte, war längst vorbei.

»Das kannst du ja wohl nicht damit vergleichen, dass du dein Geld damit verdienst, anderen Typen –«

»Anderen Typen was?«, wetterte Bex los. »Ich arbeite an der Bar, mein Lieber, niemand bekommt meine Brüste zu sehen. Einschließlich dir.«

»Ausgerechnet im Rix! Wenn du Geld brauchst, dann hättest du mich fragen können«, gab Ches kleinlaut zurück, was ihm einen belustigten Blick von Bex einheimste.

»Dich um Geld bitten? Erstens, brauch ich keine Almosen und zweitens, ganz bestimmt nicht von deinem Daddy. Oder seit wann besitzt du eigenes Geld? Hast du neuerdings 'ne Hanfplantage, oder was?«

»Du bist so verdammt stur, Bex, ich sollte dir den Arsch versohlen und dein –«

Auf einmal trat Bex einen Schritt vor und stand so dicht vor ihm, dass ich annahm, sie würden sich fast … küssen? Oder doch eher aufeinander losgehen? Jedenfalls nahm ihre Meinungsverschiedenheit ein Ausmaß an, das selbst mich überraschte. Woher kam plötzlich diese Wut aufeinander? Lief da etwas zwischen ihnen, von dem ich nichts ahnte? Verheimlichten mir meine Freunde etwas? Und was, wenn Ches wusste, was Gab letzte Nacht getan hatte?

Wie war es überhaupt möglich, dass Gab seinen Plan durchziehen konnte, ohne dass ich mich hatte wehren können? War ich derart benebelt gewesen? Wie zur Hölle hatte es dazu kommen können? Tausend Fragen schossen mir durch den Kopf.

»Geht's hier auch mal vorwärts? Oder wie lange soll ich auf einen beschissenen Kaffee warten?«, platzte es aus mir heraus.

Ausnahmslos jeder drehte sich zu mir um und starrte mich mit schreckgeweiteten Augen an. Es herrschte Totenstille. Zumindest unterbrachen Bex und Ches so ihren Streit.

Ein Blick auf mein Smartphone verriet mir, dass ich viel zu viel Zeit verplempert hatte. »Scheiß drauf, ich muss los. Mein Kurs beginnt gleich. Bis dann, Leute, und schlagt euch nicht die Köpfe ein.« Dann machte ich auf dem Absatz kehrt, ließ einen Haufen verdatterter Menschen in der Cafeteria zurück und sprintete zum Seminarsaal.

Ich sollte noch den ganzen restlichen Tag an vergangene Nacht denken. Seine Berührungen hatten Abdrücke auf meiner Seele hinterlassen, die auf mir brannten wie heißes Eisen.

›Du wirst aufwachen und wissen, dass ich da war‹, hörte ich ihn leise sagen.

Das Geräusch von aneinander klatschender, verschwitzter Haut und von sich küssender Lippen war mein Soundtrack für heute. In Endlosschleife und einer Lautstärke, die unter anderen Umständen meine Ohren hätte klingeln lassen. Aber es war wie eine Melodie, die mich auf Schritt und Tritt begleitete und sich an mein Innerstes klammerte.

*

Der Duft nach Schweiß, billigem Parfüm und belegten Broten füllte den Hörsaal aus. Die Vorlesung über flämische und holländische Kunst im 16. und 17. Jahrhundert zog für gewöhnlich meine gesamte Aufmerksamkeit auf sich, weil ich jegliches Wissen über Kunst aufsog wie ein Schwamm. Allerdings musste ich mir eingestehen, dass meine Konzentration heute woanders lag. Ganz zu meinem Missfallen.

Wer zum Teufel glaubte er, dass er war, einfach so in mein Zimmer einbrechen und mich wie ein Stück Fleisch behandeln zu können? Zwar hatten Gab und ich schon oft miteinander geschlafen und das auf eine Art, die andere wohl verstörte. Doch da wollte ich, dass er mich genau so behandelte. Dass er sich nahm, was er brauchte, und mir gab, was ich brauchte. Schläge, die meine Wangen pulsieren ließen. Schmerzen, die mich sowohl vor Anstrengung als auch Erregung keuchen ließen. Spuren, die vergingen. Spuren, die blieben – auf meinem Körper, in meiner Seele.

Aber er konnte mich nicht nehmen, wenn ihm gerade einfiel, dass ich auch noch existierte. Ich hoffte, er würde nie herausfinden, als was für ein Häufchen Elend er mich zurückgelassen hatte. Alles nur, weil ich mich nicht im Griff hatte. Dabei war mir bewusst, dass Gab nicht dazu in der Lage war, so etwas wie Liebe zu fühlen oder gar zu geben. Ich allerdings war es – das wurde mir klar, als er weg war. Doch Gab konnte Liebe auch nicht empfangen – ich schätzte, er war immun dagegen und daran würde sich nichts ändern. Nichts und niemand, nicht einmal ich, die ihn so gut kannte wie kein anderer.

Ich schob den Collegeblock von mir, verschränkte die Arme vor der Brust und ließ meinen Blick aus der Fensterfront gleiten. Der Himmel war bewölkt und nur vereinzelte Sonnenstrahlen drängten sich durch die dichten Wolken. Auf den Grünflächen tummelten sich einige Studenten, genossen die sommerhaften Temperaturen und – starrten mich unverhohlen an? Moment mal, was? Ich setzte mich kerzengerade auf und verengte die Augen zu Schlitzen. Gegen einen Baum gelehnt und die Arme, wie ich, vor der Brust verschränkt, stand dort jemand. Spielten mir meine Augen einen Streich oder schaute er mich tatsächlich an?

Er. Kinnlanges, dunkles Haar, das unordentlich um sein Gesicht lag. Komplett in schwarz gekleidet, Lederjacke, verschmutzte Jeans. Dieser Widerling.

Ohne darüber nachzudenken, packte ich meine Sachen zusammen und rannte, zwei Stufen auf einmal nehmend, aus dem Gebäude. Aber da war er bereits weg. Weit und breit war nichts mehr von ihm zu sehen, als plötzlich ein Motor aufheulte und ich ganz genau wusste, dass es von seinem Wagen kam.

»Du mieses Stück –«, brüllte ich und zum wiederholten Male an diesem Tag drehten sich andere Studierende zu mir um. »Was ist? Noch nie jemanden mit sich selbst reden sehen?«

Dass Gab ein Arschloch war, wusste ich, aber nicht, dass er neuerdings auch ein Stalker war. Das alles machte er nur, um mich zur Weißglut zu bringen – und ich lief ihm freudig ins offene Messer. Ich hatte die Kontrolle über mich verloren und das würde ich an ihm auslassen, egal, wie es endete. Er hatte es verdient.

»Jordan? Was machst du denn hier?«

Ich fuhr herum und blickte in Bex' Gesicht, die mich mit gerunzelter Stirn ansah. »Äh, die Vorlesung war früher vorbei.« Eine noch lahmere Ausrede fiel mir auch nicht ein, oder was? Und überhaupt, seit wann flunkerte ich meine beste Freundin an?

»Ach so.«

Sie glaubte mir kein einziges Wort. »Sorry, dass ich euch vorhin einfach hab stehen lassen.«

Sie machte eine wegwerfende Handbewegung und deutete mit ihrem Autoschlüssel Richtung Parkplatz, woraufhin ich nickte. »Schon okay. Ches, der Blödmann, scheint wohl der Meinung zu sein, irgendein Anrecht auf mich zu haben«, zischte sie und kramte aus ihrer Handtasche eine Zigarettenschachtel hervor. »Auch eine?«

»Wenn ich heute schon kein Koffein bekommen habe, dann wenigstens Nikotin.«

Sie reichte mir eine und zündete sie an, danach ihre eigene. Den Rauch, den sie ausstieß, wedelte sie mit der Hand weg. »Jetzt mal ehrlich, was ist los mit dir? Ich hab den Eindruck, dass was vorgefallen ist, von dem ich nichts weiß. Oder wissen soll.«

Ich wich ihrem Blick aus und statt ihr eine Antwort zu geben, zog ich an der Zigarette. Asche benetzte den viel zu großen weinroten Hoodie, den ich mir heute Morgen im Eifer des Gefechts übergezogen hatte. Wenigstens schlabberte die hautenge, zerschlissene Jeans nicht so an mir herum.

»Ist es doch wegen des Streits mit deiner Mum gestern Abend?«, bohrte Bex nach und griff nach meiner Hand.

»Herrgott, nein.« Ich bemühte mich um einen ruhigen Ton, aber mir war klar, dass ich scheitern würde – wenn wir nicht endlich das Thema wechselten. »Na ja, im Grunde genommen hat Ches nicht ganz unrecht.«

Sie blieb abrupt stehen, starrte mich mehrere Sekunden lang an und stieß dann Rauch direkt in meine Richtung aus. Auch wenn es ein schwacher Versuch meinerseits war, die Aufmerksamkeit von mir zu lenken, hatte es offensichtlich funktioniert. »Ist das dein Ernst?«

Wir erreichten Bex' Wagen, der – obwohl er mit Müh und Not gerade mal uns zwei transportierte – mehr als einen Parkplatz belegte. Tja, mit Bex zu fahren glich einer Achterbahnfahrt – und keiner von denen, die einen vergnügt aufschreien ließen. Man schaufelte sozusagen sein eigenes Grab, nur wann man es sich darin gemütlich machen konnte, war nicht absehbar.

Ich zuckte mit den Schultern und lehnte mich gegen die Motorhaube, den Blick auf die immer kleiner werdende Zigarette zwischen meinen Fingern gerichtet. »Das Rix ist ein verdammter Drecksschuppen.«

»Woher willst *du* das denn wissen?«, schoss sie entgegen und zündete sich die zweite Fluppe an.

»Man weiß doch, was geredet wird.«

»Ich arbeite lediglich an der Bar, weiter nichts. Ich werde dafür bezahlt, Getränke zu mixen und zu servieren, fertig.« Das sagte sie so, als erzählte sie gerade, dass sie am Nachmittag ein Teekränzchen veranstaltete.

»Und du kannst die perversen Spielchen, die da drin stattfinden, ausblenden?«

»Gott, Jordan«, sie rollte mit den Augen, »jetzt mal nicht den Teufel an die Wand. Ja, da drin gehen Sachen ab, die ich nicht gutheißen muss – aber ganz ehrlich, das tust du genauso.«

Und wie ich das tat. Als meine beste Freundin war sie über fast alles im Bilde, was ich getrieben hatte – oder mit wem. Egal, ob das die Zeit mit Gab oder die Zeit danach betraf. Allerdings nur fast alles. Aus einem unerfindlichen Grund sträubte ich mich dagegen, ihr von vergangener Nacht zu berichten. Ich hatte es ja nicht einmal selbst verdaut.

»Aber es ist das Rix«, hielt ich dagegen und merkte selbst, wie sinnlos diese Diskussion war. Bex hatte ihre Entscheidung längst getroffen und natürlich wusste ich, dass es ihr dabei vor allem um das Geld ging, welches sie für ihre Familie brauchte.

»Ist das dein einziges Argument?« Sie lachte auf und boxte mir sanft in den Bauch, woraufhin ich mich von ihr abwandte und ins Auto setzte.

»Können wir? Ich hab noch was vor«, brummte ich.

»Mich ins Rix begleiten?« Wieder lachte Bex und bequemte sich endlich hinters Steuer. Sie konnte es einfach nicht lassen, sich über meine Besorgnis und mich lustig zu machen.

Es grenzte fast an ein Wunder, dass ich nicht schon wieder aus der Haut fuhr. Heute wurde ich wirklich strapaziert, und das alles nur wegen – nein, ich würde seinen Namen nicht zum hundertsten Mal an diesem Tag aussprechen. Aber er, er würde ganz bald meinen Namen nicht mehr vergessen. Dafür würde ich sorgen.

»Ist das etwa eine Einladung?«, feixte ich, als wir gerade den Parkplatz des Campus verließen und auf die gut befahrene Hauptstraße fuhren. Der Verkehr ging nur stockend voran, zumal sich die zweispurige Fahrbahn wegen einer Baustelle auf eine minimiert hatte. Das konnte ein Heidenspaß werden.

»Selbst wenn ich dich mitreinschleusen wollte, ginge das nicht. Nur Personal oder –«

»Frauen als Begleitung, blabla. Ich weiß. Allein das ist doch schon sexistische Scheiße.« Und da war er, ein weiterer Ausbruch.

Bex trommelte ungeduldig mit den Fingern auf dem Lenkrad und warf mir einen Blick zu, der wohl so was wie *Was-zum-Teufel-ist-mit-ihr-falsch* bedeutete. »Ja, gut, was das angeht, sind wir Frauen ziemlich benachteiligt im Rix. Aber vielleicht ist das auch besser so, in Anbetracht dessen, was dort abgeht.«

»Also gibst du zu, dass es gefährlich werden kann?«

»Dort sind jede Menge Sicherheitsleute und außerdem wird nicht jeder reingelassen. Jordan, wirklich, du brauchst keine Angst zu haben. Ehrlich gesagt wundert es mich, dass du dich so sorgst.«

Ich zog eine Schnute und nestelte am Saum meines Hoodies herum. »Willst du mir etwa damit sagen, dass du mir sonst egal bist?«

»Natürlich nicht!« Ruckelnd setzte sich der Wagen in Bewegung und wir kamen endlich ein ganzes Stückchen vorwärts, die Ausfahrt zur Landstraße nach Prattsville war sogar schon ersichtlich. »Aber dass ausgerechnet du dir Sorgen machst. Du, die … in den letzten zwei Jahren –«

»Die Sau rausgelassen hat? Jep, nämlich genau so nennt man das, Bex. Spaß haben, auf die Kerle scheißen, die auf uns scheißen. Und glaub mir, das kann ich verdammt gut.« Zugegeben, die letzten zwei Jahre habe ich es gelegentlich übertrieben, aber gerade das machte es spannend.

»Was kannst du verdammt gut? Scheißen?« Bex' Mundwinkel zuckten und kaum, dass sie die Worte ausgesprochen hatte, brachen wir in schallendes Gelächter aus. Und damit waren für einen Moment all die Sorgen in Luft aufgelöst. Erleichterung strömte durch meine Glieder und ließ mich einfach herzhaft lachen.

Wenig später fuhren wir auf die Landstraße und Bex drückte auf die Tube. Zumindest versuchte sie es und holte so viel Tempo wie möglich aus der kleinen Rostlaube. Dabei drehten wir die Musik so laut, dass wir unser eigenes Wort nicht mehr verstanden, was uns noch mehr lachen ließ. Grundlos, einfach so, weil uns danach war.

Als Bex in die Willesley Street einbog, heimsten wir uns einige empörte Blicke der Bewohner ein. Die einen kümmerten sich penibel um ihre Vorgärten, die anderen hatten gerade ihren Wocheneinkauf erledigt. Erst als wir vor meinem Elternhaus ankamen, das um die Uhrzeit noch verlassen war, stellte meine Freundin die Musik aus.

»Für dich geht's heute also zur ersten Schicht ins Rex?«, mutmaßte ich.

Bex, die gerade ihren Eyeliner-Strich im Rückspiegel nachzog, nickte. »Jep, heute Abend geht's los. Ich werde erst mal eingearbeitet, da ich jedoch Gastronomieerfahrung habe, werde ich es schnell draufhaben.«

»Weißt du«, setzte ich an und fixierte das große Backsteinhaus am anderen Ende der Straße, das ich als Kind nur allzu oft besucht hatte, »es ist einfach das Etablissement, das mich verunsichert. Aber wenn du darauf vertraust, dann tu ich es auch.«

Sie legte den Eyeliner zurück in die Handtasche, sah mich an und zog mich in eine stürmische Umarmung. »Danke, das bedeutet mir viel«, wisperte sie und schniefte verräterisch.

»Nicht weinen, denk an dein Make-up, Süße.«

Ihr Schniefen verwandelte sich in ein heiseres Lachen und nachdem wir uns aus der Umarmung gelöst hatten, stieg ich aus dem Auto. Ein letztes Mal steckte sie ihren Kopf durch das Fenster. »Woher kommt eigentlich der Fleck an deinem Hals, hm?«, fragte sie in einem Ton, bei dem ich schnell das Weite suchte. Zum Abschied hupte sie mir nach und als ich mich nach ihr umsah, schüttelte sie grinsend den Kopf. Da war ich gerade so noch davongekommen. Bex ahnte, dass da was im Busch war – ebenso wie ich ahnte, dass hinter dem vermeintlichen Anrecht Ches ihr gegenüber mehr steckte. Beides würde rauskommen, früher oder später.

In meinem Zimmer angekommen, dessen Wände über und über mit Postern beklebt waren, zog ich mir andere Kleidung an. Praktische. Kleidung, mit der ich im Dunklen nicht allzu auffiel und die mich beim Rennen nicht beeinträchtigte. Ich tauschte den weinroten Hoodie gegen einen schwarzen mit Slipknot-Print aus und die Boots gegen einfache Slipper. Zuletzt fischte ich eine Mütze raus und aus den Tiefen meines Kleiderschrankes einen Dolch, dessen Klinge gefährlich glänzte. Das Griffstück war – selbstverständlich – rabenschwarz. Schwarz mochte auf den ersten Blick eine eintönige, unscheinbare Farbe sein – aber sie bot viel mehr, wenn man genau hinsah. So wie Gab. Er war unbestreitbar ein Scheißkerl. *Und für mich doch viel mehr.*

Er würde zurückbekommen, was er mir gegeben hatte – im schlechtesten wie schönsten Sinne. Denn *schlecht* war für ihn noch nicht schlecht genug.

Während ich auf der Fensterbank saß und auf die Straße starrte, fragte ich mich, ob es jemals ein Zurück gab. Ein Zurück zu den Menschen, die wir damals füreinander gewesen waren. Doch Gab hatte einen Schachzug getätigt, der alles verändert hatte. Mit uns, mit ihm, mit mir.

Warum hat es jedoch nicht mein Herz verändert? Es schlägt nämlich nach wie vor, wenn ich an ihn denke. Schneller, als mir lieb ist.

Für Gab war es nur ein Organ, aber wie konnte es das sein, wenn es offensichtlich seine eigenen Entscheidungen traf?

Die Entscheidung, weiter für ihn zu schlagen.

KAPITEL 7

Gabriel

Ich schob den Teller von mir und wischte mit der Stoffserviette meinen Mund ab. »Das war köstlich, Mum«, sagte ich, woraufhin sie mich mit gespitzten Lippen musterte. »Ich mein's ernst.«

Ein kleines Lächeln bildete sich auf ihrem Gesicht, das ihr so viel besser stand als der prüfende Blick. »Darf man eigentlich wissen, wo du dich in den letzten Jahren herumgetrieben hast?«

Ich sah aus den bodentiefen Fenstern hinaus in den Garten, der – wie sollte es anders sein – perfekt gepflegt war. Keine einzige verwelkte Blume oder ein Blatt, das sich auf den gekiesten Weg verirrt hatte. Da mein Vater nicht da war, konnte ich offen reden – zumindest ein bisschen. Das Interesse meiner Mutter war im Gegensatz zu seinem nicht geheuchelt. Sie hatte sich schon mein Leben lang Sorgen gemacht, weil – nun ja, ich ihr immer Sorgen bereitet hatte. »Zuerst bin ich nach Süden gefahren, dann an die Westküste. Ich war überall. So lange, wie es mir beliebt hat.«

Sie nickte und setzte ihr Glas Weißwein an die Lippen an. »Dein Dad hat monatelang nicht über dich gesprochen, geschweige denn deinen Namen erwähnt.«

Das war ja klar. »Der alte Sack hat doch nur Angst um sein Ansehen«, spuckte ich die Worte aus, die auf meiner Zunge einen bitteren Geschmack hinterließen.

»Gabriel, rede nicht so über deinen Vater«, zischte Mum und schien sich über den strengen Ton in ihrer Stimme selbst zu wundern. »Immerhin hat er dir ein Dach über dem Kopf – ach, was sage ich denn da. Immerhin hast du ihm zu verdanken, dass du nur mit Strafarbeiten und nicht einem Schulverweis oder gar einem Gefängnisaufenthalt in der Jugendvollzugsanstalt vorliebnehmen musstest.«

Ich konnte mir ein Grinsen nicht verkneifen. Das brachte sie offensichtlich nur noch mehr in Rage. Woher kam auf einmal die Wut und Strenge? All die Jahre hatte sie mir solch eine Geduld entgegengebracht, bei der ich mich gefragt hatte, wie zur Hölle sie das aushielt. Aber offensichtlich war auch ihre Nachsicht nicht unendlich. Irgendwie erleichternd, sie war schließlich kein Roboter.

»Du durftest bis spät abends raus und ich habe deine nächtlichen … Aktivitäten stets geduldet. Denkst du nicht, du hast mich langsam genug ausgereizt, Gabriel?« Ihr Gesicht hatte sich rot verfärbt und sie fuhr sich mit der Hand genervt durch das Haar.

»Shit, Mum, was ist denn los mit dir?«, brachte ich hervor, bemüht nicht loszulachen. Diese Seite kannte ich an ihr gar nicht, umso seltsamer war es, sie nun kennenzulernen.

»I-ich weiß auch nicht«, murmelte sie. »Ich habe wohl die Fassung verloren, tut mir leid.«

»Du entschuldigst dich wohl auch bei Dad, wenn ihm Sauce auf die Tischdecke tropft, was? Es ist nicht gut, alles mit sich selbst auszumachen, glaub mir. Es überrascht mich, dass du nicht mal früher aus der Haut gefahren bist.«

Sie sah mich an, die Augen weit aufgerissen, und die Stille drängte sich in den Moment. Bis sie endlich das Wort ergriff. »Du willst mir damit doch etwa nicht sagen, dass du Verständnis hast?«

Gute Frage. Wollte ich das? »Scheint so.«

Ihr Blick lastete weiterhin auf mir, so als analysierte sie mich. »Machst du Dinge auch lieber mit dir selbst aus?«

Aha, daher wehte der Wind. Den musste ich ihr schleunigst aus den Segeln nehmen. »Mach jetzt keinen auf Therapeutin, Mum, das steht dir nicht.«

»So was nennt sich *ein Gespräch führen*«, konterte sie in ungewohnter Manier.

»*Das* wiederum steht dir.«

Und nun saßen wir uns hier am Tisch gegenüber, grinsten uns an und ich wusste verdammt noch mal nicht, was das hier war. War mir wirklich nicht klar, wie man ein anständiges Gespräch führte? Das letzte mit meiner Mutter war … ewig her. Die meisten Gespräche hatte ich mit Jordan geführt. Mit ihr hatte ich geredet, ja, sogar gelacht und vielleicht auch mehr. Und viel öfter hatten wir Sex gehabt. Sie hatte etwas an sich, das mir vermittelte, dass ich okay war, wie ich war. Egal, wie egoistisch oder gemein ich war. Sie mochte mich nicht trotz meiner Seele, sondern mitsamt meiner Seele.

Ich wusste, es war falsch, von mögen zu sprechen. Denn jeder Blick in ihre Augen hatte mir gezeigt, dass sie mich liebte. Ob ich das auch vergangene Nacht in ihren Augen gelesen hätte, wenn sie offen gewesen wären?

Ein Teil in mir hoffte es, und der andere Teil war zu feige, um es zuzugeben. *Sie hat dich geliebt. Obwohl du ein Widerling bist. Obwohl du dich, feige wie du bist, verpisst hast.*

*

Dem Auftauchen meines Dads konnte ich leider Gottes nicht ausweichen. Auch nicht seinem missbilligenden Blick, als er registrierte, dass ich das Haus verließ. Mum hingegen verhielt sich seit dem Mittagessen und unserem Gespräch-oder-so-ähnlich verstörend liebevoll. Sie hatte nicht versucht mich aufzuhalten. Nein, ganz im Gegenteil, sie hatte mir sogar viel Spaß gewünscht.

Aber ohne ein weiteres Gespräch kam ich wohl auch nicht davon, zu einfach wollte sie es mir nicht machen.

»Was ist eigentlich mit Jordan? Hast du sie schon gesehen? Ihr wart doch so gut«, sie räusperte sich, »befreundet.«

Und wie ich sie gesehen hatte. Nachts, in ihrem Bett, nackt. »Ich habe sie gesehen«, antwortete ich mehr oder weniger wahrheitsgemäß. »Sie ist … ganz die Alte.«

»Sie studiert auch an der Browningham, zusammen mit Rebecca.«

»Ich weiß.« Und wie ich das wusste. Zwar war ich zwei Jahre weg gewesen, aber Ches hatte mich stets auf dem Laufenden gehalten. Ich wusste, was Jordan getrieben hatte – oder vielmehr mit wem. Und viel zu oft hatte ich mir vorgestellt, wie sie es mit mir getrieben hatte. Ganz wie in vergangenen Zeiten. Und jedes beschissene Mal, wenn ich daran dachte, wurde mein Schwanz steinhart.

»Willst du es dir nicht noch mal überlegen mit einem Studium? Ich meine, wenn auch deine Freunde dort studieren«, plapperte sie munter weiter.

Der Blick meines Vaters, der in voller Montur am Esstisch saß, bohrte sich wie ein Pfeil direkt in meine Brust. Natürlich gab es für ihn nur eine richtige Antwort, so wie für ihn nur ein richtiger Berufsweg existierte.

»Tatsächlich war ich heute an der Browningham.« Und für mich gab es nur eine richtige Art und Weise, mit den Ansichten meines versnobten Vaters umzugehen: ihm etwas vorspielen. Also spielte ich, mit seinen Erwartungen, seiner Erpressung, seiner Naivität.

»Wirklich?«, entschlüpfte es meiner Mutter in einer übernatürlich hohen Tonlage.

»Ich hätte dir einen Termin mit dem Universitätspräsidenten oder dem Fachbereichsleiter von Wirtschaft und Politikwissenschaften vereinbaren können«, gab Dad auf einmal seine Meinung zum Besten, »hättest du mir vorher Bescheid gegeben.«

»Ich brauche deine Kontakte nicht«, schoss es ungehalten aus mir heraus.

»Dann könntest du vielleicht noch in das laufende Semester einsteigen«, fügte meine Mutter euphorisch hinzu.

»Außerdem, wer sagt, dass ich in deine Fußstapfen trete, Vater?«

Stille trat ein. Der alte Mann sollte mal nicht übertreiben. Selbst wenn ich wollte, hatte ich nicht die Ambitionen, Bürgermeister dieser Stadt zu werden. Es interessierte mich einen Dreck, was aus diesem Scheißloch wurde.

Aber ich nahm das Spiel wieder auf, sollte er sich doch in falschen Hoffnungen suhlen. »Ich dachte eher an«, ich machte eine bedeutungsschwere Pause, um die verblüfften

Gesichter meiner Eltern zu genießen, »eine Geisteswissenschaft oder sogar Psychologie.«

»Psy-psychologie?« Die piepsige Stimme meiner Mutter hallte im Raum wider.

Ich zuckte mit den Schultern. »Klar, wieso nicht?«

»Junge, bist du dir da sicher?« Er erhob sich, strich den Stoff seines Jacketts glatt und kam auf uns zu.

Scheiße, nahmen die beiden mir das wirklich ab? Dabei hatte ich mir das gerade aus den Fingern gesaugt und nicht die leiseste Absicht, überhaupt ein Studium aufzunehmen. Darauf konnten sie lange warten, und mit ihrer Quengelei machten sie alles nur noch schlimmer. Ich war und würde niemals der Vorzeigesohn sein, den sie in mir sehen wollten.

»Ich hab doch noch vier Monate Zeit. Oder etwa nicht?«

Erneute Stille trat ein. Ich wusste, mein Vater war ein Mann, der zu seinem Wort stand, – und er hatte nun mal die Worte gesprochen. Zurücknehmen konnte er sie nicht mehr.

»Die musst du allerdings nicht ausreizen, Gabriel«, antwortete Dad und zupfte an seiner Krawatte herum. »Solltest du dich zu einem Studium entschließen, begrüßen deine Mutter und ich das selbstverständlich. Ich brauche lediglich dein Einverständnis und du bist immatrikuliert.«

Sicher, er musste einfach seine Kontakte spielen lassen. Im Grunde genommen standen mir jegliche Türen offen – abgesehen von denen, die im Schatten lagen. Also tat ich das Einzige, das nötig war, um mich der Situation zu entziehen. Ich klopfte meinem Vater auf die Schulter, die andere Hand auf dem Griff der Türklinke. »Ich hoffe, du sitzt den Chefsessel warm genug.«

Erst als ich in meinem Wagen saß und der Motor aufheulte, konnte ich durchatmen. Sollten sie doch weiter an ihrem Wunschdenken festhalten, die Zukunft lag in weiter Ferne – das Rix hingegen nicht mehr. Gerade bog ich in die Straße ein und parkte direkt davor, mehrere Männer hatten gerade den Eingang passiert. Heute schien es gut besucht. Also schloss ich den Wagen ab und marschierte ins Rix, die Ausweiskontrolle ging rasch und wenige Minuten später befand ich mich im Inneren des Clubs. Wie schon erwartet war die Hölle los. Dichter Nebel hing im Raum, gedämpfte Gespräche und heiseres Stöhnen war zu vernehmen, der Geruch von Alkohol und Zigarren drang in meine Nase.

»Gab!«

Mein Kopf schnellte herum und ich sah direkt in die glasigen Augen von Ches. Er saß, wie meistens, mit einem Drink an der Bar und winkte mir zu. Ich gesellte mich zu ihm und bekam prompt einen Whisky vorgesetzt – von niemand Geringerem als Rebecca Bex Alinac. Wie die anderen Angestellten trug auch sie ein schwarzes Poloshirt, passend zum gleichfarbigen Haar, das sie zu einem Knoten zusammengebunden hatte. Goldene Kreolen schmückten ihre Ohren und ein Funkeln ihre Augen, die von einem mörderischen Lidstrich umrandet wurden.

»Ohne Eiswürfel«, kommentierte sie meinen belustigten Gesichtsausdruck und hielt meinem Blick länger stand, als mir lieb war. Denn wenn ich sie ansah, dachte ich unweigerlich an Jordan. Die beiden waren wie Teufel und Dämon, wie Gewitter und Blitz. Sie waren gleichermaßen unberechenbar wie wild.

Ich zückte, nicht ohne sie aus den Augen zu lassen, eine Zigarre. So laut es im Raum war, so still war der Augenblick. Missbilligend schnalzte ich mit der Zunge. »Wir beide wissen, dass du auf den Job und noch viel mehr auf das Geld angewiesen bist, Bex.«

»Wir beide wissen, dass du ein egozentrisches Arschloch bist«, hielt sie unbeeindruckt dagegen, woraufhin Ches die Luft einsog.

»Ich warte nicht gern.«

»Ach, aber andere lässt du gern warten.« Es war keine Frage, sondern eine Feststellung und mir war sehr wohl bewusst, worauf sie anspielte.

»Erledige deinen Job ordentlich.«

»Ja«, funkte Ches dazwischen, »zünde ihm die verdammte Zigarre an, Bex. Das ist schließlich dein Job.«

Ihr Blick huschte zu ihm und ich kam nicht um den Gedanken, dass die beiden ihren eigenen Kampf führten. Nur hatte ich keinen blassen Schimmer, wann dieser gestartet hatte. Ich vermutete stark, während ich weg war – *tja, Ches, ich werde noch dahinterkommen.*

»Sag mir nicht, was ich zu tun habe. Ich hab den Arbeitsvertrag unterschrieben, nicht du.«

Ich nutzte den Moment ihrer Unachtsamkeit und beugte mich über den Tresen, um mir die Packung Zedernhölzer zu schnappen. »Das Rix scheint wohl mittlerweile auch jeden einzustellen«, flüsterte ich in ihr Ohr, woraufhin sie zusammenzuckte und fast meinen Whisky umschmiss.

»Bex, pass auf«, sagte ein anderer Angestellter, dem die Misere nicht entgangen war und sie mahnend taxierte.

»War vielleicht doch keine gute Idee, hier anzuheuern«, setzte Ches hinzu und ein Grinsen, ungewöhnlich schadenfroh, zierte sein Gesicht. Wo kam auf einmal diese Häme her?

»Hat der Drecksschuppen, in dem du vorher gearbeitet hast, etwa geschlossen?«, fragte ich sie und blies den Rauch der Zigarre aus. Der holzige, vollmundige Geschmack breitete sich aus und ich schloss genießerisch die Augen.

»Nein«, kam die schnippische Antwort, während sie mit mehreren Spirituosen und Gläsern herumhantierte. »Der Drecksschuppen, wie du ihn nennst, ist im Übrigen eine bekannte Stammkneipe.«

»Jedenfalls liegt es nicht am kulinarischen Essen.«

Sie knallte die Wodkaflasche auf den Tresen und mehrere Köpfe schnellten herum. Wenn sie so weitermachte und ihr Temperament nicht unter Kontrolle hatte, war sie ihren Job schneller los, als ihr lieb war. »Warum bist du hier, Gabriel?«

Oh, oh. Sie sprach mich mit meinem vollen Namen an, das sollte was heißen. »Ich gehe hier ein und aus.«

»Spar dir dein dreckiges Grinsen.«

»Und du dir lieber jegliches Wort, *Rebecca*.« Genüsslich zog ich an der Zigarre, stieß den Rauch aus und sah ihr in die zu Schlitzen verengten Augen. »Was glaubst du, wird dein Boss tun, wenn ich mich über eine seiner Mitarbeiterinnen beschwere?«

Daraufhin sagte sie nichts. Sie starrte mich einfach nur an, die Hand so fest um den Flaschenhals gelegt, dass ihre Knöchel weiß hervortraten. »Ich hab mich geirrt. Du bist ein noch viel größeres Arschloch geworden.«

»Bex«, brummte Ches, als wollte er sie warnen.

»Was mischst du dich ein?«, fragte ich ihn, woraufhin er schnell den Blick abwandte und seinen Drink in einem Zug leerte.

»Lass uns gehen und sie ihren Job machen, Gab, es reicht«, fügte er hinzu und erhob sich.

Was zur Hölle ging hier vor sich? Nahm er Bex ernsthaft in Schutz? Wir beide kannten sie lange und gut genug, um zu wissen, dass sie allein für sich einstehen konnte. Sie war wie Jordan eine eiserne Kämpferin, die noch im Ring stand, während alle anderen bereits aufgegeben hatten. Ich witterte etwas – aber noch wusste ich nicht genau was. Und ich würde es herausfinden.

Ich wiegte die Zedernholzpackung in meiner Hand und nahm sie als Vorwand, um mich erneut zu Bex zu beugen. Mein Mund strich an ihrem Ohr und ich merkte, dass sie zusammenzuckte. »Ich hab Jordan doch gar nicht so lange warten lassen. Hat sie dir etwa nichts erzählt?« Dann ließ ich die Packung zwischen mehrere Flaschen fallen und schob den Hocker an die Bar.

Eine Antwort erwartete ich nicht, aber ich bekam etwas anderes. So was wie Rache, wie ein Seitenhieb, von dem Bex wusste, dass er mich dort erwischte, wo ich nicht mit ihm rechnete. In meinem Brustkorb, der das Organ umhüllte, das das Ziel ihrer Worte war.

»Ich versteh weiß Gott nicht, wie Jordan dich lieben konnte.« Ein kleiner Funken Genugtuung blitzte in Bex' Augen, wohlwissend, dass sie ihr Ziel erreicht hatte.

So sehr ich mich um Fassung bemühte, so sehr überforderten mich die Gefühle, die mich überkamen. Da waren jede Menge: Wut, Groll, Verbitterung und … nein, ich presste die Kiefer aufeinander und versuchte die aufkommenden Gefühle zu unterdrücken. Aber sie brachen mit einer Plötzlichkeit aus mir heraus, dass selbst ich überrascht zusammenzuckte, als das Whiskyglas zersprang und die goldene Flüssigkeit in mein Gesicht spritzte. Das Glas bohrte sich in meine Handfläche und als der körperliche Schmerz mich durchfuhr, wusste ich, was da noch war: Schmerz. Seelischer Schmerz.

›Wie Jordan dich lieben konnte.‹

Immer wieder hörte ich den Satz wie eine Dauerschleife. Und der Schmerz wurde nicht besser. So fühlte es sich also an, wenn man litt, wenn das Herz einen kleinen Knacks bekam. Bex hatte doch keine Ahnung, was Jordan und mich verband.

Und damit hatte ich mich selbst verraten, indem ich zugab, dass uns etwas verbunden hatte. *Hatte*. Oder immer noch?

»Sir«, sprach mich plötzlich ein Sicherheitsmann an, »ist etwas vorgefallen?«

Ich starrte in seine Visage, unfähig zu antworten. Stattdessen presste ich ein »Nein« heraus und rauschte in den dunklen Flur, der zu den Darkrooms führte. Fuck! Ich brauchte etwas – oder nein, viel besser, jemanden, der mich ablenkte. Auf der Stelle. Ohne Widerworte. Zum Glück gab es hier im Rix genug bereitwillige Pussys, die mich die ganze Scheiße vergessen ließen.

*

Aber nur für einen winzigen Moment, wie ich feststellte, der nicht annähernd ausreichte. Statt zufrieden und gesättigt in einer Lounge des Rix zu sitzen, schickte ich das Mädchen, in dem ich eben noch gesteckt hatte, unwirsch fort. Allerdings musste sie nicht lange auf einen neuen Gönner warten.

»Gab, was ist los?«

Ich hatte keine Lust zu reden, keine Lust mich zu rechtfertigen. Ich hatte nicht einmal mehr Lust auf das Rix. Aber mir einzugestehen, dass ausgerechnet Bex mir den Abend versaut hatte, wollte ich auch nicht. Diese Blöße gab ich mir nicht.

»Rauch weniger Gras, Ches, und geh mir nicht auf den Sack.«

Er zog die Augenbrauen in die Höhe und lehnte sich gegen die gepolsterte Lehne des Sitzes. »Du solltest dich von ihr nicht provozieren lassen.«

Tja, aber das hatte ich. Nicht sie, sondern ich hatte die Kontrolle verloren. Der Abend sollte anders laufen – und nicht anders auf diese Weise. »Du kennst mich, das Rix ist unser Laden und nicht der von irgendwelchen Weibern, die glauben, nur weil sie hier arbeiten, was Besseres zu sein.« Dann erhob ich mich, warf einen letzten Blick zur Bar und verabschiedete mich vorzeitig von Ches. Er wunderte sich nicht, er wusste ganz genau, weshalb ich ging.

Dunkelheit und kühle Luft empfingen mich, als ich hinaustrat. Erst jetzt fiel mir wieder die Wunde an meiner Hand auf, nur weil ich Vollidiot nicht an mich hatte halten können. Ich verarztete sie notdürftig mit einem Verband aus dem Erste-Hilfe-Kasten in meinem Wagen und rauchte mehrere Zigaretten hintereinander, ehe ich losfuhr. Bex, die kleine Schlampe, das hatte sie nur ihrer besten Freundin zuliebe getan und ich konnte es ihr nicht mal übelnehmen. Denn im Grunde genommen tat Ches genau das Gleiche für mich, und das, obwohl ich mich ihm nicht immer dankbar zeigte.

Heller Mondschein drang durch die dichte Wolkendecke am Himmel und als ich vor dem Haus meiner Eltern parkte, fragte ich mich, was zum Teufel ich hier tat. Ich war wieder hier, mit den Leuten von damals und das alles fühlte sich gleichermaßen vertraut wie befremdlich an. Nachdem ich eine Weile in die Schwärze der Nacht geschaut und mich in dämlicher Melancholie verloren hatte, stieg ich aus dem Wagen. In meinem Zimmer angekommen, beschlich mich jedoch Unruhe. Also zückte ich eine Zigarette, zündete sie an und setzte mich auf die Fensterbank. Es war nicht einmal zwei Uhr nachts. Dieser Abend war ein Reinfall, ja, eine Katastrophe. Und das nur, weil ich mich hab herausfordern lassen und mich Bex' Worte nicht kaltgelassen haben. Dabei sollten sie es. Sie sollten an mir abprallen wie –

Was zur Hölle? Ich kniff die Augen zusammen und fokussierte einen Schatten, der sich allen Anschein nach an meinem Auto zu schaffen machte. Na warte. Mit der Zigarette im Mundwinkel riss ich die Schublade meiner Kommode auf, steckte die Beretta in meinen Hosenbund und schlich die Treppen runter aus dem Haus. Hinter einem Gebüsch versteckte ich mich und beobachtete die Person dabei, wie sie versuchte die Fahrertür zu knacken. Welcher Hurensohn – nein, halt. Es war kein Mann. Es. War. Kein. Mann.

Es war Jordan.

Dieses Miststück.

Für eine Sekunde dachte ich daran, sie gemächlich machen zu lassen. Aber dann fiel mir eine bessere Idee ein, eine viel bessere. Eine, die mir höllisch Spaß bereiten würde. *Und dir auch, Babygirl. Auch wenn du dich wehren wirst, ich weiß, auf welchen kranken Scheiß du stehst – auf denselben wie ich. Das wird ein … Mordsspaß.* Ich musste selbst über mein makabres Wortspiel grinsen.

Es war süß. Sie trug eine Mütze, einen Hoodie, viel zu groß für ihren zierlichen Körper und die Jeans schmiegte sich so eng an ihre Beine, dass man den Abdruck ihres Slips sehen konnte. Wenn sie denn welchen angehabt hätte.

Oh, Jordan, so billig und so verflucht sexy.

Ich entsicherte die Waffe und genoss das Gefühl ihres Gewichts in meiner Hand. Mächtig, gefährlich und im (un)günstigsten Falle tödlich. Ich hatte mir unsere erste *richtige* Begegnung anders vorgestellt, aber diese hier übertraf alles. Sie spielte mir sozusagen in die Karten.

Klick. Sie hatte es geschafft und die Tür geknackt, beugte sich in den Innenraum und wühlte herum. Jetzt war es Zeit für meinen Auftritt.

Gebückt und so leise wie möglich huschte ich zum Wagen, bis ich hinter Jordan stand, ihren Arsch direkt vor meinem Gesicht. Das gefiel mir. Ich konnte sie auch jetzt auf der Stelle ficken, ihr die Jeans herunterreißen und meinen Schwanz in sie stoßen. Aber nein, das würde ihr ja noch gefallen und sie sollte ihre Lektion lernen.

Der Lauf der Waffe, bereit für den ersten Schuss von vielen, strich über ihren Hintern und sie erstarrte. »Kann ich dir helfen?« Sie bewegte sich keinen Millimeter, atmete sie überhaupt? »Die Waffe ist geladen, wäre schade um deinen Arsch, Jordan, findest du nicht auch?« Nachdem sie keine Anstalten gemacht hatte, sich zu bewegen oder etwas zu sagen, beugte ich mich zu ihr hinunter. »Was suchst du in meinem Auto, hm? Ist das eine Art … Rache? Ach, Süße. Weißt du, ich –«

Da drehte sie sich auf einmal zu mir um, ihr Gesicht so nah an meinem, dass ihr warmer Atem meine Wange streifte. »Bist du deshalb zurück? Weil du die anderen mit nichtssagenden Monologen gelangweilt hast?«

Mir entwich jegliches Wort. Ihre Nähe war unerträglich und alles, wonach ich mich in den letzten zwei Jahren gesehnt hatte. Die Erkenntnis traf mich unvorbereitet.

Genau wie die Wucht, mit der sie mir ihr Knie in den Schritt rammte. *Shit.* »Du kleines Drecksstück«, zischte ich, da hatte sie bereits den Moment des unerbittlichen Schmerzes und meiner Unachtsamkeit genutzt und sich aus meinem Griff befreit.

»Was ist, Skalbeck? Doch nicht so gottgleich, wie du dich immer gibst?«, rief sie mir lachend zu und rannte in die Dunkelheit.

»Ist das dein Ernst? Spielen wir jetzt Fangen?«, gab ich mich unbeeindruckt. »Ich hab 'ne Waffe und keine Skrupel, sie zu benutzen.«

»Versuch's doch!« Ihre Silhouette wurde immer kleiner, bis sie zwischen Bäumen und Gebüschen verschwand.

Das konnte sie haben, wenn sie wollte. Den Schmerz zwischen meinen Beinen verdrängend, folgte ich ihr, nachdem ich meinen Wagen wieder verriegelt hatte. Der Weg, den sie genommen hatte, war nicht beleuchtet, aber ich war ihn oft genug gelaufen. Erst Bex, jetzt Jordan, so langsam platzte mir der Kragen und ich hatte genug davon. Die Wut tobte durch mich hindurch und entlud sich schließlich aus mir.

Der erste Schuss fiel.

Scheiße, was für eine Befreiung.

Sie war schätzungsweise nur fünf bis sechs Meter vor mir und sprang zur Seite, als sie den Schuss gehört hatte. Natürlich wollte ich ihr keine ernsthaften Verletzungen zufügen, aber wer hatte schon was gegen Angsteinjagen? Das war das Mindeste, was sie verdient hatte, nachdem sie in mein Auto eingebrochen war.

Äste peitschten mir ins Gesicht und wir beide versuchten den Baumwurzeln auszuweichen. Sie war zwar kleiner als ich, aber wendig und flink – wie sie vorhin bewiesen hatte, als mir das Biest in die Eier getreten hatte. Etwas, das einen zweiten Schuss nur so herausforderte. Das ohrenbetäubende Geräusch scheuchte Vögel auf und Jordan wagte einen Blick nach hinten.

»Was ist? Kannst du nicht mehr?«, triezte ich sie.

Aber statt mir eine Antwort zu geben, erhöhte sie ihre Geschwindigkeit. Als ob sie mir entkommen konnte. Ein weiterer Schuss fiel, da erreichten wir den Rohill Lake, der im Schein des Mondes lag. Ich verlangsamte mein Tempo und sah Jordan dabei zu, wie sie zwischen Schilf und Büschen hindurchschlängelte.

»Wir spielen nicht Fangen, Gab«, drang ihre Stimme durch die Dunkelheit, »sondern Verstecken.«

Ihre Silhouette huschte hin und her, bis ich sie aus den Augen verloren hatte. Ich lauschte dem Geräusch des Schilfs, das um ihren Körper streifte, da schoss auf einmal etwas auf mich zu und blieb knapp neben meinem rechten Fuß im Boden stecken: ein Dolch. Jordans Dolch. Dann hörte ich Wasser plätschern, Wellen schlugen auf und mit einem Mal war es mucksmäuschenstill.

»Seit wann bist du so langweilig?«, flötete sie.

Sie nannte es also langweilig, mit einer Waffe durch den Wald gejagt zu werden? Na gut. »Ich weiß, dass du auf gestörten Kram stehst.«

»Hast wohl alles in den zwei Jahren verlernt.«

Was zur Hölle tat ich hier eigentlich? Sie versteckte sich vor mir, allerdings war nicht ich der Jäger. Ich stand nur dumm und nutzlos in der Dunkelheit und wartete – ja, auf was eigentlich?

»Sagt diejenige, die sich versteckt«, tat ich unbeeindruckt und zog den Dolch aus dem Boden. Ich schwang ihn mehrmals kunstvoll in der Luft herum, da trat Jordan aus dem Schatten des Schilfs. Ihre nackten Beine wurden vom Mondschein angeleuchtet und ich erkannte, dass sie nichts als ihren Hoodie trug. Mit dem Rücken stand sie zu mir, den Kopf in den Nacken gelegt.

»Du kannst gehen«, sagte sie.

Ich runzelte die Stirn. »Ach, und deshalb –«

»*Du* bist mir gefolgt. *Du* bist mir hinterhergerannt«, herrschte sie mich mit einer urplötzlichen Stimmgewalt an, die mich überraschte.

Dann drehte sie sich um und kam auf mich zu, langsam, bedächtig, wie eine Raubkatze. Ihr vertrauter, frischer Duft drang in meine Nase und ich kam nicht umhin sie zu betrachten. Hatte ich sie doch so lange nicht gesehen. *Weil du fort bist.* Ihr dunkelblondes Haar reichte ihr knapp bis zur Brust, ihre Wangen waren leicht gerötet und dichte Wimpern umrahmten ihre Augen. Sie war schön wie eh und je. Fast, als sei ich nicht jahrelang weggewesen.

Da wurde mir auf einmal der Dolch aus der Hand gerissen und ehe ich begriff, was ich tat, hatte ich sie gegen einen Baum gedrückt. Ihr Brustkorb hob und senkte sich hektisch, mit der Zunge leckte sie sich über die Unterlippe.

»Oh, Babygirl«, wisperte ich, den Blick in ihren gebohrt.

»Ich bin nicht dein –«

»Oh, doch.«

Ein Grinsen zupfte an ihrem Mundwinkel, dann zischte sie »Oh, nein« und stieß mir ihr Knie in die Magengegend. »Sei froh, dass es nicht deinen Schwanz getroffen hat.«

Ich krümmte mich zusammen, sie wand sich geschickt aus meinem Griff und reflexartig packte ich sie am Arm. Sie wurde zurückgeschleudert und krachte gegen den Baum, sodass sie nach Luft schnappte. Ich presste mich an sie, die Hand um ihr Kinn gelegt. »Du kleines, mieses …« Etwas, das ich in ihren Augen sah, verschluckte meine restlichen Worte. Die Art, wie sie mich anschaute – aus leeren, kraftlosen Augen. Es fiel mir schwer, den Blick aufrechtzuerhalten, aber ich würde heute nicht ein weiteres

Mal schwach sein. Mich nicht ein weiteres Mal vergessen, mich nicht ein weiteres Mal in Jordan verlieren.

Ihre Augen glänzten, sie hatte die Lippen einen Spaltbreit geöffnet. »Ich bin nicht mehr dein Babygirl.«

Doch, das wirst du immer sein. »Sag so was nicht, Babygirl«, erwiderte ich grinsend.

»Verstehst du nicht? Es ist vorbei, zu Ende.« Ihre Stimme, tonlos und unbeteiligt, fuhr mir durch Mark und Bein. Eine Träne rollte über ihre Wange und auf meine Hand. »Es ist vorbei – seit zwei Jahren, seit du dich entschlossen hattest dich zu verpissen«, schrie sie mir plötzlich ins Gesicht und krallte die Finger in mein T-Shirt. »Seitdem du einfach fort bist, du verdammter Bastard!«

Mein Griff lockerte sich, aber so unerträglich mir vorhin ihre Nähe vorgekommen war, desto mehr sehnte ich mich jetzt danach. Da war sie also, die aufgestaute Wut in ihr, der Schmerz – das Gefühl, das ich vorhin verspürt hatte. Und aus einem unerfindlichen Grund ließ mich Jordans Schmerz nicht kalt. Sie war verletzt, zornig, so unendlich verletzt.

Als ich damals weg bin, hat es mich einen Dreck interessiert. Warum jetzt? Es war ein Fehler gewesen, wieder herzukommen, ein großer.

»Wie ich gehört hab, bist du gut zurechtgekommen«, sagte ich. »Wie viele Typen hat es gebraucht, bis du über mich hinweg warst? Wie viele Schwänze haben deine Pussy gefickt?« Ich spielte – mit ihren Gefühlen, ihrem Schmerz und dem bisschen, was sie noch für mich übrighatte. »Waren sie fähig dir zu geben, was du brauchst, Jordan? Hat es wehgetan, hast du geblutet, geschrien? So laut geschrien, dass sie dir die Hand auf den Mund legen mussten, bis du keine Luft mehr bekommen hast? Hm, was ist?«

»Wenn du es weißt, wieso fragst du dann? Ach, nein, vergiss es.« Sie lachte spitz auf. »Du ergötzt dich ja an den Qualen anderer, du liebst es, dich in ihrem Schmerz zu suhlen. Aber verrat mir, Gabriel, wer hat *dir* gegeben, was du brauchst? Wer hat dir nicht nur seinen Körper gegeben, sondern mehr, das du benutzen kannst?«

›Mehr, das du benutzen kannst.‹

Ich hab dich nie benutzt, Jordan – nie dein Herz, nie dein Innerstes. Und das weißt du. Denn du brauchtest mich wie ich dich. Ja, scheiße, ich hab dich gebraucht. Hab.

»Da bist du ja.« Ich fuhr mit dem Daumen über ihre rosigen Lippen. »Aufmüpfig, frech und respektlos. So mag ich dich, Babygirl.«

Sie rührte sich nicht, vielmehr ließ sie es über sich ergehen. Ihre Seele war verschlossen, ihr kleines Herz gebrochen. All das offenbarte ein Blick in ihre Augen und für die heutige Nacht genügte es mir.

»Wie war es, mich zu ficken? Hast du es genossen, mich zu benutzen, deine Macht auf mich auszuüben, während ich geschlafen habe?« Ihre Stimme war nicht mehr als ein Flüstern, viel mehr als eine simple Frage.

»Du hast es doch am nächsten Morgen gesehen. Wie ein Kunstwerk, nicht wahr?« Glaubte ich den Anflug eines Lächelns auf ihrem Gesicht zu erkennen? Oder war es mehr Wunschdenken? Ich vergrub meine Hand in ihrem Schopf und drückte meinen Mund auf den Fleck an ihrem Hals.

»Wie ein Frühstücksbuffet«, entgegnete sie viel zu ernsthaft, was mich in der Stille der Nacht auflachen ließ.

»Du bist so eine Schlampe, Jordan Cunningham.«

Ihre Atmung ging schwerer, ihr Körper erstarrte, als ich über ihre Halsbeuge leckte. »Du hast mich wie eine Schlampe behandelt«, brachte sie hervor und stieß mich von sich. »Du hast meinen Zustand ausgenutzt, nein, du hast ihn erst hervorgerufen! Sag mir, Gab, wie hast du das gemacht? Hast du mir was ins Trinken gemischt? K.-o.-Tropfen, andere Drogen?«

Auf einmal waren jegliche Kraft und Energie wieder in sie gefahren. Ihr Haar wehte im Wind, der Hoodie hing an ihr herunter. Allein der Gedanke daran, dass sie nichts darunter trug, weckte Sehnsüchte in mir. Sehnsüchte aus Zeiten, in denen so was wie ein wir noch existiert hatte. In denen wir zueinander gefunden hatten wie Licht und Schatten.

»Eine Schlaftablette, Babygirl, eine einfache Schlaftablette.«

»Wie reizlos.« Ihre Stimme triefte nur so vor Sarkasmus.

»Anderthalb.«

Sie seufzte, lachte leise und schlenderte leichtfüßig auf mich zu, den Zeigefinger an die Lippen gelegt. »Warum bist du wirklich zurück, Gab? Weil du weißt, dass es jemanden gibt, der *dich* liebt, oder weil es jemanden gibt, den *du* liebst?« Dann drehte sie sich um, wohl wissend keine Antwort zu bekommen, und nahm den Pfad, der vom See wegführte.

»Was ist mit deiner Jeans und deinen Schuhen?«, rief ich ihr hinterher.

»Nutz sie für deine hochtrabenden Kunstwerke«, kam unerwarteterweise die Antwort.

Ich sah ihr nach, selbst als ihre Silhouette bereits von der Dunkelheit verschluckt worden war. So scheißviel an diesem Tag war anders verlaufen als geplant. Ich hatte zwar mit Bex im Rix gerechnet, aber nicht mit Jordan. Nicht damit, ihr wieder so nah zu sein.

Und vor allem nicht damit, was sie mit mir anrichtete.

Mal wieder. Ich Dummkopf.

KAPITEL 8

Jordan

Ihn wiederzusehen war nicht ansatzweise so schlimm wie in meiner Vorstellung. Nicht, dass ich mir eine Begegnung ausgemalt hatte. Nachts. Oder gar tagsüber. Ihn wiederzusehen war weitaus schlimmer.

Schlimm und schön zugleich. Auch wenn ich bis zu diesem Zeitpunkt nicht gewusst hatte, dass es überhaupt möglich war, derart Gegensätzliches empfinden zu können.

Die kalte Nachtluft schlug um meine nackten Beine, deren Oberschenkel zur Hälfte von dem übergroßen Hoodie verdeckt wurden. Gabs Berührungen, seine Hände, seine Lippen hatten Abdrücke wie glühendes Eisen auf mir hinterlassen. Seine Nähe war wie ein Rausch – verboten und reizvoll. Wie eine Sucht, die selbst nach beschissenen zwei Jahren existierte. Die Erkenntnis, mich selbst die ganze Zeit über angelogen zu haben, ließ mir die Tränen in die Augen schießen.

Wie konnte ich so dumm gewesen sein zu glauben, dass ich über ihn hinweg war? Dass ich ihn aus dem Kopf bekam, wenn ich mit anderen schlief? Wie konnte ich mir vormachen, dabei nicht an ihn zu denken?

Dumm, Jordan, du bist so dumm.

Endlich erreichte ich das Haus und riss gedankenverloren die Tür auf, zu spät, um umzukehren.

»Jordan«, stieß Mum mit weit aufgerissenen Augen hervor, ein Glas Wasser in der Hand und den Körper in einen Bademantel gehüllt.

»Hey, Mum«, erwiderte ich lahm.

»Was tust du so spät noch draußen?«

»Ich war laufen, konnte nicht schlafen.« Ich war nicht in der Verfassung, mir eine bessere Ausrede einfallen zu lassen. Entweder sie schluckte sie oder ich durfte mir wieder eine Standpauke anhören. Zweiteres würde ohnehin an mir abprallen.

Die Stirn gerunzelt trank sie aus dem Glas und nickte dann. Sie musterte mich und einen Augenblick glaubte ich aufzufliegen. »Wirf den Pullover in die Wäsche, er ist bestimmt durchgeschwitzt«, sagte sie, leerte das Glas und stellte es in die Spülmaschine.

Ich sah ihr hinterher, wie sie die Treppe hochging, und wartete, bis ich hörte, dass die Tür geschlossen wurde. Anschließend atmete ich erleichtert aus und begab mich auch auf mein Zimmer. Dort zog ich mir in Windeseile den Hoodie über den Kopf und schmiss ihn achtlos auf den Boden – als sei dieses verflixte Kleidungsstück schuld daran, dass – ja, woran? Es war mein Einfall gewesen, von meinem Zimmer aus darauf zu warten, wann er wieder zu Hause war. Nur um dann zuzuschlagen und mich zu rächen.

Dafür, dass er mich wie ein Stück Fleisch benutzt hatte. Unter anderen Umständen, in einer anderen Zeit hätte ich es nicht so empfunden und es sogar genossen. Aber wir waren nun mal nicht in der Vergangenheit, sondern im Hier und Jetzt. Mein Körper gehörte niemand anderem als mir.

Was heute Nacht anging, hatte ich keine großen Pläne geschmiedet. Der Wagen bedeutete Gab viel und meine einzige Absicht war es gewesen, ihn zu provozieren. Er sollte nicht glauben, dass er ungeschoren davonkam. Auch wenn Blech einen vergleichsweise niedrigen Wert hatte zu dem, was er mir angetan hatte. Mich sang- und klanglos verlassen, sich zwei Jahre lang nicht gemeldet, nur um dann in mein Zimmer zu schleichen und mich zu nehmen.

Erst jetzt wurde mir der Schmerz, den er mir angetan hatte, klar. All die Zeit hatte ich versucht ihn zu unterdrücken und zu überspielen. Mit Zigaretten, belanglosem Sex und dem Drang, keinen Gedanken an ihn zu verlieren. Ich hatte eine Illusion gelebt. Aber ich war zu müde, um noch länger darüber nachzudenken – über etwas, das ohnehin aussichtslos war. Also legte ich mich splitterfasernackt in mein Bett, presste die Augenlider zusammen und hoffte einen schnellen Schlaf zu finden. Einen Schlaf, der mich zumindest für die restlichen Stunden alles vergessen ließ.

Das Bett, in dem er mich gefickt hatte. Herrgott, würde ich irgendwann aufhören daran zu denken oder hatte sich das Erlebnis für immer in mein Gedächtnis eingebrannt? Eine seltsame Mischung aus Verachtung und Erregung schoss durch meine Mitte. Ich drückte meine Beine zusammen, bemüht die Bilder aus dem Kopf zu bekommen, die sich vor nicht allzu Kurzem genau hier abgespielt hatten. Doch heute Nacht vermengten sich die Bilder mit denen der vergangenen. Gab, der mich mit voller Kraft gegen den Baum stieß, der darauffolgende bittersüße Schmerz, sein heißer Atem auf meiner Wange. Die Strähnen seines dunklen Haares, die ihm wild und widerspenstig in die Stirn fielen. Der Blick, mit dem er meinen Mund taxiert hatte. Da war etwas, das seine Fassade bröckeln ließ und wodurch sie Risse bekam, ich hatte es gemerkt. Er konnte mir nichts vormachen, nicht mir. Ich kannte jede Seite an ihm und wusste, dass auch Gab eine hatte, für die er sich schämte, die kaum zum Vorschein kam. Eine, die er versuchte sogar vor sich selbst geheim zu halten.

Als seien Gefühle etwas Schwaches.

*

Am späten Vormittag saß ich im Bus zur Universität, die Augen nur spärlich geöffnet und eine halb volle Dose Energydrink in meinen Händen. Den hatte ich heute nötig. Für eine bevorstehende Seminararbeit zu Malerei, Graphik und Skulptur in der italienischen Kunst des 15. Jahrhunderts musste ich in der Bibliothek nach Literatur suchen und da ich ohnehin erst am Mittag zwei Kurse hatte, nutzte ich die Zeit.

Wie üblich war auf dem Campus die Hölle los, die Unterhaltungen der Studenten und das Heranrauschen der Busse dröhnten um ein Vielfaches in meinen Ohren wider. Vor der Bibliothek angekommen, leerte ich den Energydrink in einem Zug, Getränke waren sowieso verboten. Kaum betrat ich das Innere, fühlte sich die Stille wie eine Wohltat an. Kein Geplapper, kein Gelache. Ich verschloss meinen Rucksack in einem Spind, durchforstete die Regale nach passenden Büchern und schon nach kürzester Zeit war ich fündig geworden. Ein Stapel, fast so groß wie ich selbst, türmte sich auf dem Tisch, an dem ich mich niederließ. Ich hatte mir in einem eher wenig besuchten Abschnitt der

Bibliothek einen Platz gesucht, so konnte ich mich voll und ganz auf Kunstgeschichte konzentrieren. Oft genug machten es sich Studenten in der Bibliothek gemütlich, die glaubten Videos schauen oder Musik hören zu müssen. Zwar wiesen die Bibliothekarinnen sie zurecht, aber so musste ich mich gar nicht erst aufregen.

Nach einer Stunde, die ich über den Büchern gebrütet hatte, streckte ich mich und beschloss mir die Beine zu vertreten. Das Smartphone in der Hand und der Versuchung einer Zigarette widerstehend, schlenderte ich zwischen den meterhohen Regalen hindurch. Bücher und Bibliotheken im Allgemeinen hatten doch etwas Beruhigendes, oder nicht? Sie strahlten etwas aus, das mich erdete, und ich hätte nichts dagegen, gut und gern den ganzen Tag inmitten von Büchern zu verbringen. Am liebsten Bücher über Kunst. Kunst war so vielseitig, kannte keine Grenzen, keinen strikten Plan, nach dem es sich zu richten galt. Kunst war Freiheit.

Zwischen den Regalen zu Früher Neuzeit und Moderne blieb ich stehen, sah mich um und zückte die Zigarettenverpackung. Ich wiegte sie in meinen Händen hin und her, wagte einen weiteren Blick um mich herum und zwischen die Regale, nur um ganz sicherzugehen, als …

War ich derart übermüdet, dass mir meine Augen einen Streich spielten? Ich blinzelte, noch mal und noch mal. Aber das Bild, welches sich mir bot, blieb das gleiche. Hatte mich meine Intuition also doch nicht getäuscht. Zwischen innerlichem Jubel und Verwirrung schwankend, blickte ich meine beste Freundin und Ches an, die in einer Ecke ungeniert – und sich offensichtlich unbeobachtet fühlend – miteinander rummachten. Die gingen aber ganz schön zur Sache. Dass Bex und Ches was am Laufen hatten, erklärte so einiges, mitunter Ches' merkwürdige Reaktion neulich in der Cafeteria und warum ihm ihr neuer Job so ein Dorn im Auge war. Klar, das Rix spielte mit Weiblichkeit – auf ganz spezielle Art und Weise. Aber all das wusste ich ja nur aus Erzählungen. Ches wusste Bescheid, Gab und nun auch Bex. Nur ich nicht. Nur ich konnte weiterhin vermuten, was sich wirklich dort abspielte. Und es stank mir, gewaltig.

Immer noch meine Freunde beobachtend, stahl sich ein Grinsen auf mein Gesicht. Ich wollte ins Rix kommen und ich würde es.

Zwei Stunden später verließ ich die Bibliothek mit einigen hilfreichen Büchern im Rucksack und einer brillanten Idee im Hinterkopf. Bevor ich mich zu meinen Kursen begab, wollte ich meinem knurrenden Bauch entgegenwirken und mir eine Kleinigkeit in der Cafeteria holen. Allerdings war ich nicht darauf vorbereitet, meiner besten Freundin in die Arme zu laufen – ich hätte eher damit gerechnet, irgendwo Gab zu erhaschen, dabei sah ich sie für gewöhnlich mehrmals in der Woche.

»Was machst du denn hier?«, platzte es überraschter aus mir heraus als beabsichtigt.

Bex zog eine Augenbraue in die Höhe. »Äh, studieren?«, antwortete sie geistreich.

Um schnell von meiner Verwirrtheit abzulenken – und von den Bildern vor meinem inneren Auge, wie meine zwei Freunde intim miteinander waren –, fragte ich sie: »Und, wie war deine erste Schicht im Rix?«

Sie wartete, bis der Typ hinter der Verkaufstheke mir mein Rückgeld und den Muffin gab, und wir steuerten eine Bank außerhalb an. »Es war gut, ja, wirklich gut«, sagte sie, schlug die Beine übereinander und strich sich eine Strähne hinters Ohr.

»Aber?«

»Nichts aber. Die Arbeitsumgebung ist zwar ungewohnt, nicht mit der im Braveless zu vergleichen, daran werde ich mich schon gewöhnen.«

Den Blick in die Ferne auf eine Gruppe Studenten gerichtet, die im Gras zusammen lernten, knabberte ich an meinem Blaubeer-Muffin herum. Ich mochte Blaubeeren nicht sonderlich gern, aber einen anderen Muffin hatten sie nicht da, also begnügte ich mich damit. »Und ich hatte schon einen abenteuerlichen Bericht erwartet. Irgendwelche schmierigen Typen, die dich angemacht oder angefasst haben oder –«

»Na ja, vorgefallen ist schon was«, lenkte sie ein und mein Kopf schnellte herum, woraufhin sie diejenige war, die wegschaute.

»Okay, und was?« Obwohl sie vehement meinen Blick mied, ließ ich nicht nach. Jedoch kam ich nicht umhin mich zu fragen, warum sie ausgerechnet vor mir die Sache mit Ches verheimlichte. Ich war verdammt noch mal ihre beste Freundin – und wir erzählten uns schließlich alles, oder? *Außer die eine Nacht.* »Dir ist klar, dass du nicht drumherum kommst, mir zu sagen, was los war. Wenn dir irgendwas passiert, hilft das deiner Mum und Holly auch nicht weiter.«

Bex holte tief Luft, nur um sie im nächsten Moment hart auszustoßen. »Im Grunde genommen ist es keine große Überraschung.«

»Im Grunde genommen. Aha.« Ich stellte den Muffin zwischen uns, holte eine Zigarette aus der Packung und zündete sie mir an. Das Nikotin strömte in meine Lungen, kaum dass ich ein paar Mal daran zog. »Red nicht so kryptisch, Bex.«

»Ches und Gab waren da.«

»Dass die beiden im Rix rumlungern, ist wirklich keine Sensation.« Sie gingen dort schließlich seit ihrem sechzehnten Lebensjahr ein und aus. Ich ahnte jedoch, dass das nicht alles war.

»Jedenfalls … hat sich Gab wie immer wie ein Arschloch verhalten. Er hat sogar ein Whiskyglas kaputt gemacht.« Ein Grinsen umspielte ihre Lippen und als sie mich ansah, übertrug es sich auf mich.

»Was war der Anlass?«, versuchte ich gelassen nachzuhaken und zog erneut an der Zigarette.

»Schätze, es hat ihm nicht gepasst, dass ich Kontra gegeben habe. Dabei sollte er das von dir gewohnt sein.«

»Tja, in zwei Jahren kann man einiges verlernen. Und vergessen.« Bex' Grinsen verblasste, stattdessen legte sich ein besorgter Ausdruck auf ihr Gesicht. O nein, das konnte ich nun gar nicht gebrauchen. »Und dann? Wurde er rausgeschmissen?«

Sie schüttelte den Kopf. »Er hat sich beruhigt und ist dann mit Ches in die Darkrooms.«

»Klar, Darkrooms. Was auch immer«, zischte ich ungehalten und drehte den Zigarettenstummel in meiner Hand hin und her.

»Also, eigentlich darf ich das gar nicht erzählen, aber in den Darkrooms –«

»Schon verstanden, Bex! Jeder Vollidiot außer mir weiß, was in diesem Schuppen abgeht. Ich gehöre nun mal nicht zu dieser Scheißelite, der Einlass gewahrt wird. Weil ich eine Pussy habe.«

»Jordan.«

Fuck. Die letzten Tage hatten mir zugesetzt, ganz besonders die Begegnung mit ihm. Es war, als hatte er seine Hand um mein Herz gelegt und zugedrückt. »Wichtig ist, dass du dich dort sicher fühlst.« Das war alles, was zählte. Nicht Gab, nicht ich, sondern Bex' Sicherheit. Sie gab alles, um ihre Familie über die Runden zu bekommen.

»Jordan, es tut mir leid, wenn –«

»Nein«, sagte ich mit schwacher Stimme und trat die Zigarette mit der Schuhspitze auf dem Boden aus. »Ist schon gut. Ich hab die Fassung verloren.«

Daraufhin nickte sie nur und ich war froh, dass sie es dabei beließ. Hoffentlich konnten mich die kommenden zwei Kurse von dem Chaos meiner Empfindungen ablenken.

»Isst du den noch?« Bex deutete auf den Muffin, der immer noch zwischen uns auf der Bank saß.

»Du kannst ihn haben. Wenn dir mein Speichel nichts ausmacht.« Ich versuchte mich an einem Lachen, was mir nur mäßig gelang, aber immerhin die Stimmung etwas auflockerte.

»Ich arbeite jetzt im Rix, Speichel ist dort gar nichts«, gab sie zurück und biss herzhaft in das Gebäck. »Du warst vorhin in der Bibliothek?« Sie sah auf den Bücherstapel in meiner Tasche.

»Ja, hab ein paar Bücher abgeholt. Die brauche ich für eine Seminararbeit.« *Oh, Bex, wenn du wüsstest, was ich weiß.* Ich wollte das Wissen über sie und Ches noch eine Weile geheim halten. Es machte einfach zu viel Spaß, die Unwissende zu spielen. Und die Furcht in ihren Augen zu sehen – weshalb auch immer.

»Hm«, machte sie kauend und leckte sich anschließend die Finger ab. »Du hast gestern meine Frage unbeantwortet gelassen.«

Na gut, dann mimte ich eben weiter die Unwissende. »Was meinst du?«

»Der Knutschfleck.«

»Ist es so abwegig, dass ich rumknutsche?« Warum rückte ich nicht einfach mit der Wahrheit raus? Diese Geheimnistuerei hatte was, allerdings wusste ich noch nicht was genau.

Wieder folgte ein »Hm« ihrerseits und schließlich drehte sie sich zu mir um. »Es ist nur … Gab hat da gestern was erwähnt.«

Was. Erwähnt. Was. Erwähnt. Wut grollte in meinem Bauch und heißer Zorn tobte durch meinen Körper. Ich schwor mir ich würde ihn fertig machen, wenn er … »Was. Erwähnt?«

Sie knibbelte am Saum ihres Oberteils herum, so als wollte sie nicht recht mit der Sprache rausrücken. »Ich hab gestern so was gesagt wie, dass er offensichtlich gern Leute warten lässt. Weil er, na ja, so lange weg war. Und darauf meinte er, er habe dich gar nicht so lange warten lassen und ob du mir nichts erzählt hättest.«

Ich verschluckte mich. An überquellender Wut und bitterer Traurigkeit. Nun wusste Bex also, dass da was war, das ich ihr verheimlichte. Mit dem Unterschied, dass sie nicht wusste, dass ich ihr Geheimnis kannte.

Ihre Hand krallte sich in meinen Oberschenkel. »Jordan, ist irgendwas passiert, das ich wissen sollte? Was zum Teufel meint er damit?«

»Liebesbriefe hat er mir jedenfalls keine geschrieben«, antwortete ich lapidar.

»Haha. Gab sagt nichts einfach so, also?«

»Glaubst du etwa, der Knutschfleck ist von ihm?«, gab ich brummend von mir.

Bex zuckte mit den Schultern. »Keine Ahnung, was ich glauben soll, sag du es mir.«

Ich wollte nichts mehr sagen, kein einziges Wort mehr. Ich schämte mich für das, was ich empfand, wenn ich an besagte Nacht dachte: gleichermaßen Wut wie Erregung. Und das war absolut verrückt. Da machte ich Gab den Vorwurf, Gefühle seien nichts Schlimmes, und nun schämte ich mich für meine eigenen. Würde er jemals davon erfahren, dass ich etwas anderes als Zorn bezüglich dessen empfand, würde er sich als Gewinner fühlen. Als Gewinner eines Kampfes, bei dem man weder gewinnen noch verlieren konnte.

»Weißt du was«, setzte ich an, schulterte meinen Rucksack und griff zur Tasche, »frag ihn, warum es nur anderthalb waren.« Dann winkte ich meiner verwirrt dreinschauenden Freundin und lief Richtung Seminarsaal, wo mich Kunst und Künstler erwarteten und mich in den nächsten Stunden in ihren Bann zogen.

*

Als das Seminar beendet war, setzte draußen bereits die Abenddämmerung ein. Die Hände um die Träger meines Rucksacks, legte ich den Kopf in den Nacken und blickte in die hereinbrechende Dunkelheit. Vereinzelt funkelten Sterne am Himmel und plötzlich bekam Unendlichkeit eine ganz andere Bedeutung. Wer konnte schon ahnen, was das Leben für uns bereithielt – heute, morgen oder in genau der Sekunde. So wie Ches nicht ahnte, was auf ihn zukommen würde.

Glücklicherweise hatte ich mir zuvor das Vorlesungsverzeichnis angeschaut und wusste so genau, wo er sich aufhielt. Also lauerte ich ihm vor dem Hörsaal auf, eine Zigarette hinters Ohr gesteckt und eines der ausgeliehenen Bücher in den Händen. Wenige Minuten vor offiziellem Vorlesungsschluss stürmten die ersten Studenten aus dem Saal und ich drängte mich zwischen sie, als ich Ches' Schopf erkannte. Ich zog am Zipfel seines ausgebeulten Pullovers und er ruderte wild mit den Armen in der Luft herum, wodurch ihm einige seiner Kommilitonen auswichen.

Er runzelte die Stirn, als er mich sah und schulterte seine Tasche richtig, die zweifelsfrei schon bessere Tage gesehen hatte – aber wohl keine Waschmaschine. »Jordan! Was suchst du denn hier?«

»Früher haben wir uns auch ständig gesehen.«

»Stimmt.« In seine Stimme klang Unsicherheit mit. Na gut, mein Auftauchen war auch ein wenig merkwürdig, das musste selbst ich zugeben.

»Da hast du immer im Büro deines Dads Gras geraucht«, meinte ich und prompt bildete sich sowohl auf seinem als auch meinem Gesicht ein Grinsen. Es erinnerte mich daran, dass Ches mehr für mich war als nur der Freund von Gab. Wir pflegten einen lockeren Umgang, fast wie Bruder und Schwester, aber seit dem Studium hatte jeder von uns viel zu tun. Vor allem Ches, der eine ziemliche Kehrtwende hingelegt hatte. Er hatte nie die Absicht gehabt, zu studieren oder gar seinem Vater, einem renommierten Politikwissenschaftler und Gastdozent an der Browningham, nachzueifern. Bis zu dem Sommer vor unserem letzten Schuljahr, als ihm offenbar klar wurde, dass es an ihm lag, seine Zukunft zu gestalten. Tja, Weed allein regelte eben nicht alles.

Ches seufzte. »Und der Alte hat's nie gecheckt.«

Wir hatten inzwischen das Gebäude verlassen und uns auf einer Bank niedergelassen. Da griff er auf einmal nach der Zigarette hinter meinem Ohr und steckte sie sich in den Mundwinkel.

»Sag mir nicht, deine sind wieder alle.«

Er grinste erneut. »Nö.« Dann zückte er das Feuerzeug, zog genüsslich an der Fluppe und reichte sie mir. »Also, raus mit der Sprache. Was willst du?«

»Autsch«, machte ich, zog eine Grimasse und nahm die glimmende Zigarette an mich. »Ich dachte, wir sind Freunde. Oder waren es.«

»Sind wir doch auch.«

»Warum fühlt es sich dann nicht mehr so an?« Ich hatte die Worte schneller gesprochen, als mir lieb war. Zurücknehmen konnte ich sie nicht mehr.

Er setzte sich zu mir, näher als erwartet, und mit einem Mal war mir klar, dass ich ihn tatsächlich vermisst hatte. Ich hatte mich von ihm entfernt, ungewollt, unbemerkt. Vielleicht, weil er mich an Gab erinnerte.

»Ich weiß nicht, Jor. Damals …« Er hielt inne, als ich ihm die Zigarette zurückgab.

»Nimm schon, und sprich deinen verdammten Satz zu Ende.« Von dem ich ohnehin schon wusste, wie er endete.

Er atmete geräuschvoll aus, nahm die Zigarette entgegen und zog dran. »Damals, als …«

»Herrgott, sag seinen Namen, Ches! Oder hast du deine Eier auf dem Weg zur Uni verloren?«

Stille. Wäre es Tag und würden noch Studenten herumschwirren, hätten sich allesamt zu uns herumgedreht. Und das nur, weil ich zum wiederholten Mal die Kontrolle über mich verloren hatte. Oder weil ich einfach keine Lust mehr hatte, so zu tun, als sei alles bestens. Denn das war es nicht. Dieses Loch, das er vor zwei Jahren in meinem Herzen hinterlassen hatte, war immer noch nicht zugewachsen. Es klaffte wie eine offene Wunde in meinem Inneren.

»Was zur Hölle ist falsch mit dir?«, brach es nun auch aus Ches heraus, der sogleich mehrere Züge nahm, und aufsprang. »Sorry, dass ich nicht so ein Arsch sein will und seinen Namen ausspreche, als sei da nichts zwischen euch gelaufen!«

Ich schluckte – den Kloß an Verbitterung, unterdrückter Traurigkeit und bitterer Einsicht herunter. Er hatte recht, Ches war nie so gewesen. Er war ein guter Typ, sein einziges Laster, wenn man es so nennen wollte, war Gras. Ich war froh, dass es dunkel war. Doch die Illusion, dass Ches so nicht meine Tränen sah, wurde mir jäh geraubt. Er setzte sich wieder zu mir auf die Bank und legte seinen Arm um mich. Die plötzliche Nähe ließ mein Innerstes schmerzhaft zusammenziehen und ich wollte Ches von mir stoßen. Ich wollte es wirklich. Aber sie tat gut.

»Mit dem Spiel, das du die letzten Jahre getrieben hast, magst du andere blenden, mich nicht. Ich kenn dich. Und ich kenn Gab, ich weiß, zu was er fähig ist.«

»Ich wüsste zu gern, was *er* für ein Spiel treibt«, zischte ich.

»Ich hab keine Ahnung, was er vorhat«, erwiderte Ches und lehnte sich an die Bank an. »Wie lange er bleiben will oder ob er morgen wieder verschwindet, er verhält sich so verschlossen wie eh und je.«

Ich schloss die Augen, blinzelte die letzten Tränen weg und trat den Zigarettenstummel aus. »Eins kann ich dir versprechen: Diesmal wird es nach meinen Regeln gehen.«

»Jordan.«

Wie Bex, die hatte heute auch ständig *Jordan* gesagt. Als sei es eine Warnung. »Ches«, äffte ich ihn nach, woraufhin er mir mit dem Ellbogen in die Seite stieß.

»Ich will nur nicht, dass …«, er schaute in die Ferne und rieb sich dann über die Augen, »dass du dich in was verrennst.«

»Dafür ist es zu spät, Ches.«

Er schüttelte den Kopf, als wurde ihm bewusst, dass es keinen Sinn machte, mich davon abzuhalten. Wie er wohl reagieren würde, wenn ich ihn auf die Sache mit Bex ansprach? Es fiel mir schwer, mir das Grinsen zu verkneifen, und so besann ich mich auf den wahren Grund meines Auftauchens. Ich setzte mich ihm im Schneidersitz gegenüber, die verschlissene und mit Nieten besetzte Jeansjacke zugezogen.

»Du hast gesagt, wir sind Freunde«, setzte ich an und fuhr mir mit der Zungenspitze über die Unterlippe. »Und Freunde tun sich ab und zu einen Gefallen, nicht wahr, Ches?«

Natürlich war ihm mein aufgesetzter Tonfall, lieblich und fast aufreizend, nicht entgangen. Aus seinen braunen Augen blickte er mich an, wohl wissend, dass er sich selbst in diese Zwickmühle gebracht hatte. »Jordan.« Da war es, schon wieder.

»Du wirst mich ins Rix mitnehmen.«

Wieder trat Stille ein. Der Zufall – oder war es das Schicksal? – hatte mir in die Karten gespielt und mich erst auf diesen brillanten Plan gebracht.

»Das werde ich nicht«, antwortete er eine Ewigkeit später.

»Und wie du das wirst.«

»Einen Scheiß werde ich, Jordan!« Er wandte sich von mir ab, die Unterarme auf die Knie gestützt.

»Was denkst du, würde Gab davon halten, wenn er erfährt, dass du was mit Bex hast?«

Stille. Eiserne Stille. Ich hatte seinen wunden Punkt getroffen und obwohl ich nicht sonderlich stolz darauf war, ihn zu bedrängen, war es meine einzige Chance.

»Woher weißt du das? Hat sie es dir erzählt?«, fragte er tonlos.

»Oh, Ches, natürlich nicht.« Meine Stimme war viel zu hoch, viel zu künstlich und passte so gar nicht zu mir. Das machte alles noch abstruser und lachhafter. »Ich hab euch gesehen, heute in der Bibliothek. Ihr solltet euch bessere Plätze aussuchen.«

»Fuck.«

»Mir ist es egal, dass ihr was habt. Aber Gab und Bex sind nicht unbedingt die besten Freunde.« Kurz und knapp: Sie konnten sich nicht leiden, sie tolerierten sich mehr oder weniger.

»Das ist nicht dein Ernst, oder? Dass du mich damit erpresst, um ins Rix zu kommen, und dann was? Willst du dich umschauen, dich vögeln lassen, womöglich Gab in die Arme laufen und – Shit, genau das willst du.« Genervt fuhr er sich mit den Händen durchs Haar. »Du willst wegen ihm da rein.«

»Nein, wirklich? Das war doch wohl nicht schwer zu begreifen, oder?« Ich rollte mit den Augen und klopfte ihm dann im nächsten Moment auf den Rücken. »Also, Ches, abgemacht? Oder willst du, dass Gab davon Wind bekommt?« Zugegeben, ich hatte nicht den blassesten Schimmer, was geschah, wenn es rauskam. Gab würde Ches aufziehen, auf die nervtötendste und ekelhafteste Art und

Weise, die man sich vorstellen konnte. Aber allein die Tatsache, dass Bex und Ches ihre Affäre geheim halten wollten, machte es zu einem leichten Unterfangen.

»Wenn er dich dort sieht und herausbekommt, dass ich derjenige war, der –«

»Keine Sorge, er wird es nicht herausfinden. Du hast mein Wort, Ches.« Ich kreuzte Zeige- und Mittelfinger. »Mein Ehrenwort.«

Er schnaubte und lehnte sich zurück, nestelte am Riss in seiner Jeans. »Ich hab eh keine Wahl, stimmt's?«

»Wir verstehen uns also immer noch«, sagte ich übertrieben gut gelaunt.

Ches warf mir einen Blick zu, der so viel bedeutete wie *Halt schon die Klappe* und gab sich somit geschlagen. Wir lungerten noch eine Weile auf dem Campus herum, die Ruhe der Nacht genießend, und brachen irgendwann auf. Ches mit einem müden Lächeln im Gesicht, ich mit einem siegessicheren. Bald würde es so weit sein, bald würde endlich auch ich das Rix von innen sehen. Und Gab einzig und allein mit meiner Anwesenheit in den Wahnsinn treiben. Egal, wie sehr ich es in der Vergangenheit versucht hatte, er wollte mich auf Biegen und Brechen nicht mitnehmen. Er wollte mich nicht mit anderen teilen, das war es, er wollte mich für sich.

Aber warum hast du mich dann verlassen?

Ich erwartete nicht jemals eine Antwort auf diese Frage zu erhalten – auch wenn ich sie mir insgeheim wünschte. Jedenfalls hatte Ches nicht den Anschein gemacht, dass er über Gabs nächtlichem Besuch bei mir im Bilde war. Es wunderte mich und wiederum auch nicht. Gab war jemand, der gern prahlte und angab. Aber womöglich erzählte er niemandem davon, weil er so zugab, dass er sich nach mir gesehnt und dafür einiges auf sich genommen hatte – nachts durch den Garten gestreunert, das Fenster reingeklettert und dabei jedes Risiko missachtet. Ja, Gefühle waren ihm seit jeher nicht geheuer gewesen.

KAPITEL 9

Vor drei Jahren

Es war die letzte Woche der Sommerferien gewesen, ein vergleichsweise warmer September, und das Abschlussjahr an der High School stand bevor. Deshalb verbrachten Ches, Bex, Jordan und ich den Tag am Rohill Lake, die letzten Sonnenstrahlen einfangen. Die beiden Mädchen trugen einen Bikini, die nassen Haare zu einem Knoten und übergroße Sonnenbrillen auf den Nasen. Mir entging nicht Ches' begieriger Blick auf Bex' Körper, der wohlig gebräunt war und ordentlich Kurven zeigte. Zwar konnte ich sie nicht ausstehen, aber sie war Jordans beste Freundin, also musste ich sie wohl oder übel hinnehmen. Solange wir als Gruppe unterwegs waren, sollte es mir recht sein. Wären Bex und ich allein, würden wir uns die Köpfe einschlagen – denn sie war genau wie Jordan stur, wild und frech. Nur mit dem Unterschied, dass uns keine Sympathie verband. Ich kannte Jordan eben schon mein ganzes Leben lang und sie hatte einen Platz eingenommen, von dem ich nicht mal wusste, dass er existierte.

Die Pubertät war an uns allen nicht spurlos vorangegangen, das konnte man besonders an Ches erkennen. Bis vor wenigen Jahren war er noch schlaksig und dürr gewesen, mittlerweile war er gut trainiert, nur die langen Haare hatte er beibehalten. Allerdings schienen die gut bei den Mädels anzukommen. Ach ja, und Gras rauchte er nach wie vor. Gerade hatte er Bex den Joint gereicht, die daran zog und ihn ihrer besten Freundin hinhielt. Auch sie nahm einen Zug.

Ich beschloss mich noch mal im Wasser abzukühlen und tippte Jordan an. Sie drehte den Kopf zu mir um und sah mich fragend an. Dann deutete ich auf einen wuchtigen Baum mit prächtiger Krone, von dem aus oft ins Wasser gesprungen wurde.

»Du spinnst«, sagte sie.

Mir konnte sie nichts vormachen, ihre Augen funkelten und ehe ich aufsprang, flitzte sie vor. Sie kletterte den Baum hoch, scheinbar ohne Müh, und winkte mich zu sich. Jordan balancierte auf dem Ast entlang und hielt schwankend am Ende an.

»Höher als erwartet«, murmelte sie, als ich hinter sie trat und die Arme um ihre Taille legte.

»Du machst doch keinen Rückzieher, oder?«

»Haha«, machte sie wenig überzeugend, da zuckte sie auf einmal zusammen und ich verstärkte meinen Griff.

»Ich hab dich, Babygirl«, flüsterte ich ihr ins Ohr.

»Um mich im nächsten Moment herunterzuwerfen, Gab, ich kenn dich«, schoss sie zurück.

Ich vergrub meine Faust in ihrem Schopf und zog sie zurück, den Mund auf ihre Halsschlagader gepresst. Dann lies ich von ihr ab und die nächsten Sekunden vergingen wie im Rausch. »Dann lass uns fliegen, Babygirl.« Wir stürzten hinab, Jordans Schrei hallte um ein Vielfaches in meinen Ohren wider, bis das Wasser uns verschlang. Ich zwang mich Unterwasser meine Augen zu öffnen und sah, wie Jordan mit den Armen ruderte. Da öffnete auch sie die Augen und streckte lächelnd die Hand nach mir aus, die ich ergriff. Schwer atmend streckten wir die Köpfe aus dem Wasser, uns immer noch zugewandt.

»Scheiße, war das geil!« Jordan lachte lauthals, ehe ich ihr Gelächter mit einem Kuss verschloss. Stürmisch, unnachgiebig und hungrig. Ich liebte es, wie sie sich mir hingab, öffnete und es dabei genauso wie ich zu genießen schien. Fuck, sie war wie geschaffen für mich.

»Zeig mir deine Nippel«, forderte ich und wartete erst gar nicht auf eine Antwort, sondern schob ihr Bikinioberteil zur Seite und legte ihre rosige Brustwarze frei. Mit der Fingerspitze zwirbelte ich sie, was Jordan gedämpft stöhnen ließ. Ich grub meine Hand in ihr Fleisch, zog sie an mich heran und schon legte sich dieser begierige Ausdruck auf ihr Gesicht. Die Düsternis in ihr, die kleinen Schatten tänzelten um ihre engelsgleichen Augen.

»Gab. Was ist mit Ches und Bex?«, fragte sie leise und warf einen Blick auf die beiden, die mehrere Meter von uns entfernt im Gras lagen.

»Die sind doch sowieso breit, die werden nichts mitbekommen.«

Diese wenigen Worte reichten aus, damit sie sich am Bund meiner Badehose zu schaffen machte und meine Erektion befreite. Ihre zierlichen Finger umschlossen den Schaft, bewegten sich auf und ab. Langsam, dann schneller, ungezügelt.

»Nimm ihn in den Mund.«

Sie legte die Stirn in Falten, stoppte mit ihren Bewegungen. »Was? Ich soll … du meinst Unterwasser?«

»Versuch es.«

Mit der Zunge leckte sie sich über die Lippen, holte tief Luft und tauchte unter. Kurz darauf spürte ich, wie sie meinen Schwanz in den Mund nahm und brav lutschte. Ihre Lippen, ihre Zunge und ihren Gehorsam zu fühlen glich einem Feuerwerk an Empfindungen.

Als ich merkte, dass sie langsamer wurde und bald auftauchen würde, gab ich die Kontrolle über mich selbst auf. Stattdessen übernahm ein anderer Teil von mir die Führung. Ein anderer, dunkler. Ein Teil, der sich nicht bändigen ließ. Wie von selbst legte sich meine Hand auf ihren Kopf und drückte, sodass Jordan weiterhin Unterwasser blieb. Mein Schwanz in ihrem Mund, ihre wild rudernden Arme, das erbärmliche bisschen Kraft, mit dem sie versuchte gegen mich anzukämpfen. Natürlich hatte sie keine Chance. Wie auch? Ich war ihr körperlich überlegen. Das Gefühl, völlige Macht über sie auszuüben, durchströmte mich auf überwältigende Art und Weise. Ein Gefühl, nach dem ich süchtig war.

Das Wasser peitschte um mich, in mein Gesicht, überall, aber es hielt mich nicht auf. Ganz im Gegenteil, ihre Hilflosigkeit und das Risiko, das einzig und allein von mir ausging, heizten mich nur noch mehr auf.

Plötzlich krallten sich Jordans spitze Fingernägel in mein Fleisch, Schmerz schoss durch mich hindurch, gespickt mit aufflammender Erregung und Genugtuung.

Ich ließ von ihr.

Shit, ihr zierlicher Körper bebte, ihre Lippen waren blau angelaufen und sie konnte sich schwer atmend kaum auf den

Beinen halten. Mein Schwanz wurde bei ihrem Anblick so hart, dass es wehtat.

»Du«, stieß sie atemlos hervor, die Arme in die Hüften gestemmt, »Wichser.«

Ein Grinsen stahl sich auf mein Gesicht. Ja, das war ich. Ich zog sie an mich heran und in eine Umarmung, da bohrten sich Jordans Fingernägel erneut in mein Fleisch.

»Das macht dich an, was?«, wisperte sie und der Tonfall in ihrer Stimme fuhr mir durch Mark und Bein, bescherte mir Gänsehaut. »Oh, Gab, ich hab dich durchschaut. Dein Schwanz ist so hart. Sehnst du dich nach meiner Pussy? Sehnst du dich danach, mich zu nehmen, als sei ich dein Eigentum? Dein Eigen und Alles? Sehnst du dich nach meinen Schreien, so lust- und schmerzvoll zugleich?«

»Fuck, Jordan. Du bringst mich um.« Die Worte verließen meinen Mund nur abgehackt, zu mehr war ich nicht mehr fähig.

»Du mich eben auch fast«, gab sie zurück und klang dabei so lieblich und unschuldig, dass ich fast nicht glauben konnte, dass sie eben noch kaum hatte atmen können. Dieses Mädchen machte mich verrückt, vollkommen verrückt.

Ihre Hand umfasste meinen Schaft, bewegte sich fest und schnell. Es brauchte nicht lange, bis ich keuchend in ihrer Hand kam. Mit einem Lächeln auf dem Gesicht öffnete sie die Hand, in der mein Samen Fäden zog, und leckte sie ab.

»Dafür könnte ich dich gleich hier und jetzt nehmen«, sagte ich.

Herausfordernd und mit hochgezogener Augenbraue zog sie mich an. »Bild dir nicht zu viel drauf ein, Skalbeck.«

»Dein Eigen und Alles, Babygirl«, erinnerte ich sie, anspielend auf ihre eigenen Worte.

»Für den Moment, Skalbeck.«

Für eine Vielzahl an Momenten. Sie war schon so viel länger mein Eigen und noch viel mehr mein Alles. Seitdem sie mit ihren Eltern vor sechzehn Jahren in das Reihenhaus in der Willesley Street gezogen war. Sie fürchtete sich nicht vor dem Teil meiner Seele, der gelegentlich ausbrach und nach ihr dürstete. Sie war nicht nur irgendwer, sondern der Mensch, der diesen Teil aufrechterhielt.

*

Das Klingeln meines Smartphones, gefolgt von den Rufen meiner Mum, riss mich aus dem Schlaf und ich rieb mir mit den Händen über die Augen. Blindlings griff ich auf den Nachttisch und nahm den Anruf entgegen.

»Was gibt's?«, brummte ich in den Hörer.

»Hey, Mann«, ertönte Ches' ohrenbetäubende und gut gelaunte Stimme. »Wie verabredet später im Rix?«

»Hab ich jemals was anderes behauptet?«

Ich vernahm Rascheln und gedämpfte Musik am anderen Ende der Leitung. Plötzlich schwang ein Hauch Nervosität in seiner Stimme mit. »Nein, ich wollte nur sichergehen, dass …« Er hielt inne und schien nicht vorzuhaben weiterzusprechen.

»Dass was? Dass ich dich sitzen lasse?« Ich lachte hämisch auf. »Es gibt nichts Besseres als einen entspannten Abend im Rix, das weißt du genauso gut wie ich.«

»Klar.« Irgendwer kicherte im Hintergrund, dann wurde es still. »Gut, wir sehen uns später.«

»Darauf kannst du wetten«, antwortete ich, legte auf und schlug die Bettdecke zurück. So konnte ich auch endlich diesen verdammten Ständer und die durch den Traum aufgestaute Erregung ablassen. Das war so was von nötig.

Nachdem ich das Bett verlassen und mir frische Kleidung herausgesucht hatte, stellte ich mich ans Fenster. Gedankenverloren schweifte mein Blick über die Häuser, in denen vereinzelt Lichter brannten, – bis ich an dem mit der Hausnummer 36 ankam. Im kompletten unteren Geschoss war das Licht eingeschaltet und ich erkannte auch zwei Gestalten, die herumhuschten, jedoch konnte ich nicht ausmachen, wer genau es war. Sicherlich war eine davon Jordans Mum. Ihr Perfektionismus, was Ordnung und Sauberkeit betraf, übertrumpfte sogar den meiner eigenen Mutter. Wie sie mit einer blau-karierten Schürze in der Küche stand, während ich im nebenanliegenden Wohnzimmer ihre Tochter vögelte. Jordan hatte das Gesicht in einem der sorglich drapierten Kissen gepresst, um nicht vor Lust aufzuschreien – vor Lust und vor dem Reiz, erwischt zu werden. Aber bis heute hatte Jordan nicht den blassesten Schimmer, dass uns sehr wohl jemand gesehen hatte. Ihr Dad, der an diesem Nachmittag früher Feierabend hatte als gewöhnlich – und auf der Treppe der Veranda kehrtmachte. Sein Gesichtsausdruck, eine Mischung aus Verwunderung, Entsetzen und Ekel, trieb mich noch mehr an in Jordan zu pumpen. Er wusste längst, dass seine Tochter verdorben war, auch wenn er stets versuchte in ihr das unschuldige Wesen zu suchen, das sie einst gewesen war. Aber sie war schon immer dem Reizvollen und Verbotenem zugewandt, nur wollten ihre Eltern das nie wahrhaben. In einem Ort wie Prattsville war man darauf erpicht, der

Normalität zu entsprechen. Etwas, das mich langweilte, gar ekelte.

»Gabriel! Wo steckst du?«, schallte die zittrige Stimme meiner Mum bis in mein Zimmer und kurz darauf steckte sie den Kopf rein, die Tür einen Spaltbreit geöffnet.

»Ach? Öffnen wir jetzt einfach die Tür?«, platzte es aus mir heraus, wobei mich kurz so was wie Reue durchzuckte. Zu kurz, um dem Gefühl Aufmerksamkeit zu schenken.

»Ich habe dich mindestens zehnmal gerufen.« Ihr Bemühen, streng und eingeschnappt zu klingen, misslang.

»Okay, und?«

Da fiel ihr Blick auf die glimmende Zigarette zwischen meinen Fingern, die ich mir soeben angezündet hatte. »Du sollst doch nicht im Zimmer rauchen.« Sie schüttelte den Kopf, sodass ihr einzelne Strähnen ihres streng frisierten Dutts ins Gesicht fielen. »Wenigstens das Fenster könntest du öffnen.« Prompt trat sie ein und ging harschen Schrittes auf das Fenster zu, welches sie öffnete. Mit der Hand wedelte sie den Rauch weg und hüstelte.

»Sorry, Mum«, kam es mir lahm und unglaubwürdig über die Lippen.

»Ich habe Pasteten gemacht«, setzte sie an und nestelte am Saum ihres Designerkleides, »mit gebackenen Kartoffeln und Gemüse. Isst du mit?«

»Eigentlich –«

»Dein Dad kommt heute später, er hat noch eine Ratssitzung«, überging sie meinen Widerspruch. »Du könntest mir Gesellschaft leisten.«

Ich sollte ins Rix. Ich wollte ins Rix. Und doch konnte ich Mum den Wunsch nicht abschlagen. Also nickte ich, sie strich mir über die Wange und schenkte mir ein Lächeln. Nachdem sie das Zimmer verlassen und ich mir ein schwarzes T-Shirt sowie ein gleichfarbiges Jeanshemd und eine Hose angezogen hatte, fand ich mich am reichlich gedeckten Esstisch wieder. Das Besteck glänzte, die Servietten waren kunstvoll gefaltet, das Essen duftete herrlich.

»Weiß Dad das überhaupt zu schätzen?«, fragte ich und deutete mit dem Kopf auf das Abendessen, welches mehr einem Festessen glich. »Ich mein, du könntest mit dem ganzen Zeug einen Preis gewinnen.«

»Du magst kein sonderlich enges Verhältnis zu deinem Vater haben, aber er ist ein guter Mann.«

Das war zwar keine sonderlich aufschlussreiche Antwort, doch damit musste ich mich begnügen. So war meine Mutter schon immer gewesen, darauf bestrebt, niemanden zu kränken.

Schließlich begannen wir zu essen und nicht anders als erwartet, schmeckten die Kartoffeln knackig zubereitet und die Pasteten köstlich.

»Ich glaube, dein Essen hab ich vermisst«, murmelte ich mit vollem Mund und spießte eine weitere Kartoffel auf. »Kein Vergleich zu dem, was ich in den letzten Jahren runtergewürgt hab. In England gibt's echt widerwärtige Restaurants und pappige Fish 'n' Chips.«

Damit entlockte ich ihr ein kleines Lächeln. »Wenn du möchtest, kann ich das auch mal machen.« In ihrer Stimme lag unverkennbar Hoffnung, unendliche Hoffnung, ihren Sohn nicht erneut verlieren zu müssen.

»Mum, ich werd schon nicht abhauen.« Zumindest nicht so schnell.

»Ich bin einfach froh dich hier zu haben. Verstehst du?«

Obwohl ich es ihr nicht immer leicht gemacht hatte. Obwohl sie sich bestimmt schon mehrfach gefragt hatte, warum ich nicht so einfach wie die anderen Jungen sein konnte. Sie hatte ein solch selbstloses Gemüt – und ich hatte es mehr als nur einmal ausgenutzt. Shit, warum wurde mir so viel ausgerechnet jetzt bewusst? Was stellte dieses Scheißkaff nur mit mir an?

»So lange, bis ich wieder was anstelle«, scherzte ich, um die kaum auszuhaltende rührselige Stimmung auszulöschen und mich nicht weiter in diesen Gedanken verlieren zu können.

Doch auch daraufhin schenkte sie mir ein Lächeln und tupfte sich sogar mit der Serviette die Augenwinkel. Herrgott, was ging hier vor sich? Ich hatte angenommen bei meiner Rückkehr wieder aus Prattsville rausgeschmissen und auf ewig verbannt zu werden. Daher überforderte und verängstigte mich diese Gefühlsduselei, diese Worte, in denen eine viel zu schwerwiegende Wahrheit steckte.

Ich schluckte die Pastete herunter, leerte das Glas Wasser in einem Zug und wischte mir anschließend mit der Serviette über den Mund. »Ich bin noch mit Ches verabredet.«

»Etwa im Rix?«

Ich erhob mich, ohne auf die Missbilligung, die sich auf ihrem Gesicht widerspiegelte, einzugehen. »Warum so neugierig, Mum? Willst du mich begleiten?« Das konnte ich mir nicht verkneifen und das verdutzte Gesicht meiner Mutter war es mir allemal wert, die Grenze zu überschreiten.

»Mach, was du für richtig hältst, Gabriel.« Sie stand auf und legte mir eine Hand auf den Arm. »Solange du nichts … Unanständiges tust, bist du hier immer willkommen. Es ist dein Zuhause.«

Den Blick auf ihre Hand gerichtet, verspürte ich nur eines: Flucht. Sofort. Auf der Stelle. »Ist gut. Bis dann,

Mum.« Ich riss mich von ihr los und noch ehe ich aus der Tür war, fügte ich hinzu: »Und danke fürs Essen.«

Erst als ich in meinem Chevrolet saß, der schnurrende Motor unter mir, schaffte ich es durchzuatmen. Heute Abend war es mir schwerer als zuvor gefallen, meiner Mutter in die Augen zu sehen. Mit den Gefühlen, die sie mir gegenüber preisgab, konnte ich nicht umgehen – noch nie. Aber darum ging es heute nicht. Ich musste mich auf den Abend im Rix fokussieren. Kurz bevor ich losfuhr, tätigte ich einen Anruf, dann trat ich auf das Gaspedal.

*

Die umliegenden Straßen waren vollgeparkt, sodass ich mehrmals um den Block fahren musste, um schlussendlich einen Platz zu finden. Die Gassen waren spärlich beleuchtet, der Himmel über mir sternenlos. Während ich zum Gebäude schlenderte, genehmigte ich mir eine Zigarette.

»Meine Güte, da bist du ja. Du genießt den großen Auftritt, was?«

Kaum vernahm ich Pennys nervtötende Stimme und erkannte ihre knallrote Haarpracht, zweifelte ich an meiner Entscheidung. Sie sollte es nicht wagen, ihren Mund zu weit aufzureißen. Und wenn doch – für wenige Stunden verfügte ich über sie.

»Ich brauche keinen Auftritt, Penelope.« Ich nahm einen letzten Zug, dann drückte ich die Zigarette auf dem Boden aus. »Wenigstens hast du heute kein billiges Make-up aufgelegt.«

»Ich dachte, du stehst auf billig.« Übertrieben klimperte sie mit den Wimpern, als ich mich ihr näherte.

»Willig, nicht billig. Das ist ein kleiner, wenn auch feiner Unterschied«, gab ich unbeeindruckt zurück und musterte sie unverhohlen. Sie trug ein hautenges schwarzes Kleid, das sowohl ihren nicht verachtenswerten Hintern als auch ihr üppiges Dekolleté betonte.

»Scheiße, hörst du manchmal, was du da von dir gibst, Skalbeck?« Ihr Lachen, gleichermaßen ungehalten wie lasziv, hallte in der Dunkelheit der Nacht wider.

Ich hatte keine Lust mehr auf weitere unsinnige Gespräche, zumal der Grund unseres Zusammenfindens ein ganz anderer war. »Also, du weißt, was wir hier tun – und was du zu tun hast.«

Penny nickte bedächtig, wickelte sich eine Strähne um den Finger. »Aus dem mehr oder weniger selben Grund.«

»Mehr oder weniger, du sagst es.« Ich bedeutete ihr Richtung Eingang zu laufen und – oh, Wunder – sie gehorchte. »Das hast du zumindest drauf.«

Sie sah mich über die Schulter hinweg an, die Lippen zu einem tückischen Lächeln verzogen. Auch wenn sie eine Bedienstete des Rix war, war ihr an Tagen, an denen ihr keine Schicht zugeteilt wurde, das Betreten untersagt. So wie anderen Frauen war es ihr nur möglich, den Club als Begleitung eines Mannes zu besuchen. Da hatte das Rix strikte Regeln, Ausnahmen galten nicht.

Der Einlass dauerte länger als üblich, was am großen Andrang lag. Da die Besucherzahl beschränkt war, wurden sicherlich nicht mehr viele eingelassen – mir sollte es gleich sein. Penny und ich betraten den Club, sowohl die Bar als auch die anderen Sitzmöglichkeiten waren gut besucht. Gedämpfte Gespräche, der Geruch von Zigarren und dichter Nebelschleier empfingen uns.

»Gibst du mir auch einen Drink aus?«, schnurrte Penny, die, ganz den Sitten untergeordnet, immer einen Schritt rechts neben mir ging.

Heute versuchte ich die Antipathie, die ich ihr gegenüber größtenteils empfand, zu unterdrücken. Sie sollte lediglich einem Zweck dienen. Aber genauso sollte ich mich ihr gegenüber als ihre männliche Begleitung verhalten. Also spendierte ich ihr einen Martini, sie ließ es sich allerdings nicht nehmen, sich als etwas Besseres aufzuführen. Sie verlangte eine weitere Olive in ihrem Drink.

»Überstrapazier nicht meine Nerven«, sagte ich, als wir uns in der Lounge niederließen und ich an meinem Whisky nippte.

Da zückte Penny auf einmal eine Zigarre aus ihrer winzigen Handtasche. »Ich weiß doch, wie sehr du auf die Dinger abfährst.«

Die Verwunderung war mir zweifelsohne ins Gesicht geschrieben, denn sie lachte auf, hielt mir die Zigarre hin und tippte einen vorbeilaufenden Angestellten an. Dieser verstand sogleich und zündete sie an. Kaum hatte ich daran gezogen, lehnte ich mich zurück und sah Penny unverhohlen ins Gesicht. Verhielt sie sich nur so, weil sie nach Jahren endlich bekam, was sie wollte? Eine Nacht mit mir? Mit dem Typen, der sonst immer mit ihrer Feindin abgehangen hatte? Oder steckte in ihr doch ein bisschen Demut? Gut möglich, dass sie auf genau das stand, was im Rix vor sich ging. Schließlich wusste ich nicht viel über sie. Nur dass sie und Jordan sich seit jeher hassten und keine ein gutes Wort über die andere verlor. Ganz im Gegenteil, sie setzten Gerüchte und Lügen in die Welt, schlugen und prügelten sich auf dem Schulhof, in der Mall, auf dem Abschlussball. Sie waren das, worunter man sich

Erzfeindinnen vorstellte. Vielleicht lernte ich sie heute Nacht auf eine mir fremde Art kennen.

Aber ich durfte nicht vergessen, weshalb ich wirklich hier war.

»Nicht schlecht«, war alles, was ich dazu meinte, und wieder schlich sich dieses Grinsen auf ihr Gesicht.

Ohne zu zögern, umfasste ich mit der Hand ihren Hals und zog sie an mich heran. Sie schnappte hörbar nach Luft, die Augen geweitet und die Lippen geöffnet. Unsere Blicke verfingen sich für einen Augenblick, seltsam vertraut und viel zu nah, sodass ich wieder von ihr abließ. Sie griff sich an den Hals, an die Stelle, an der sich bis vor wenigen Sekunden meine Hand befunden hatte. Mir entging nicht, wie sich Scham und Erregung in ihrem Gesicht widerspiegelten. Ich konnte in ihr lesen wie in einem offenen Buch, sie machte es mir viel zu einfach. Sie gab sich nicht einmal Mühe.

»Trink deinen Martini aus, das ist albernes Geplänkel.« Statt ihr Zeit zu geben, stellte ich meinen Drink auf dem Tisch ab, ließ die Zigarre achtlos dort hineinfallen und ging voran.

»He, was –«

Mit einer ruckartigen Bewegung hatte ich sie gegen die Wand gepresst, die Hand um ihr Kinn gelegt. »Vergiss nicht, wo wir sind. *Penelope.*« Ich spuckte ihren Namen aus, meine Stimme triefte nur so vor Spott. »Du bist eine Begleitung, nicht mehr und nicht weniger. Du bekommst, was du willst, und ich noch viel mehr. Heute Nacht bist du eine Nutte, *meine* Nutte.«

Sie erwiderte nichts, lediglich ihr Atem ging stockend. Gut, das hatte sie wohl gebraucht. Und ich ebenso.

Schließlich streifte ich durch den Flur, dicht gefolgt von Penny, die keinen einzigen Laut von sich gab. Zugegeben, ihre Demut und Erschrockenheit übte eine gewisse Anziehung auf mich aus. Die meisten Darkrooms waren gut besucht, zu gut, weshalb ich mehrere Minuten nach einem eher abgelegenen Raum suchte. Am Ende des Flurs, abseits der großen Darkrooms, in denen hauptsächlich öffentliche Zurschaustellungen durchgeführt wurden, fand ich etwas Passendes. Es war ein sogenannter Secret Disgrace Room.

»Rein. Kein Wort, außer ich frage dich etwas. Stell dich gegenüber vom Käfig hin«, befahl ich und ganz zu meiner Befriedigung kam Penny dem sofort nach.

Der Raum wurde lediglich von an den Wänden angebrachten Fackeln beleuchtet, mehrere Sitzmöglichkeiten und ein Züchtigungskäfig gab es, zahlreiche Peitschen, Seile und Knebel lagen bereit. An der Stelle, auf der Penny stand, waren sowohl im Boden als auch an der Decke Fesseln angebracht. Während ich ihr diese anlegte, schenkte ich ihr keinerlei Beachtung, sondern führte die Bewegungen sachlich aus.

»Freu dich nicht zu früh«, zischte ich, als ich mich bückte, um ihre Füße in die Fesseln zu stecken, und dabei ihre Oberschenkel streifte. Eine kleine Berührung zwischen ihren Beinen, viel zu flüchtig, um mich zu erregen, zeigte mir, dass sie nichts darunter trug.

Dann betätigte ich den Hebel an der Wand und die Fesseln wurden nach oben gefahren, sodass sich ihre Glieder gezwungenermaßen streckten. Ein leiser Schmerzenslaut überkam ihre Lippen. Da erblickte ich auf einmal eine Gestalt im Türrahmen.

»Tritt ein«, sagte ich, wissentlich grinsend, wer dort stand. »Willst du unseren Gast nicht begrüßen, Penelope?«

»Scheiße, ist das euer Ernst? Ein Dreier? Den hättet ihr auch außerhalb des Rix haben können«, plapperte sie ungehalten los. »Wobei, sorry, Ches, aber du bist nicht mein –«

Ich fuhr herum, packte sie am Schopf und drückte ihren Kopf nach hinten. »Hast du etwa vergessen, was du bist, Penelope? Anscheinend ist es sinnlos, es dir mehrmals zu sagen. Ich muss es dir wohl oder übel einbläuen.«

»Was? Gab, ich –«

Auf mein Zeichen hin trat Ches auf uns zu und zerriss ihr Kleid mit einer einzigen Bewegung. Penny wimmerte. Ob sie es endlich kapierte?

»Und?«, fragte ich Ches.

Er nickte. »Wie gewünscht.«

Dann nickte auch ich und er verschwand in der Dunkelheit des Flurs.

»Gab, du sagst mir jetzt sofort, was –«

»Oh, höre ich da etwa Angst in deiner Stimme? Angst vor dem, was ich mit dir vorhabe?«

»Ich habe angenommen, das wird ein ganz normaler Abend im Rix«, entgegnete sie leise.

»Was ist schon ein normaler Abend in diesem Club, hm? Müsstest du dummes Ding es nicht besser wissen, da du hier arbeitest?« Das Ganze fing an mir Spaß zu machen. Und noch mehr heizte es mich an, zu wissen, dass uns jemand hinter einem der drei Spiegel zuschaute. Dass derjenige zitterte, bangte, was ich mit Penny anstellte. Mein Schwanz pochte in meiner Jeans. »Bist du schon so nass, dass dir der Saft die Beine herunterläuft?«

»Gab, bitte –«

»Antworte.«

»Ja, bitte, ich –«

»Was *bitte*?«, schleuderte ich ihr die eigenen Worte in einer Lautstärke um die Ohren, sodass man sie selbst vorn an der Bar vernehmen konnte. Dass sie ja jeder hörte. Vor allem die Person, die hinter dem Spiegel saß.

»Fick mich, Gabriel. Das ist der einzige Grund, weshalb ich zugesagt hab. Weshalb wir beide hier sind, oder nicht?«

Dann ließ ich die Fesseln um ihre Handgelenke herunterschnellen, Penny kam mit den Armen auf dem Boden auf und streckte mir ihren Hintern einladend entgegen. Sie schniefte, wimmerte und presste ihren Po verlangend an mein Becken. Ich befreite meinen Schwanz aus meiner Hose und rammte ihn ungezügelt in ihren Hintern.

Fuck. Sie wand sich unter meinen Bewegungen, meinen Berührungen, jedes Mal, wenn ich in sie stieß. Ihre Schreie und das Geräusch von Haut auf Haut füllten den Raum aus.

Und sie sah zu. Jordan sah mit an, wie ich den Menschen fickte, den sie am meisten verabscheute. Sie saß hinter dem Spiegel und bekam alles mit.

Der Gedanke an Jordan ließ mich vollkommen unkontrolliert in Penny pumpen, ignorierend, dass sich ihr Wimmern mittlerweile in ein Stöhnen verwandelt hatte. Ja, Penny fühlte sich gut an, doch das war es nicht, was meine Erregung schürte. Es war Jordans Anwesenheit. Das Bild, das ich vor meinem inneren Auge hatte, wie sie zusammengekauert hinter dem Spiegel saß. Der Zwiespalt, in dem sie sich befand. Wut, Hass, bittere Traurigkeit, Faszination und unterdrückte Erregung. Ich fickte Penny, aber doch Jordans Geist. Ihr Geist war es, der mich seit jeher verfolgte. Diese Erkenntnis ließ mich innehalten und ich zog mich aus Penny zurück, schloss meine Hose.

Und meine Hand traf krachend den Spiegel, der in Tausende Splitter zerfiel. Zwar konnte ich sie nicht sehen, aber sie mich. Und ich spürte ihre Anwesenheit in jedem Atemzug.

»Wie fühlt es sich an, wenn die Seele einen kleinen Knacks bekommt, Jordan? Wenn dich etwas so sehr fickt, dass es dir die Luft raubt?« Zorn wütete durch meinen Körper und nahm mir jeglichen Verstand, jegliche Konzentration.

Die Umgebung verschwamm, meine Fingerknöchel pulsierten und mein Puls raste unermüdlich. Ich bekam nicht einmal mit, wie sich Penny aus ihren Fesseln befreite und aufrappelte.

»Das war es also?«, keifte sie mich an und fuhr sich mit der Hand über das verschmierte Make-up. »Hinter deinem ach so schlauen Plan steckt Jordan? Herrgott, werd dir endlich im Klaren darüber, dass –«

»Halt den Mund!«, herrschte ich sie an und konnte gerade so an mich halten sie nicht gegen die Wand zu stoßen.

Mit einem Mal stellte sich beunruhigende Stille ein, die sich bis in mein Innerstes bohrte. Ebenso wie ich mir nicht mehr sicher war, ob es die richtige Entscheidung gewesen war. Die richtige Entscheidung, Penny mitreinzuziehen und Jordan voller Absicht zu verletzen. Dabei war es genau das, was ich erreichen wollte. Es war ganz und gar untypisch für mich, zu zweifeln.

»Du bist absolut gestört, Gabriel. Prattsville war ohne dich besser dran.« Penny rückte ihr ohnehin beschädigtes Kleid zurecht und warf mir einen hasserfüllten Blick zu. »Und was Jordan angeht, keine Ahnung, wer von euch beiden den größeren Dachschaden hat.«

»Deine Meinung interessiert niemanden. Außerdem, wer konnte es heute Abend nicht abwarten, von mir gefickt zu werden?« Ich funkelte sie an. »Stimmt, du. Und du hast deinen Zweck erfüllt, sehr gut sogar. Ich hoffe, dein Arsch brennt.« Dann ließ ich sie im Raum stehen. Der wahre Spaß begann erst jetzt.

KAPITEL 10

Ich hetzte aus dem Raum, die Tränen wegblinzelnd, und wollte einfach nur weg. Raus, raus aus diesem Irrenhaus und dem wahrgewordenen Albtraum, der sich gerade abspielte. Doch während ich durch die Gänge irrte – verdammt noch mal, wie groß war dieser Schuppen? –, erkannte ich in der Düsternis das Gesicht von Ches. Er stand am Ende des Flurs, die Augen schuldbewusst niedergeschlagen, und machte keinerlei Anstalten, mir aus dem Weg zu gehen.

Unendliche, unbändige und ungezügelte Wut strömte durch meinen Körper. Sie ließ mir das Herz bis zum Hals klopfen und mich jegliche schöne Erinnerung vergessen. Der Schmerz, der sich in mir breitmachte, verursachte mir körperliche Schmerzen. So qualvoll, dass ich glaubte keinen Meter mehr laufen zu können. Aber meine Beine trugen mich augenscheinlich wie von allein.

»Du«, stieß ich heiser hervor und haute mit zu Fäusten geballten Händen auf Ches ein. »Du wusstest es. Du hast es eingefädelt! Du bist ein Feigling, Ches, ein –«

»Jordan, beruhig dich«, redete er auf mich ein und versuchte meine Hände zu packen. »Hast du wirklich gedacht, ich hätte dich einfach so mit ins Rix genommen? Glaubst du wirklich, ich übergehe meinen besten Freund?«

Wie wild schlug ich um mich, bemüht mich aus seinem Griff zu befreien. Nur für ein paar Sekunden gelang es mir, ehe Ches erneut meine Handgelenke zu fassen bekam. »Ihn übergehen? Er war weg! Weg, Ches! Es steht ihm nicht zu, über mich zu bestimmen. Ich kann tun und lassen, was ich will.«

Der Mensch, von dem ich bis vor Kurzem angenommen hatte, dass er mein Freund war, schaute mich kopfschüttelnd an. »Du verstehst es nicht, Jordan. Er wollte dich nie mit ins Rix nehmen. Allein die Vorstellung war ihm zuwider, die Vorstellung, dich mit anderen zu sehen.«

Ich hatte genug, genug von diesen beschönigenden Worten, die nichts als eine Farce wahren. Sie ekelten mich an, sie halfen mir zu erkennen, dass ich für Gabriel nichts als ein Spielzeug war. Ein Spielzeug, das er an sich nahm, wenn er wollte, und fallen ließ, wenn er keine Lust mehr darauf hatte.

»Ich dachte, ich kann dir vertrauen«, sagte ich, kaum laut genug, um mein eigenes Wort zu verstehen. »Aber da lag ich wohl falsch. Du bist nichts als ein Verräter, Ches. Das widert mich an.« Einen Moment lang verweilten wir und obwohl ich so was wie Reue und Schuld in seinem Blick erkannte, hielt mich nichts mehr hier. Die Luft schien dünner zu werden, meine Lungen förmlich zu verstopfen, und die Wände kamen immer näher auf mich zu. Dann stieß ich

Ches von mir weg, so überraschend, dass er nach hinten taumelte.

Und irgendwo – ich wusste nicht einmal mehr, wie es mir gelungen war – riss ich eine Tür auf. Sofort sog ich die kalte, frische Abendluft ein, schlang die Arme um meinen Körper, der in einem viel zu knappen schwarzen Kleid steckte. Shit, ich hatte nicht mal Unterwäsche an und ich fror mir jetzt schon den Hintern ab. Ich musste dringend nach Hause.

»Jordan?«

Ich fuhr herum, die Augen schreckgeweitet. »Bex! Was suchst du denn – ach, vergiss es. Du arbeitest ja hier.« Diese Nacht schien mich bereits einige Gehirnzellen gekostet zu haben.

Meine Freundin zog eine Augenbraue in die Höhe, ehe ich ihre Arbeitskleidung bemerkte, die unter ihrer Jeansjacke hervorblitzte. »Es liegt wohl eher an mir, dich zu fragen: Was zur Hölle suchst du hier?«

Ich nestelte nervös am Saum meines Kleides herum, ihrem Blick ausweichend. »Tja, ich …«

»Moment, du kommst aus dem Rix?«, platzte es aus ihr heraus und die Erkenntnis ließ sie schlagartig erblassen. Dann eilte sie auf mich zu und legte mir ihre Jacke um. »Jordan, du sagst mir auf der Stelle, was du hier zu suchen hast. Eigentlich darf ich das nicht, aber du kommst mit in den Mitarbeiterbereich. Da kann ich dir ein heißes Getränk machen und –«

»Nein!«, wehrte ich verängstigt ab und wand mich aus ihrer Berührung, woraufhin Bex mich ebenso verstört anschaute. »Ich komm schon klar, wirklich. Ich gehe nach Hause, versprochen, okay?«

»Kommt nicht in Frage!« Sie zerrte mich an der Hand Richtung Hintereingang, kramte in ihrer Handtasche nach ihrer Mitarbeiterkarte und kaum hatte sie diese gescannt, öffnete sich die Tür.

Der Geruch nach Zigarren, Sex und Whisky strömte mir entgegen und ich bildete mir ein Gabs Stimme zu hören. Also riss ich mich von Bex los, rief ihr ein »Tut mir leid!« zu und hastete davon. In die Dunkelheit der Nacht, die mit einem Mal verlockend und einladend auf mich wirkte.

Bex' Stimme, was auch immer sie mir nachschrie, verebbte in der Ferne. Jedes Auto, jeder entgegenkommende Passant und jedes Haus rauschte an mir vorbei, ohne dass ich darauf achtete, wo ich hintrat. Meine Lunge brannte, Tränen rannen mir unentwegt über die Wangen – aus Zorn, Traurigkeit, Verzweiflung und Überforderung. Was zur Hölle tat ich eigentlich? Warum suchte ich immer wieder seine Nähe, die wie pure Säure für mein Innerstes war?

Weil du ein Dummkopf bist, schoss es mir durch den Kopf, *und weil Liebe nun mal nicht logisch ist.*

Ich wollte die Gedanken verscheuchen, aber sie trieben unermüdlich in meinem Kopf herum. Liebe. Ja, vielleicht hatte ich Gab geliebt – zumindest insofern er es zugelassen hatte und man ihn lieben konnte. Er war weiß Gott nicht Prince Charming. Ein Seufzen entwich mir. Gab und Prince Charming, das glich einem lahmen Witz, über den man nur aus reiner Höflichkeit lachte.

Meine Beine trugen mich weit weg vom Rix, immer weiter voran, bis ich die Orientierung verloren hatte. Und das in einem verlassenen Örtchen wie Prattsville. Dieser Scheißladen hatte mir augenscheinlich zu viele Gehirnzellen genommen.

Zu allem Übel fing es an zu regnen und ich starrte in den Himmel, die Arme um meinen Körper geschlungen, als wäre da irgendjemand, dem ich die Schuld dafür geben konnte.

Doch da war nur alles und jeden verschluckende Dunkelheit, die nur noch mehr meine Wut schürte. Vermischt mit den Tränen unendlicher Traurigkeit, die ich nicht wahrhaben wollte. Dieser Abend war eine einzige Katastrophe und das erste Mal in meinem Leben wusste ich nicht, wie ich Gab gegenübertreten sollte. Es war zu viel. Diesmal hatte er das Fass zum Überlaufen gebracht, das Feuer zum Entfachen.

Auf einmal vernahm ich Schritte, die mich dazu verleiteten, schneller zu laufen. So schnell, dass ich fast über meine eigenen Füße fiel. *Shit, konzentrier dich, Jordan, oder du wirst dir eine Lungenentzündung holen!,* schärfte ich mir ein, als –

»Bleib stehen!«

Seine Stimme durchbrach die Nacht und obwohl ich mich dazu zwingen wollte weiterzugehen, blieb ich abrupt stehen. Der kalte Hass, den ich vorhin verspürt hatte, leckte über meine Haut, mischte sich mit Zorn und Abscheu. Er hatte sie gefickt, sie, mit der ich seit der Junior High verfeindet war. Vor meinen Augen. Nur um – ja, was? – es mir heimzuzahlen, mir das Herz gewaltsam herauszureißen und darauf herumzutreten? Vielleicht konnte er ohne Herz leben, ich hingegen nicht. Früher, da hatte er mich mit einem Blick bedacht, der mich vermuten ließ, dass da was in seiner Brust schlug. *Was, Gab, ist nur geschehen?*

»Jordan.«

Er hatte mich eingeholt und seine Stimme war zu nah, viel zu nah. Ich drohte bei seinem Klang zu zerbrechen, zu zerreißen. Da fuhr ich urplötzlich herum. »Was willst du?«, herrschte ich ihn mit einer unerwarteten Härte in meiner Stimme an.

Seine Augen musterten mich mit einem ungewohnten Ausdruck. Als sorgte er sich um mich, dabei war es unmöglich, dass er dergleichen empfand. Schließlich hatte er all das heute Abend eingefädelt, um mich zu demütigen. Er hatte absichtlich meinen inneren Schmerz hervorgerufen. Ob er sich daran ergötzte?

Der Regen prasselte unentwegt auf uns und den Asphalt nieder, mittlerweile war ich klitschnass. Vermutlich zeichneten sich meine Brustwarzen bereits unter dem dünnen Stoff meines Kleides ab. Auch Gabs Oberteil war durchnässt, die dunklen Haare klebten ihm auf der Stirn und seine Arme glänzten wegen des Regens.

»Lass uns unter einen Baum stellen, du holst dir ja noch den Tod«, meinte er und kaum verstand ich, was er gesagt hatte, umgriff er meinen Arm.

Die Berührung kam so unerwartet und viel zu schnell, dass ich mich aus ihr wand und Gab eine schallende Ohrfeige verpasste. »Wag es nicht, mich anzufassen.« Und als verließ mich mit einem Mal jegliche Kraft, fing ich an zu weinen.

»Jordan –«

»Nein«, schnitt ich ihm das Wort ab. »Was glaubst du, wer du bist, dass du das Recht hast, mich noch anzusprechen? Was glaubst du eigentlich, wer du bist, Gab? Das Leben vergibt nicht einfach so, ebenso wenig wie ich.« Die Worte hatten meinen Mund verlassen, ehe ich wusste, was ich da von mir gab. Aber es war nichts als die Wahrheit.

Einen Blick in sein Gesicht zu werfen, glich einem Stich eines Schwertes in die Brust und doch ließ ich es drauf ankommen. Er sah mich an, die Stirn gerunzelt, als wurde ihm erst jetzt klar, wie grotesk die Situation war.

»Wie war es, Penny zu ficken? Hat es dir gefallen, zu wissen, dass ich euch zuschaue? Dass du mein Herz genauso fickst wie sie?« Mit jedem Wort trat ich einen Schritt auf ihn zu und er wich nicht zurück. Er blieb stehen, die Hände zu Fäusten geballt und auf mich fokussiert. Ein einzelner Regentropfen bahnte sich den Weg über seine Wange und wirkte wie eine Träne. »Sicherlich konntest du diese Nacht kaum erwarten, oder? Sie hat dein krankes Herz erfüllt, hab ich recht? Und jetzt? Verschwindest du wieder aus Prattsville, weil du eine weitere böse Tat vollendet hast?« Mittlerweile waren wir uns so nah, dass ich seinen betörenden Duft wahrnahm – herb, mit einer Brise Zigarre und Moschus. Mit jedem Wort spürte ich, wie Gabs Innerstes tobte. Ich war auf alles und nichts vorbereitet, auf jedes Wort, das die Bruchstücke meines Herzens nur weiter auseinanderrissen, auf jeden Schlag, der mich traf. Und so stieß er mich gegen einen nahestehenden Baum. Ein spitzer Schmerz durchfuhr meinen Rücken und raubte mir für einen Moment die Luft. Das Geräusch des Regens setzte sich wie eine lauschige Melodie fort, während die Tropfen die dichte Baumkrone nicht durchdrangen.

Sein rasselnder Atem peitschte in mein Gesicht, seine Hand lag an meinem Hals. Die Wärme, die von ihm ausging, schien sich in mein Innerstes zu brennen. »Warum wolltest du ins Rix?«, murmelte er, den Blick gesenkt.

Ich erwiderte nichts. Stattdessen versuchte ich die unvorhergesehene Nähe nicht wahrzunehmen. Aber seine Hände waren zu warm, sein Brustkorb hob und senkte sich zu unregelmäßig, als dass ich die Berührung ausklammern konnte.

»Warum bist du mir nachgelaufen? Um dich an meinen Qualen aufzugeilen, Skalbeck?«, presste ich die Worte heraus.

Da sah er auf und direkt in meine Augen. Etwas, das ich mich kaum auszusprechen traute, stand wiederum in seinen:

Schmerz. »Lass mich nur einmal ausreden«, setzte er an, woraufhin ich trotzig das Kinn reckte und darauf wartete, was er zu sagen hatte. »Penny war ein Mittel zum Zweck, nicht mehr. Und sie hat ihn bestens erfüllt, ja, aber Spaß? Nein, Jordan, Spaß hatte ich nicht.«

Ich glaubte ihm nicht. Alles in mir sträubte sich dagegen. Weshalb sollte er mir ausgerechnet jetzt einen Einblick in sein Innerstes gewähren? Weshalb sollte er jetzt die Wahrheit aussprechen, anstatt weiter seinen Finger in die Wunde meines Herzens zu bohren?

»Ich verstehe dich nicht, nicht mehr. Ich bin müde, zu müde, um es überhaupt verstehen zu wollen. Begreifst du es nicht?«, entgegnete ich eine gefühlte Ewigkeit später.

»Ich wollte nie, dass du das Rix betrittst.« Er atmete schwerfällig aus, sein Griff um meinen Hals wurde sanfter. »Ich wollte nie, dass du die Welt da drinnen kennenlernst, Babygirl. Ich wollte, dass du dir das bisschen Unschuld in deinem Herzen beibehältst.«

Das machte alles überhaupt keinen Sinn und ebenso wenig wollte sich mir die Bedeutung seiner Worte erschließen. Ich legte meine Hand auf seine und schob sie weg. »Du hast mich verletzt, Gab. Ist dir das nicht bewusst? Du wolltest mich auf deine perverse Art und Weise herausfordern, aber Zeiten ändern sich. Ich bin nicht mehr dein Babygirl und du nicht mehr mein Gab.«

Wieder stieß er geräuschvoll Luft aus. Es wirkte, als kostete ihm das Gespräch mehr Kraft, als er hatte. Und dann drückte er auf einmal seine Lippen auf meine.

Schüchtern und weich.

Dann stürmischer, drängender.

Seine Lippen waren trotz des Regens warm und fühlten sich seltsam vertraut an. Einerseits wollte ich ihn von mir stoßen, andererseits glaubte ich mich in alten Zeiten zu verlieren. Zeiten, in denen er noch *mein* Gab war. Der Gab mit der harten Schale und dem Inneren, das sich fast ausschließlich mir ein wenig weicher zeigte. Doch das war vergangen, vorbei, vorüber.

Deshalb biss ich ihm unsanft auf die Unterlippe und sofort ließ er von mir ab, die Stirn gerunzelt und sich die blutende Lippe haltend. Entgegen meinen Erwartungen schlich sich allerdings ein Grinsen auf sein Gesicht.

»Vielleicht hast du recht und du bist nicht mehr mein Babygirl von früher. Aber du wirst es immer für mich sein.«

»Nimm Abschied, Gab.«

»Als wäre das eine Option.«

»Das war es schon einmal für dich«, hielt ich dagegen.

Das Grinsen wurde breiter und mit der Zungenspitze leckte er das Blut von seiner Lippe. »Nicht das Babygirl von früher, hm?«

Und da konnte auch ich mir nicht den Anflug eines Lächelns verkneifen. Waren die Erinnerungen für ihn etwa doch nicht nur blasse Fetzen?

»Wie hast du es *wirklich* geschafft, mich in jener Nacht gefügig zu machen?«, durchbrach ich mit einer einzigen Frage die kurioserweise lockere Stimmung zwischen uns.

»Schlaftablette, wie ich sagte.«

Sicher, wie konnte ich nur so einfältig sein? Er fand immer einen Weg, seinen Willen, so abgefuckt er war, durchzusetzen. Sogar auf lahmste, gar unspektakuläre Weise – er hatte mir also doch in einem Punkt die Wahrheit gesagt. Eine beschissene Schlaftablette. Womöglich war er stolz darauf. Stolz darauf, meine Willenlosigkeit ausgenutzt zu haben.

Der Regen prasselte in all seiner Zügellosigkeit auf den Boden und hallte in meinen Ohren wider. Wir beide im Regen, es hatte fast etwas Romantisches, aber eben nur fast.

Dann ging ich mit beständigen Schritten auf Gab zu, legte ihm den Zeigefinger an den Mund. »In einer anderen Zeit, in einer anderen Situation hätte ich dich vor Lust angebettelt. Ich hätte deine Spuren auf meinem Leib stolz getragen. Aber nicht, wenn du mich wie ein Stück Fleisch benutzt, um dir selbst deiner Macht bewusst zu werden. Du hast es aus selbstgefälligen Gründen getan und nicht aus irgendwelchen Gefühlen, die du für mich hegst.«

Seine Augen, dunkel und bedrohlich, waren auf mich gerichtet. Er rührte sich keinen Millimeter, hatte die Hände in seine Hosentaschen geschoben. Regenperlen liefen ihm über die Stirn und verfingen sich in seinen Wimpern.

»Keine Ahnung, was du dir von deiner Rückkehr erhoffst.« Schließlich trat ich aus dem schützenden Bereich des Baumes hervor und rannte los. Flüchtige Blicke auf die Schilder ließen mich bekannte Straßennamen erkennen, sodass ich die Orientierung wiederfand. So kam ich, trotz des anhaltenden Regenschauers, schneller zu Hause an, als ich erwartet hatte. Es brannte kein Licht im Inneren, dennoch versuchte ich mich so leise wie möglich zu bewegen. Die Treppe hinauf überwunden, schloss ich rasch die Tür zu meinem Zimmer. Völlige Dunkelheit und Ruhe empfing mich. Der Schwall Luft, den ich ausstieß, hallte um ein Vielfaches in meinen Ohren wider.

Kaum war Gab wieder hier, glich jeder Tag und jede Nacht einem einzigen Chaos. Alles, was ich in den ersten Monaten seines Verschwindens gewollt hatte, war, dass er zurückkehrte. Und nun war es eingetroffen und er machte es mir immer schwerer, etwas Gutes daran zu finden.

Er hat mich willenlos gemacht, sich mit meiner Feindin zusammengetan. Alles nur, um mein ohnehin gebrochenes Herz in noch kleinere Scherben zu zertrümmern. Und dann hatte er mich geküsst. *Geküsst.* Mit den Fingerspitzen fuhr ich mir über die Lippen. Geküsst wie damals. Es war dieser winzige Moment, in dem sich alles wie damals angefühlt hatte.

Plötzlich wurde mir klar, dass ich nach wie vor das durchnässte Kleid trug, und schälte mich mühevoll daraus. Ich ließ es achtlos auf den Boden fallen und zog mir ein schlabbriges T-Shirt über, das mir fast bis zu den Knien reichte. Da mir ohnehin nicht nach schlafen zumute war, setzte ich mich an den Schreibtisch, kramte meine Unterlagen der Uni hervor und führte meinen Essay für das Seminar über Ikonografie fort. Bei Studienbeginn hatte ich mich aus naiven Gründen für Kunstgeschichte entschieden, aber die Kunst war es, in die ich flüchten konnte. Nicht nur analysierendes Gequatsche über Künstler und deren Gemälde, sondern Tiefer-Gehendes. Und so saß ich bis zum Morgengrauen am Essay, schrieb, bis mir die Finger schmerzten und die Sonne durch die dichten Gardinen drang.

Gegen sechs Uhr in der Früh klopfte plötzlich jemand an meine Tür, so unerwartet, dass ich vor Schreck laut »Ja!« rief, obwohl ich allein sein wollte.

»Guten Morgen, Schatz«, sagte Mum, als sie zögerlich eintrat, und zupfte an ihrem Bleistiftrock herum.

»Morgen«, brummte ich, ohne den Blick von meinem Aufsatz zu nehmen.

»Was ist denn mit dem Kleid? Hättest du das nicht –« Sie hielt in ihrer Bewegung inne, als sie es aufheben wollte. »Das ist ja ganz nass! Jordan, warst du gestern Nacht etwa weg?«

Ein Augenrollen und genervtes Stöhnen konnte ich mir nun nicht mehr verkneifen. Ich legte den Stift beiseite und drehte mich auf dem Stuhl zu ihr um. »Ja, und? Ich hab's eben noch nicht in die Wäsche.«

»Nein, schon gut.« Sie nahm das Kleid an sich, machte allerdings keinerlei Anstalten, das Zimmer zu verlassen. »Du warst doch nicht bei diesem …«, sie suchte nach den richtigen Worten, »bei diesem Gabriel. Oder?« Die Sorge, die in ihrer Stimme mitschwang, war nicht zu überhören.

»Mum.«

»Ich mache mir Sorgen«, sprudelte es aus ihr heraus, als auch ihre Augen glänzten und ihre Hände das Kleid so fest umfassten, dass die Knöchel weiß hervortraten.

»Dass er mich mit sich nimmt? Mach dir da mal keine Sorgen, da geh ich lieber noch mal ins Rix.«

Mit schreckgeweiteten Augen starrte sie mich an. »Du warst – was? Du warst in diesem widerlichen Club?«

Okay, das Gespräch verlief in eine andere Richtung als erwartet. Und irgendwie gefiel es mir, oder vielmehr ihre unverfälschte Entrüstung. Ihr musste doch langsam klar werden, dass ich nicht das brave Töchterchen war, das sie sich gewünscht hatte. Oder verschloss sie immer noch die Augen vor dem Menschen, der ich wirklich war?

»Das spielt keine Rolle, Mum. Oder interessiert es dich auch, was ich sonst so treibe? Oder vielmehr mit wem?« O ja, das gefiel mir auf ganzer Linie.

»Jordan«, stieß sie spitz hervor. »Wer hat dich da reingelassen? Ich möchte nicht, dass du solche Etablissements besuchst, hörst du?«

Ach, nicht nur Gabriel, sondern auch sie versuchte mir einzureden, was ich zu tun und lassen hatte. Natürlich, sie war meine Mutter und ich wohnte unter ihrem Dach, aber ich war volljährig. Sie konnte nicht mehr über mich verfügen und ich war es leid, dass sie ihre Werte und ihre Moral auf mich übertrug. Wir lebten eindeutig in anderen Universen.

»Also, was ist dir lieber? Dass ich ins Rix gehe oder mich mit Gab abgebe?« Innerlich rieb ich mir die Hände, gespannt auf ihre Reaktion. Denn die Entscheidung zwischen Gab und dem Rix glich der zwischen Pest und Cholera – und ganz ehrlich, man wollte keines davon. Erst da begriff ich, dass ich Gab mit einer tückischen Krankheit verglichen hatte – dass ich darauf nicht früher gekommen war.

Meine Mutter rang sichtlich mit sich, Wasser tropfte aus dem Stoff des Kleides auf den Boden. »Weder noch«, war alles, was sie sagte, ehe sie fluchtartig mein Zimmer verließ.

Auf mein Gesicht stahl sich ein Grinsen, welches mich an das von Gabriel erinnerte. Vielleicht mochten wir denselben Wahnsinn teilen, aber früher war es anderes gewesen, das uns verband.

Ein Blick auf die Uhrzeit auf meinem Handydisplay verriet mir, dass ich mich besser noch mal für drei Stunden aufs Ohr hauen sollte. Später standen schließlich noch Seminare an. Also räumte ich meine Unterlagen in den Rucksack, zog die Gardinen zu und legte mich ins Bett. Schnell wurden meine Augenlider schwer und ich verfiel in einen traumlosen, erholsamen Schlaf.

*

Mit einem Energydrink und einer Zigarette bewaffnet, trat ich den kurzen Fußweg von der erreichten Bushaltestelle zur Browningham an. Im Bus hatte ich – einerseits um zu vermeiden, dass ich einschlief, und andererseits um meinen aufkommenden Hunger zu stillen – einen Bagel verdrückt.

Nun war wenigstens mein Magen gefüllt, mein Kopf war es ohnehin. Es verging kaum eine Minute, ohne dass sich irgendwelche Bilder der vergangenen Nacht vor mein inneres Auge schoben. Es war, als konnte ich jetzt noch die Gerüche, die im Rix herrschten, wahrnehmen. Der Duft nach hochpreisigem Whisky, exquisiten Zigarren und hingebungsvollem Sex. Das Geräusch von gedämpftem Stöhnen, von gesenkten Stimmen, von verschwitzter, aufeinanderklatschender Haut.

»Jordan, hey!«

Eine nur allzu bekannte Stimme riss mich aus meinen überflüssigen Gedanken. Ich fuhr herum und erspähte inmitten einer Traube von Studenten Millie. Die Spitzen ihres blonden Bobs kräuselten sich und der dramatische Lidstrich verlieh ihr etwas Verwegenes. Ich hob die Hand zum Gruß und kurz darauf kam sie bei mir an.

»Mensch«, sagte sie und ließ ihren Blick unverhohlen über mich gleiten, »du siehst aus, als hättest du die Nacht durchgemacht. Sicher, dass du mit nur einer Dose Energydrink auskommst?« Sie deutete mit einem der rotlackierten Fingernägel auf das Getränk in meiner Hand.

Ich war eindeutig zu müde für eine geistreiche Antwort, weshalb ich mir Zeit verschaffte, indem ich mir die Zigarette anzündete. Nach dem ersten Zug legte ich den Kopf in den Nacken und stieß den Rauch aus. »Frag nicht«, murmelte ich, da hakte sie sich bei mir ein und wir schlenderten den gekiesten Weg zum Seminarhaus entlang.

»Hört sich … verheißungsvoll an«, kommentierte sie meine wenig aufschlussreiche Antwort.

Ein Grinsen konnte ich mir nicht verkneifen, dennoch schwirrten die Gedanken in meinem Kopf unbeirrt umher. Ich kannte Millie seit Studienbeginn, also genau zwei Jahre, und seitdem war sie mir eine gute Freundin geworden. Sie war witzig, nicht auf den Mund gefallen und klug – und darüber hinaus hübsch. Sie hatte einen coolen Style und so ziemlich alles sah an ihr gut aus, denn sie trug es mit Souveränität. Selbst ein Kartoffelsack würde ihr stehen.

»Na ja, ich habe die halbe Nacht mit Vera Icon und Acheiropoieton verbracht«, antwortete ich und nahm zwei kurze Züge von der glimmenden Zigarette.

Millie pfiff anzüglich und verfiel dann in Gelächter. »Du hast die halbe Nacht am Essay für das Seminar gesessen? Alle Achtung, Süße. Und mit wem hast du die andere Hälfte der Nacht verbracht?«

Das war ihr natürlich nicht entgangen. »Lass uns darüber lieber nicht sprechen. Dieser Hälfte der Nacht habe ich meine unübersehbaren Augenringe zu verdanken.«

»Du weißt, das macht mich nur noch neugieriger.«

Unsere Blicke kreuzten sich und sofort lachten wir im Einklang los. Prompt fragte ich mich, warum wir schon länger nichts mehr zusammen unternommen hatten. In den ersten Semestern hatten wir oft auf ihrem Zimmer im nahegelegenen Studentenheim gelernt, Trash-TV geschaut oder waren auf Konzerte gegangen. Womöglich hatte ich es mitunter Millie zu verdanken, dass ich Gabs plötzliches Abtauchen so gut weggesteckt hatte. Gut war vielleicht übertrieben, aber unsere Unternehmungen hatten mich abgelenkt. Allerdings hatte sie es auch nicht leicht, da sie hart für die Studiengebühren ackern musste und ihre Eltern, eine Friseurin und ein Handwerker, sie finanziell nicht unterstützen konnten.

»Was gibt's denn da zu lachen? Ich will auch mitmachen«, durchschnitt eine Stimme die aufgelockerte Atmosphäre und ich brauchte nicht aufzuschauen, um zu wissen, zu wem sie gehörte. Bex. Im übergroßen Hoodie mit Aufdruck und in zerschlissenen Jeans stand sie vor uns, den Rucksack geschultert und das Haar zu einem Zopf geflochten.

»Ach, Jordan hat mir nur von ihrer aufregenden Nacht berichtet«, meinte Millie und wackelte verschwörerisch mit den Augenbrauen.

Das konnte meine beste Freundin doch nur in den falschen Hals bekommen, oder? Immerhin hatte ich sie sang- und klanglos stehen gelassen und war davon gerannt. Und wer weiß, womöglich hatte sie Gab gesehen – und eins und eins zusammengezählt. Oder noch schlimmer: Sie hatte Ches getroffen! Zwar wusste Bex nicht, dass ich über ihre Affäre mit ihm im Bilde war, aber er hatte ihr zweifelsohne alles erzählt. *Alles* bedeutete in diesem Fall von meinem abstrusen Wunsch, das Rix zu besuchen, bis hin zu Gabs widerlicher Eingebung, mich hinters Licht zu führen. In meinem Kopf klang das noch wahnsinniger, als es ohnehin war, und langsam fragte ich mich, ob ich nicht doch einen Knall hatte. Ich wollte in diesen verdammten Club, nur damit er mich sah und die Wut über meine Sturheit ihn ergriff. Und im besten Fall die Kontrolle über sich verlor. Ich hasste mich für diese Gedanken, weil ich selbst begriff, wie grotesk sie waren. Und doch waren sie nur auf eines zurückzuführen: auf meinen Schmerz. Seit Tag eins, an dem ich nach Prattsville umgezogen war, war Gab mein Freund gewesen – und er konnte mir weismachen, was er wollte, da war noch mehr gewesen. Mit seiner stummen Flucht hatte er all das zunichte gemacht, mit Füßen getreten und mit Händen zerrissen. Er hatte mir damit seine Gleichgültigkeit gezeigt, die Bedeutungslosigkeit all unserer geteilten Momente.

»Was war denn so aufregend letzte Nacht?«, fragte Bex gespielt ahnungslos und nestelte an einer Strähne ihres Haares.

»Ich weiß nur von der einen Hälfte der Nacht, die andere scheint ihr wohl ziemlich in den Knochen zu hängen«, entgegnete Millie, deren echte Ahnungslosigkeit mich ziemlich in Bedrängnis brachte. »Vielleicht erzählt sie dir mehr.«

Der Blick meiner besten Freundin sprach Bände, zumindest für mich. Am liebsten hätte ich mich mit einer fadenscheinigen Ausrede mit Millie auf und davon gemacht, aber ich wusste, dass ein Gespräch unumgänglich war. Zumal mir die Worte auf der Seele brannten. *Es war einzig und allein meine Schuld, dass ich im Rix war. Ich habe Ches dazu gedrängt, ihn sozusagen erpresst. Ich weiß, dass ihr was miteinander habt. Bist du glücklich mit ihm? Liebt ihr euch? Gab hat Penny gevögelt.* Schmerz konnte einen zu verrückten Dingen treiben.

»Millie? Gehst du schon mal vor? Ich komm gleich nach, ich muss noch …«

»Ja, klar. Beeil dich, du weißt, unser Dozent duldet keine Verspätung. Und dann darfst du dich eine weitere Nacht lang mit Vera Icon herumschlagen.«

Ich versuchte mich an einem Lächeln und selbst wenn es wenig überzeugend war, ließ sie sich nichts anmerken. Sie winkte Bex und mir zu, dann war sie im Gebäude verschwunden.

Nun hatte Bex die Arme vor der Brust verschränkt und bedachte mich mit zusammengezogenen Augenbrauen. »Hattest du vor mir aus dem Weg zu gehen? Oder so zu tun, als sei letzte Nacht nichts passiert? Als wärst du nicht mit verquollenen Augen aus dem Rix gestolpert?«

Ich atmete geräuschvoll aus und drückte die Zigarette aus, ehe ich antwortete. Sie war stinksauer, verständlicherweise. »Nein, Bex, ich hatte weder das eine noch das andere vor. Tut mir leid, meine Nacht war … kurz und eine einzige Katastrophe.«

Sie fasste sich an die Schläfen, brummte »Mhm« und tat es mir gleich, indem sie laut ausatmete. »Okay, mir tut's auch leid. Dass ich dich gestern in diesem Zustand vorgefunden hab – und das ausgerechnet im Rix –, hat mich komplett aus der Bahn geworfen. Ich habe mir Heidensorgen gemacht, Jordan! Ich hatte ja keine Ahnung, was da drin passiert ist.«

»Ich weiß, Bex, ich weiß«, kam es undeutlich über meine Lippen und ich wollte mich am liebsten in ihre Arme stürzen. Die Erlebnisse vergangener Nacht hatten mich offensichtlich doch mehr mitgenommen als erwartet, vom Erlebnis der anderen Nacht ganz zu schweigen. »Das alles war meine Idee, abgesehen von dem, was Gab … Ist ja auch egal, jedenfalls hab ich Ches mehr oder weniger dazu gedrängt, mich mitzunehmen.«

»Und was war dein Hintergedanke dabei? Wolltest du dich einfach mal umschauen oder … keine Ahnung, mitmachen?«

»Gefühlt jeder außer mir war schon mal im Rix und Gab wollte mich nie mitnehmen. Also hatte ich gehofft, dass er …«

»Dass er anwesend sein würde und ihn deine Gegenwart aus der Haut fahren ließ«, beendete sie meinen Satz kopfschüttelnd und betrachtete mich schließlich mit einem Blick, in dem gleichermaßen Mitleid wie Fassungslosigkeit steckte.

»Mir ist klar, dass du ihn nicht abkannst und mich für vollkommen bescheuert hältst, so etwas –«

»Ja und Nein.«

Nun war ich diejenige, deren Augenbrauen sich zusammenzogen. »Wie meinst du das?«

»Komm mit.« Sie nahm mich an der Hand, zog mich in eine weniger belebte Umgebung, wo wir auf einer freien Bank Platz nahmen. »Gewissermaßen kann ich dich verstehen, wenn auch nicht speziell das, was du für Gab auf dich nimmst. Ja, ich kann ihn nicht sonderlich leiden, aber ich weiß, wie viel er dir bedeutet hat. Und Liebe, tja, sie lässt uns schräge Dinge tun.«

So ganz konnte ich nicht realisieren, was Bex da von sich gab. Hatte sie tatsächlich, was Gab anging, Verständnis für meine absurden Einfälle? Nicht einmal ich hatte das.

»Du bist also nicht mehr sauer auf mich?«

Sie seufzte. »Ein bisschen. Immerhin hast du mir noch nicht erzählt, was genau vorgefallen ist. Und ich werde Ches so was von den Arsch aufreißen, wenn ich ihn nächstes Mal sehe, weil er dich mitgenommen hat.«

Beschämt sah ich auf meine im Schoß gebetteten Hände. Wo sollte ich da nur anfangen? Dass alles gar nicht so geplant war? »Ich wollte Gab lediglich provozieren, nicht mehr und nicht weniger. Es sollte ein kleiner Rachefeldzug sein. Aber das ist wohl aus dem Ruder gelaufen, weil dein Freund Ches nicht seine Klappe hatte halten können. Weil er unter den Pantoffeln von Gab steht. Vermutlich hast du ihm die Männlichkeit aus den Eiern gesaugt.« Kaum hatte ich die Worte gesprochen, schlug ich mir die Hand vor den Mund. Das war ebenso wenig geplant gewesen.

Mit schreckgeweiteten Augen starrte Bex mich an. »Was? Du meinst –«

Ich machte eine beschwichtigende Handbewegung. »Schon gut, Bex, wirklich. Ich hab euch zusammen gesehen, letztens in der Bibliothek.«

»Was bitte meinst du damit, dass es aus dem Ruder gelaufen ist? Und wie bitte hast du von … Ches und mir erfahren? Was zur Hölle ist in den letzten Wochen passiert?« Sie redete so schnell, dass ich kaum mitkam.

»Das liegt alles nur an … *ihm*.« Ein Blick auf das Display meines Smartphones verriet mir, dass ich mich schleunigst auf den Weg zum Seminar machen sollte. »Ich muss wirklich los, lass uns morgen reden, okay? Ich hab keine Lust, eine weitere Nacht am Essay zu sitzen.«

»Na gut. Versprich mir, dass du dich meldest.«

Nachdem wir uns voneinander verabschiedet hatten, eilte ich ins Gebäude und hoffte inständig, dass ich noch rechtzeitig kam. Die Ereignisse von vergangener Nacht würden mir allerdings noch eine ganze Weile in den Knochen stecken, dem war ich mir sicher. Zumindest lenkte mich das Studium ab.

KAPITEL 11

Vor elf Monaten, North Lincolnshire

Die Abenddämmerung hatte eingesetzt und bot im Hintergrund der Humber Bridge ein spektakuläres Farbenspiel. Der Horizont war in sanftem Orange eingefärbt und untermalte die idyllische Landschaft. Währenddessen saß ich im Sand, die seichten Wellen des Gewässers berührten gelegentlich meine Schuhspitzen. Den billigen Whisky hatte ich bereits ausgetrunken, hatte er doch kaum Geschmack – was aufgrund des Spottpreises ohnehin kaum verwunderlich war. Den besten Whisky hatte ich zuletzt vor über einem Jahr im Rix getrunken. Um genau zu sein, vor dreizehn Monaten. War ich wirklich schon so lange weg? War die Nacht, in der ich aus heiterem Himmel beschlossen hatte abzuhauen, so lange her?

Ja, das war sie. Und ich wusste nach wie vor nicht, ob es ein guter Einfall gewesen war. Doch Prattsville drängte mich in die Enge. Nein, sie war es. Sie und der Blick, mit dem sie mich immerzu angesehen hatte. Sie, diejenige, die ich als Einzige näher an mich herangelassen hatte, hatte ich zurückgelassen. Doch ich versuchte mir einzureden, dass es besser so war – für mich. Für sie sicherlich nicht.

Es verging keine Nacht, in der ich nicht zumindest für einen winzigen Moment an sie dachte. So sehr war sie in meinem Kopf verankert, zu sehr. Die Sorge um sie ließ mich allerdings nicht los. Also griff ich zu meinem Smartphone, die glimmende Zigarette im Mundwinkel, und wählte Ches' Nummer. Wenige Sekunden später wurde der Anruf entgegengenommen.

»Gab, was gibt's?« Seine Stimme klang klar und deutlich, nicht so, als hätte er gerade einen Joint geraucht.

»Ches, hey«, sagte ich, den Blick in die Ferne gerichtet, und zog an der Zigarette.

»Wo bist du gerade? Noch in Essex?«

»Nein, ich bin weiter Richtung Norden gefahren. North Lincolnshire.«

»Hm«, machte er. »Und, nette Gegend?«

»Passt schon«, antwortete ich kurz angebunden.

»Penny ist über deine Abwesenheit jedenfalls höchst entzückt.« Ches lachte.

»Höchst entzückt? Ist dir das Gras zu Ohren gestiegen oder warum redest du so hochgestochen?«

»O ja, deine miese Laune fehlt mir auch.«

Da konnte auch ich mir ein kehliges Lachen nicht verkneifen. »Und mir der gute Whisky vom Rix und die Zigarren.«

Es entstand eine kurze Pause, die ich nutzte, um mir eine zweite Zigarette anzuzünden. Auf einmal raschelte es am anderen Ende der Leitung. »Sie hängt ziemlich viel mit diesem Mädchen aus ihren Kursen ab.«

Sie. Ches wagte es offensichtlich nicht, ihren Namen auszusprechen. Jordan. Und ich wagte es nicht, zuzugeben, dass auch sie mir fehlte. Das kleine Teufelchen in ihren Augen, das mit dem inneren Engel um die Oberhand kämpfte. Ihr Gehorsam, ihr vor Lust und Schmerz verzerrtes Gesicht, das dreckige Grinsen, wenn sie bekam, was sie wollte. Shit.

»Kennst du sie?«

»Nein.«

»Dann lern sie kennen.«

»So läuft das nicht, Gab«, widersprach er. »Ich halte dich darüber am Laufen, was mit Jordan ist, wie es ihr geht, was sie macht. Versteh ich, immerhin hast du sie gelie–«

»Immerhin hab ich was?«, gab ich knurrend zurück.

»Muss ich das etwa aussprechen? Nicht einmal du kannst es.«

Ich fuhr mir mit der Hand über das Gesicht, biss mir so fest auf die Unterlippe, dass sie blutete und ich einen metallischen Geschmack bemerkte. »Also, was ist? Geht sie immer noch ab und zu mit diesem Hund Gassi, studiert und alles?«

»Und alles, ja«, brummte mein bester Freund mehr zu sich selbst als zu mir.

»Das bedeutet?«, hakte ich nach, am Saum meiner Jeans nestelnd.

»Sie versucht über dich hinwegzukommen. Was denkst du denn? Dass sie ewig auf dich warten wird?«

»Gut, sie soll mich ja auch vergessen, Spaß haben.« Und Spaß haben meinte so viel wie *mit anderen Kerlen vögeln*. Ich wusste, dass sie es tat, und es war ihr gutes Recht. Doch zugleich machte mich der Gedanke, dass sie sich anderen hingab, innerlich kaputt. Rasend. So rasend, dass ich glaubte zu explodieren. Ich kannte sie so verdammt lange und es war fast kein Tag vergangen, an dem wir uns nicht gesehen hatten, nicht berührt hatten, nicht miteinander gesprochen hatten. Aber ich war ja gegangen, bereitwillig, wissend, dass ich ihr das Herz brach. Und nicht wissend, dass es auch mein Herz stückchenweise brach. Ich Idiot. Diesen Schmerz zu spüren war weitaus schlimmer, als mir einzugestehen, dass mein Herz nur brach, weil es eins mit ihrem war.

»Ich kapier's nicht«, durchbrach Ches meinen inneren Monolog, »was du dir davon erhoffst. Oder ist das so ein Egotrip?«

Die Wahrheit war: Ich wusste es selbst nicht. Mir war nur klar, dass ich weg musste. Weg von dem, was mich zu erdrücken schien. Weil ich ein Feigling war. Jemand, der vor seinen eigenen Gefühlen wegrannte.

»Das musst du auch nicht. Danke für die … Berichterstattung.« Warum klang es nur so makaber und falsch? Ach ja, richtig, weil es das war.

»Lass dich mal wieder blicken.«

Ich murmelte etwas Unverständliches, dann war der Anruf beendet und ich starrte in die Ferne. Wann hatte sich dieses merkwürdige Gefühl in mir ausgebreitet? Diese Leere, die sich mit nichts, aber auch gar nichts vertreiben ließ? In Prattsville war genau das Gegenteil der Fall gewesen.

Ich schnippte den Zigarettenstummel in den Sand, legte mich auf den Rücken, die Hände hinter dem Nacken verschränkt, und schloss die Augen. Knapp über 300 Meilen Entfernung waren nicht gut genug, nicht weit weg genug. Die einzige Möglichkeit war, weiter Richtung Norden zu fahren, vielleicht sogar bis über die Grenze nach Schottland.

Aber füllten mehrere Hundert Meilen wirklich die erdrückende Leere in mir? Brachten sie mir das, wonach ich suchte? Und würde mich das, wovon ich davonrannte, nicht doch irgendwann einholen? Die Vergangenheit nahm schließlich ihren ganz eigenen Verlauf und scherte sich nicht um irgendwelches Befinden.

*

Selbst am Tag suchten mich die Erinnerungen vergangener Nacht heim. Es reichte nicht, dass sich ständig Jordan, in diesem verflucht knappen und durchnässten Kleid, in meine Gedanken schlich. Ihre zusammengezogenen Augenbrauen und die dunklen Augen, mit denen sie mich gemustert hatte. Ihr zierlicher, wohlgeformter Körper und diese warmen Lippen, die ich auf meinen gespürt hatte.

Und dann war da der Schmerz, der sich unübersehbar in ihrem Gesicht widergespiegelt hatte, als sie bemerkte, dass ich all das geplant hatte.

Und darauf folgte ein schlechtes Gewissen. Immer wieder plagten mich Gewissenskonflikte. Was, wenn ich über das Ziel hinausgeschossen war? Was, wenn der Spaß zu weit gegangen war? Fragen, die ich mir bisher noch nie gestellt hatte. Aber Jordan hatte jeher mein Leben durcheinandergebracht.

Die von unten ertönende Stimme meiner Mum, die offensichtlich irgendein Lied beim Haushaltmachen trällerte, riss mich aus meinen Gedanken. Ich fuhr mir mit der Hand über das Gesicht und beschloss unter die Dusche zu springen. Der eiskalte Wasserstrahl wusch die Niedergeschlagenheit aus meinen Gliedern und so zog ich mir schnell neue Kleidung über, ehe ich mich nach unten in die Küche wagte. Dort wartete nämlich meine gefährlich gut gelaunte Mutter, die mir sogleich eine Tasse schwarzen Kaffee in die Hand drückte.

»Guten Morgen, Liebling«, flötete sie, während sie mit übermäßigem Eifer den Herd schrubbte. »Pancakes? Rührei?«

»Nein, danke.« Obwohl der Kaffee heiß war, leerte ich ihn in einem Zug und stellte die Tasse auf der Küchentheke ab.

Fragend und mit gespitzten Lippen sah sie mich an, hielt in ihrer Bewegung inne. »Alles in Ordnung?«

Klar, Mum, ich hab gestern lediglich Penny, die Erzfeindin von Jordan, gefickt. Gewissermaßen war mein Plan gescheitert, denn ich fühlte mich nicht annähernd so wie erwartet. Weder wie ein Gewinner noch stolz oder gewitzt.

»Was ist eigentlich mit Jordan? Ihr wart doch früher beste Freunde, sie war ein liebes Mädchen.«

»Was hast du ständig mit Jordan?«, fuhr ich aus der Haut, woraufhin sie zusammenzuckte und mich erneut dieses dumpfe Gefühl heimsuchte. Schuld. Shit. Ich wandte ihr den Rücken zu, stützte mich mit den Händen auf dem Küchentisch ab und atmete tief aus. »Sie ist nur irgendeine …« Ich konnte es nicht aussprechen, es ging einfach nicht. *Weil es eine erbärmliche Lüge ist, du Idiot. Sie ist nicht nur irgendeine, und das weißt du ganz genau.* »Sie ist mir ein paarmal begegnet, nichts Besonderes.«

»Das kannst du vielleicht anderen erzählen, Gabriel, aber nicht deiner Mutter«, meinte sie und als ich mich umdrehte, grinste sie bis über beide Ohren. Das war gruselig.

»Was willst du mir damit sagen? Dass du mehr weißt als ich?«

»Offensichtlich.«

»Mum.«

»Ihr wart damals so verliebt, und ich spreche aus Erfahrung, wenn ich sage, dass Liebe nie gänzlich vergehen wird.«

Verliebt. Liebe. Jordan. Ihre Worte hämmerten wie verrückt in meinen Kopf. Ich verstand genau, worauf sie hinauswollte, und die Erkenntnis stieß durch meinen Körper. »Was auch immer«, brummte ich, zog mir meine Lederjacke über und wollte gerade hinaustreten, da …

»Am kommendem Wochenende lädt dein Vater zum Barbecue ein«, warf Mum ein, was mich erstarren ließ. »Ein nettes Beisammensein mit ein paar Freunden und Arbeitskollegen und –«

»Wichtigen Leuten?«

Sie nickte. »Auch die Cunninghams werden da sein. Frag doch ihre Tochter, ob sie auch kommen möchte.«

Soso, Jordans Eltern würden auch am Barbecue teilnehmen. Vermutlich hatte sie weitaus Besseres zu tun, als mit ihren Eltern an einem Samstagabend im Haus des Typen aufzutauchen, der in ihr Zimmer gestiegen war. *Und ihr viel Schlimmeres angetan hatte.*

»Sicher, Mum, ich werde sie höchstpersönlich einladen.« Mit diesen Worten schloss ich die Tür hinter mir und sauste in meinem Chevrolet davon. Die Fahrt über den Highway ging zu schnell vorbei, als dass ich darüber nachdenken konnte, was ich überhaupt an der Browningham University im Grunde genommen wollte. Doch ehe ich mich versah, hatte ich den fast zugestellten Parkplatz erreicht und den Wagen ab geparkt. Von hier aus konnte ich den Campus überblicken und auch wenn das backsteinerne Gebäude einen opulenten Eindruck vermittelte, so war ich mir sicher, dass hier nicht meine Zukunft lag. Tatsächlich hatte ich eine

Millisekunde an den Gedanken verschwendet, wie es wohl wäre, hier zu studieren. Und die Antwort war: unmöglich. Ich würde wohl keine zwei Semester aushalten. Vorgeschriebene Zeiten, zu denen man erscheinen sollte, Klausuren und Essays, die es zu schreiben galt, – das war nichts, worauf ich sonderlich scharf war. Und doch war mir klar, dass sich meine Zukunft nicht von allein schrieb. Ich konnte nicht ewig von Erspartem leben, durch die Gegend reisen und mich meiner Rastlosigkeit hingeben. Und noch weniger wollte ich nicht länger unter dem Dach meiner Eltern hausen und Teil dieser harmoniesüchtigen Farce sein. Scheiße, es war wohl unumgänglich, dass ich mir was überlegen musste. Jetzt allerdings nicht.

Ich stieg aus, die glimmende Zigarette im Mundwinkel, und beobachtete das herrschende Treiben. Studenten stürmten aus den Gebäuden und wieder hinein, unterhielten sich lautstark, die Bänke waren von Lernenden besetzt. Und zu diesen Strebern gehörte nun auch Ches. Nicht zu fassen.

Bin da. Wo steckst du?, tippte ich meinem Kumpel, schloss den Wagen ab und schleuste mich in die Traube von Studierenden ein. Es war seltsam, zu wissen, dass so viele, mit denen ich auf die High School gegangen war, an dieser Uni studierten. Einschließlich Jordan, Bex und –

»Scheiße, was suchst du hier, Skalbeck? Hat es dir etwa die letzten Gehirnzellen weggeblasen?«

Penny, natürlich. Ausgerechnet sie musste mir an diesem Ort über den Weg laufen. Ihr feuerrotes Haar hatte sie zu einem hohen Pferdeschwanz gebunden und ihr Make-up war ausnahmsweise zurückhaltender, wenn auch ihre Wimpern furchteinflößend lang wirkten.

»Es ist mir wohl entgangen, dass nur die Elite Zutritt hat. Wobei ich mich dann frage: Wie bist du hierher gelangt?«, gab ich in einem bittersüßen Ton zurück, woraufhin sie ihr Gesicht verzog.

»Im Grunde genommen sollte ich Gefallen daran gefunden haben, dass du mich dafür benutzt hast, um sie absichtlich zu verletzen.« Penny schnalzte missbilligend mit der Zunge, kam auf mich zu und blieb viel zu nah vor mir stehen. Der schwere Duft ihres Parfüms drang in meine Nase und mit einem Mal verstand ich nicht, wie ich es für eine clevere Idee hatte halten können, sie mit in die Sache reinzuziehen. Penny hasste Jordan, Jordan hasste Penny und ich … ich hasste niemand anderen außer mir selbst. Weil der abgefuckte Teil meines Herzens den Teil in seinen Fängen hatte, der sich auszusprechen traute, was ich wahrhaftig für Jordan empfand. Es war jedenfalls kein Hass, keine Missachtung, es waren keinerlei negative Gefühle.

Und doch habe ich sie verletzt.

»Geh mir aus dem Weg, Penelope. Das ist Zeitverschwendung.« Ich machte einen Schritt nach rechts, da drückte sie ihren spitzen Fingernagel in meine Brust.

»Du bist ein Feigling, Skalbeck, weil du nicht zu dir stehst. Und zu ihr. Aber sie ist besser ohne dich dran, und wenn ich das sag, dann mag das was heißen. Am besten du verpisst dich wieder.« Sie musterte mich mit einem abschätzigen Blick, die nachgezogenen Augenbrauen zusammengezogen, und stolzierte dann davon.

»Was wollte die denn von dir?«, kam es von Ches, der plötzlich neben mir aufgetaucht war.

»Noch langsamer ging's auch nicht, was?«, fuhr ich ihn an, zog ein letztes Mal an der Zigarette und drückte sie mit der Schuhspitze auf dem Boden aus. Jede Minute, die ich auf diesem Campus verbrachte, war mir zuwider.

»Beruhig dich. Im Gegensatz zu dir hab ich Verpflichtungen.«

Echt jetzt? Versuchte er es nun auf die Tour? »Kommst dir wohl als was Besseres vor, wo du studierst.«

»Du solltest es auch mal mit Gras probieren«, missbilligte er, »vielleicht kommst du so runter.«

»In Anbetracht dessen, wo es dich hingeführt hat, – nein, danke«, gab ich zurück.

»Ihr zankt euch wie ein altes Ehepaar!«

Nicht auch noch das. Neben Ches hatte sich Bex aufgebaut, die Spitzen ihres geflochtenen Haares zwischen den Fingerspitzen zwirbelnd. Dieser Ort war die wahr gewordene Hölle. Penny, Bex – alles Gründe, niemals hier zu studieren. Mir war es nach wie vor schleierhaft, weshalb Ches sich dem Wunsch seines Dads gebeugt hatte.

»Was machst du denn hier?« Die Überraschung stand Ches ins Gesicht geschrieben. Warum auch immer – er musste Bex doch weitaus öfter über den Weg laufen als ich.

»Die Frage ist«, setzte sie an, stemmte die Arme in die Hüften und taxierte mich, »was sucht er hier? Solltest du beabsichtigen zu studieren – wobei ich mir das beim besten Willen nicht vorstellen kann –, such dir ’ne andere Universität. Egal, wo du auftauchst, du machst nur Ärger. Kapiert?«

Ihre beschützerische Art war gleichermaßen zuckersüß wie lächerlich. Glaubte sie ernsthaft, ihre Meinung interessierte mich? Glaubte sie einen derartigen Einfluss auf mich auszuüben, dass ich nachgab? *Das* war wahrlich lächerlich.

Gespielt missbilligend schüttelte ich den Kopf. »Ach, Bex, spar dir deine Atemzüge. Oder hältst du dich neuerdings für so wichtig?«

»Nein, aber für Jordans beste Freundin.«

»Also ihr Anstandswauwau, verstehe.«

Ihr Gesicht verfärbte sich puterrot, während sie die Lippen aufeinanderpresste. Ches, der die ganze Zeit über zwischen uns hin- und hergeschaut hatte, wirkte seltsam nervös. So als sei ihm das Gespräch unangenehm. Meine Güte, hatte er auf dem Weg in die Uni seine Eier verloren? Das war ja kaum auszuhalten.

»Du solltest am besten wissen, dass Jordan so was wie einen Anstandswauwau nicht nötig hat«, zischte sie.

»Dann verstehe ich immer noch nicht, warum du dich mit mir unterhältst.« Ich machte einen Schritt auf sie zu, ihre Augen weiteten sich unmerklich und sie sah zu mir auf. »Oder hast du die hitzigen Wortgefechte mit mir vermisst, kleine Rebecca?« Ich ertastete ihre Finger, die mit ihren Haarspitzen spielten, und sofort hielt sie inne. Mir war klar, dass die Berührung, so unscheinbar und flüchtig sie war, Grenzen überschritt. In Bex' Augen spiegelten sich Entsetzen und Ekel wider. Exakt das, was ich auslösen wollte. »Und jetzt geh.«

Aber sie bewegte sich keinen Millimeter. Obwohl ihr die Nähe zuwider war. Und da bemerkte ich aus dem Augenwinkel eine Gestalt, die sich näherte und an einem Gebäude stehen blieb. Es war Jordan. In ihrem Gesicht spiegelten sich keinerlei Emotionen wider und mit einem Mal wollte ich nichts wie weg. Zuerst Penny, dann Bex und nun Jordan, ebenso Ches dazwischen. Diese fucking Universität schaffte es, meinen Zorn ins Unermessliche wachsen zu lassen. Falsch, diese Personen waren dafür verantwortlich.

Und dann geschah etwas, von dem ich glaubte, dass es sich so anfühlte, wenn das Herz einen Riss bekam.

Jordan küsste das Mädchen, das neben ihr stand, auf den Mund. Sie vergrub ihre Finger in ihrem blonden Haar, zog sie an sich heran und beide versanken in einem Kuss, bei dem ich mich zusammenreißen musste, um nicht aus der Haut zu fahren. Und als war das nicht schon genug, kreiste Pennys Stimme in meinem Kopf herum: ›Herrgott, werd dir endlich im Klaren darüber, dass –‹ Damals hatte ich ihr entgegengeschrien, aber in diesem Augenblick wurde es mir klar. Dass ich Jordan liebte. Dass sie mein Herz in ihren Händen trug, jederzeit bereit dazu, es zu zerstören. Und gerade hatte sie es getan.

›Du bist ein Feigling, Skalbeck, weil du nicht zu dir stehst. Und zu ihr‹, hatte Penny vorhin gesagt.

Sie hatte nicht recht. Sie hatte nicht recht. Sie hatte nicht recht. Sie hatte verdammt noch mal recht. Scheiße, sie hatte so was von recht!

Den Rest gab mir Bex' boshaftes Grinsen, wissend, dass Jordans Aktion mich nicht kalt gelassen hatte. Ich machte auf dem Absatz kehrt, blendete die mir nachrufenden Stimmen aus, die Studierenden, die ich anrempelte, und die Autos, die ich von der Straße drängte, als ich davonraste.

Ich wollte nicht ins Rix oder gar nach Hause, aber genauso wenig wollte ich mehrere Hundert Meilen wegfahren. Nein, ich wollte am liebsten Jordan zur Rede stellen und sie verflucht noch mal fragen, was wir hier eigentlich taten. Was ich hier tat. Zwei Jahre weg zu sein hatte nichts und wieder nichts gebracht. Denn sie waren immer noch da, diese Gefühle, wenn ich an sie dachte. Doch sie hatte ohnehin mein Herz in ihren Händen, damals wie heute. Sie hatte es schon immer gehabt, nur war ich zu feige gewesen es zuzugeben. Ich versuchte so sehr vor den Gefühlen für Jordan wegzulaufen, dass ich nicht bemerkt hatte, dass es längst zu spät war. Dass ich kein Feigling war, wenn ich es zugab, sondern wenn ich davonlief. Ich hatte mich verrannt und dabei mehr verloren als gewonnen. Das Wertvollste hatte ich bereits verloren, als ich beschlossen hatte zu flüchten: Jordan.

Sie küsste andere, sie fickte andere und es war ihr gutes Recht. Immerhin hatte ich es zugelassen, als ich Prattsville verließ. Während die Innenstadt an mir vorbeizog und die Musik ohrenbetäubend laut aus den Lautsprechern schallte, dachte ich über das Was wäre, wenn nach. Was wäre, wenn ich nie gegangen wäre? Wenn ich geblieben und Jordan weiter geküsst hätte? Ob ich es irgendwann geschafft hätte, ehrlich zu ihr und mir zu sein? Aber es war bedeutungslos, über das Was wäre wenn nachzudenken, ändern ließ sich nichts mehr. Fehler waren in Stein gemeißelt, ebenso all die Küsse und die Sommernächte, die wir geteilt hatten.

Aber wer war ich, dass ich Vergangenes vergehen ließ? Vielleicht war die Zeit vergangen, aber eines nicht: die Scheißgefühle.

*

Es war Samstagabend und von meinem Zimmer aus beobachtete ich, wie immer mehr Autos in der Straße parkten und das Stimmengewirr im Haus lauter wurde. Dass wegen einer einfachen Grillparty solch ein Rummel veranstaltet wurde. Bereits in der Früh war meine Mutter wie aufgeschreckt im Haus herumgeflitzt und hatte sogar meinen Vater zu Aufgaben verpflichtet. Der arme Kerl.

Auf einmal wurde die Tür aufgerissen und Mum stand im piekfeinen Cocktailkleid im Zimmer. Wild wedelte sie mit den Armen herum, um den Rauch, den meine Zigaretten in den letzten Stunden verursacht haben, zu vertreiben. »Gabriel, wie oft soll ich dir noch sagen, dass ich mir wünsche, dass du nicht –«

»Ich weiß, Mum.« Die Zigarette zwischen meinen Fingern –bestimmt die achte an diesem Tag, ich hatte irgendwann aufgehört zu zählen – war fast verglüht.

Kopfschütteln und doch mit einem kleinen Lächeln auf dem Gesicht trat sie näher an mich heran. »Du könntest wenigstens ab und zu lüften, hörst du?« Ehe sie es ausgesprochen hatte, öffnete sie bereits eins der zwei Fenster und zupfte ihr Haar zurecht. »Möchtest du nicht runterkommen? Wir haben einen Gast, über dessen Anwesenheit du dich sicher freuen wirst.«

Ich zog die Augenbrauen in die Höhe. Über welchen Gast sollte ich mich bitte freuen? Größtenteils tummelten sich dort unten im Garten Geschäftsleute und deren Frauen, alles wichtige Leute.

»Das glaube ich kaum«, brummte ich.

Da legte sie mir einen Arm um die Schulter und bedachte mich mit einem Blick, den ich nicht zu deuten wagte. »Ist alles in Ordnung? Du bist so schweigsam in letzter Zeit.«

Die Begegnungen an der Browningham steckten mir nach wie vor in den Knochen und viel mehr der Kuss. Zu sehen, wie sie jemand anderen küsste, hatte sich wie ein Schlag in die Magengrube angefühlt. Wie der Schmerz, wenn einem das Herz auseinandergerissen wurde. Wut und Traurigkeit hatten mich vereinnahmt und mir das erste Mal in meinem Leben vor Augen geführt, dass man immer etwas hatte, das man verlieren konnte. Und dass man es meist erst dann wahrnahm.

»In bester Ordnung«, antwortete ich, dem besorgten Blick meiner Mutter ausweichend.

Sie machte jedoch keinerlei Anstalten, mein Zimmer zu verlassen. Ich ahnte, was mich erwartete: ein Gespräch. »Du hast nicht vor zu studieren, oder? Weder an der Browningham noch woanders, stimmt's?«

Wie kam sie auf einmal darauf? Rannte mir die Zeit, die mein Vater mir gütigerweise bot, davon? Selbst wenn, ich war schneller, und ich entschied lebensveränderte Entscheidungen zu treffen.

»Worauf willst du hinaus, Mum?«

»Ich will wissen, was du vorhast.«

Die plötzliche Überzeugung und, ja, fast Strenge in ihrer Stimme ließen mich aufhorchen. Das hier war mehr als ein Gespräch zwischen Mutter und Sohn, sie wollte die Wahrheit hören. Sie wollte erfahren, was wirklich in meinem Leben vor sich ging. Und ich sagte ihr die Wahrheit, weil mich die vorgegaukelte Gleichgültigkeit anstrengte.

»Das weiß ich nicht. Vielleicht wird Dad also nie einen Sohn haben, mit dem er angeben kann. Zumindest nicht in den Kreisen, in denen er verkehrt.«

Sie seufzte und schaute aus dem Fenster, ehe sie sich mir wieder zuwandte. »Es geht doch nicht darum, mit was dein Vater prahlen kann. Er hat andere Prioritäten, das will ich gar nicht leugnen. Aber es sollte dich nicht interessieren, welche Erwartungen er oder ich haben, Gab, sondern welche du an dich selbst hast.«

Mein Mund wurde staubtrocken, meine Atmung flach. Weshalb gingen mir ihre Worte so nah? *Aus dem gleichen Grund, weshalb dir Jordan so nah geht, du Idiot*, schoss es mir durch den Kopf.

Und dann gab meine Mutter mir einen Kuss auf die Wange, wischte mit dem Finger den Abdruck ihres roten

Lippenstifts weg und ging Richtung Tür. »Nun komm schon, Gabriel.«

Ich begleitete sie mit nach unten, wo sich bereits eine Schar Menschen im Garten aufhielt. Im Hintergrund lief leise Musik, Unterhaltungen wurden geführt, Drinks getrunken und mein Vater stand am Grill, während er sich mit einem Mann in Anzug unterhielt. Sogar auf seinem Gesicht hatte sich so was wie ein Lächeln gebildet, aber an dessen Echtheit zweifelte ich dennoch.

»Hier, Liebling.« Prompt drückte mir Mum ein Glas mit irgendeinem alkoholischen Gesöff in die Hand und ich wollte es bereits im Blumenkübel auskippen, da klatschte sie in die Hände. »Mr und Mrs Cunningham, wie schön Sie wiederzusehen! Und sieh mal, Gabriel, hier ist deine Freundin …«

Jordan.

Sie war hier. Allerdings nicht allein, sondern in Begleitung. Der Griff meiner Hand um das Glas wurde fester, sodass ich befürchtete, es zersprang bald in Tausende Splitter. Ich musste mich zusammenreißen. Zusammenreißen wegen des Anblicks, der sich mir bot: Jordan mit dem Mädchen, das sie vor wenigen Tagen vor meinen Augen geküsst hatte. Ich leerte das Glas in einem Zug und der Scheißalkohol brannte wie bittere Säure in meiner Kehle.

»Hey, Mrs Skalbeck«, sagte Jordan in zuckersüßem Ton und legte den Arm um die Schulter ihrer Freundin. »Ich hoffe, Sie haben noch ein Plätzchen für meine Freundin Millie frei. Ich möchte Ihre Planungen natürlich nicht durcheinanderbringen.«

Scheiße, scheiße, scheiße. Genau das war es. Das war es, weshalb ich Jordan nie satt hatte, weshalb ich immerzu an ihr festgehalten hatte. In ihren engelsgleichen Augen schlummerte der Teufel und tanzte mit dem Boten Gottes. Das war alles ein abgekartetes Spiel. Ebenso akribisch, wie meine Mutter die Sitzordnung geplant hatte, hatte Jordan es genauestens geplant.

»Aber selbstverständlich, Jordan.« Mum setzte ihr bestes Lächeln auf, das sie mir auffallend unauffällig zuwarf, als sie die Cunninghams an die Bar führte. Jordan und Millie, wie sie also hieß, folgten ihnen. Und ich starrte ihnen wie ein Verrückter hinterher, da drehte sich Jordan zu mir um und ihr Blick bohrte sich in meinen. Wie die Spitze eines Dolches ins Fleisch, und ich spürte mit jeder verstreichenden Sekunde, wie mehr Blut aus der Wunde sickerte.

Dieses kleine Miststück. Ihre Boshaftigkeit war gleichermaßen erschütternd wie anziehend. Ich musste es schaffen, sie zumindest für einen Moment allein zu sprechen. Einen Moment mit ihr allein sein. Im Gegensatz zu Jordan hatte ich allerdings keinen Plan.

Ich schlenderte zur Bar, griff wahllos nach einer Flasche Whisky, goss ihn mir ein und verfolgte ein Wortgefecht zwischen Jordan und ihrer Mutter.

»Aber, Mum, wenigstens ein Glas«, schnarrte sie, während ihre Freundin sich ein Grinsen nur schwer verkneifen konnte. Sie sahen beide gut aus, trugen je ein Kleid. Wobei Millies Kleid verspielter war, mit floralem Aufdruck, und Jordans hingegen schwarz, mit dünnen Trägern und einem Ausschnitt, der ihren Eltern sicherlich missfallen war. Ein Wunder, dass sie sie so aus dem Haus hatten gehen lassen – vermutlich nur, um ein Theater zu vermeiden. Und weil sie wussten, dass ihre Tochter stur war und sowieso tat, wozu sie Lust hatte. Obwohl mich ihre Eltern nie ausstehen konnten, passten sie doch wunderbar zu dieser ekelhaft glamourösen Scheinwelt. Der Blick, den mir ihr Dad Michael gelegentlich zuwarf, war von derselben Missbilligung wie jeher. Ich kam nicht umhin ihm mein bestes Lächeln zu schenken, was ihn nur noch böser dreinschauen ließ. Na gut, wenigstens etwas Gutes hatte dieses Barbecue.

Ich hatte keine Ahnung, was da zwischen Jordan und Millie lief. Waren sie mehr als Freundinnen? Oder war der Kuss nur ein Rachekuss gewesen? Dass Jordan kein Geschlecht bevorzugte, wusste ich, denn daraus machte sie nie einen Hehl. Trotzdem beschlich mich ein unbehagliches Gefühl, was Jordan und Millie anging. Sie war hübsch, das war Millie unwiderlegbar – das kurze blonde Haar reichte ihr knapp bis unter die Ohren, die Spitzen lockten sich und ihre Lippen waren von einem samtigen Rosa. Und Jordan, sie war so unauffällig geschminkt, dass ich nicht aufhören konnte, sie zu betrachten. Die Wimpern lang und dicht, die Augen tiefblau und die Wangen gerötet. Ich wollte, dass sie mich ansah, aber ihre Aufmerksamkeit lag auf ihrer Freundin und dem Alkohol hinter der Bar. Ihre Eltern und meine Mutter waren mittlerweile sehr in ein Gespräch vertieft und flanierten Richtung Garten, dass es ein Leichtes für sie war zuzuschnappen. Jordan war so nah und doch so fern. Ich konnte sie gewaltsam packen, aber da war immer noch Millie. Wie sollte ich es schaffen, sie allein zu sprechen?

Die goldene Flüssigkeit, die sie gerade in zwei Gläser füllte, brachte mich auf eine Idee. Früher oder später würde sie ihr Getränk unbeaufsichtigt lassen, es war nur eine Frage der Zeit. Doch es fühlte sich nicht richtig an, sie gefügig zu machen.

›Ich hätte deine Spuren auf meinem Leib stolz getragen. Aber nicht, wenn du mich wie ein Stück Fleisch benutzt, um dir selbst deiner Macht bewusst zu werden. Du hast es aus selbstgefälligen Gründen getan und nicht aus irgendwelchen Gefühlen, die du für mich hegst.‹

Gefühle. Wie konnte ein einziges Wort solch eine Furcht in mir auslösen?

Sie hatte beabsichtigt nicht allein mit mir zu sein. Aber ich *musste.*

KAPITEL 12

3 Tage zuvor

Ich liebte Kunst. In ihr konnte ich mich verlieren, wenn ich mich selbst verlor. Wenn ich eine richtige Entscheidung in meinem Leben getroffen hatte, dann die, Kunstgeschichte zu studieren. Ich kam gerade rechtzeitig zum Seminar und wurde nur mit hochgezogenen Augenbrauen und einer stummen Verwarnung begrüßt. Die restliche Zeit verging, zu meinem Leidwesen, wie im Flug. Kaum hatte der Dozent die heutige Sitzung für beendet erklärt, schlichen sich unliebsame Gedanken in meinen Kopf. Bex. Das Rix. Ches, der Verräter. Und Gab. Gab und die Nacht, in der er eine andere gefickt und mich geküsst hatte. Der Kuss, der sich zugleich berauschend und schmerzvoll angefühlt hatte.

»Ich weiß ja nicht, ob du schon was vorhast«, schaltete sich plötzlich Millie dazwischen, die ihre Tasche schulterte, »aber wie wärs mit Kuchen und Kaffee?«

»Ich könnte gerade nichts besser gebrauchen als jede Menge Zucker und Koffein«, gab ich grinsend zurück, woraufhin wir uns beieinander einhakten und den Raum verließen.

In den Fluren und vor dem Ausgang des Gebäudes war mal wieder die Hölle los, sodass wir uns durchschlengeln mussten. Das mehrmalige Vibrieren meines Smartphones in der Hosentasche machte mich stutzig, weshalb ich es herauszog und mir zwei Nachrichten von Bex angezeigt wurden. Die erste beinhaltete ein einziges Wort: *Wichser.* Ich runzelte die Stirn und scrollte runter, um die zweite zu lesen: *Ich mach ihn fertig. Du bekommst seine Eier zum Abendessen serviert, Süße.* Was zur Hölle?

»Schlechte Nachrichten?« Millie beäugte mich, als wir endlich aus dem Gebäude traten und sich die mittägliche Sonne durch die Wolken drängte.

Das war eine gute Frage, die ich mir noch nicht so recht beantworten konnte. »Ich muss mal kurz Bex anrufen«, murmelte ich, ehe ich den Anruf startete. Selbst nach dem dritten Versuch ging sie nicht ran. Es musste etwas vorgefallen sein, Bex würde nie – verdammte Scheiße! »Du siehst das auch, oder? Bex und die zwei anderen Typen, oder?«, versicherte ich mich, weil ich befürchtete, meine eigenen Augen spielten mir einen Streich. Einen ziemlich makabren Streich.

»Du meinst, der eine mit zusammengebundenen Haaren, und der andere, der mal wieder einen Haarschnitt vertragen könnte?«

Eine nette Umschreibung. Oder wie man es auch anders ausdrücken konnte: der eine Typ, der sich sichtlich unwohl fühlte, und der andere, dem allen Anschein nach bald die Hutschnur platzte. Gab. Er hatte wirklich kein Gewissen.

Einfach hier aufzutauchen. Und dazwischen Bex, die sich, ähnlich wie ich, nicht zurückhalten konnte. Allerdings hüllte mich sein Auftauchen jetzt gerade in eine Schockstarre. Warum war er überhaupt hier? Doch nicht wegen mir, oder? Himmel, wann würde endlich das letzte Fünkchen Hoffnung erlöschen? Offensichtlich starb die Hoffnung wirklich zuletzt, denn meine Gehirnzellen waren schon seit geraumer Zeit nicht mehr vorhanden. Oder mein Hirn schaltete bei Gabriel auf Stand-by. Wenn er doch schon mein Herz herausgerissen hatte, wie konnte es dann immer noch schlagen? Wie konnte es dann immer wieder die Oberhand gewinnen und die Vernunft in die Flucht schlagen?

»Kennst du die Typen?«, fragte Millie.

Mein Kopf schnellte zu ihr herum. Ich war so sehr in meinen Gedanken versunken, dass ich alles drumherum fast vergessen hatte. Dieser … Typ! Was stellte er nur mit mir an? Und warum ließ ich es überhaupt zu? Stopp, stopp, stopp.

»Ja, der mit den zusammengebundenen Haaren ist Ches, ein … alter Bekannter«, antwortete ich. »Er studiert auch hier, sein Dad, Mr Harris, ist Dozent in Politikwissenschaften an der Uni. Und der Typ neben ihm, das ist …« Hitze schoss mir durch den Körper und ließ mich den Satz nicht beenden. Sein Name auf meiner Zunge war wie Gift in der Blutbahn. »Das ist Gabriel.«

»Du kannst sie gern begrüßen, wir haben noch Zeit.«

»Mit einem Schlag in seine Visage begrüße ich ihn liebend gern«, rutschte es mir raus, woraufhin Millie mich entgeistert anblickte.

»Okay, offensichtlich kennst du die beiden wirklich. Wohl nicht sonderlich gut, was?«

»Ich kenne sie viel zu gut.« Shit, hatte ich das gerade wirklich ausgesprochen? Und ob ich das hatte. Ich lenkte meinen Blick auf Bex, Ches und Gab. Sein Haar hatte tatsächlich einen Schnitt nötig, aber das linderte nicht die Anziehung, die ich nach wie vor zu ihm verspürte. Er stand einfach nur da, in seiner typisch gleichgültigen Manier, als er plötzlich einen Schritt nach vorn trat. Und mit seiner Hand die von Bex berührte.

»Weißt du noch, damals«, setzte ich an, nicht ohne den Blick abzuwenden, »als ich dir erzählte, dass ich unwissentlich mein Herz bereits vor sechzehn Jahren verschenkt hatte?« Mitanzusehen, wie er meiner besten Freundin so nah war, schnürte mir die Luft ab. Sie konnten sich beide nicht leiden, und das machte die Situation derart grotesk.

»Das ist er, hab ich recht, Jordan? Der Typ, der Bex gerade so nah ist.«

»Ja«, wisperte ich, drehte mich wieder zu ihr um und griff nach ihrer Hand. »Millie, ich werde jetzt etwas ziemlich Verrücktes machen. Wunder dich nicht, okay? Und nein, ich tue es nicht nur aus Rachegelüsten, sondern auch … deshalb.« Ich legte meine Hand um ihren Nacken, krallte meine Finger in ihr Haar, zog sie an mich heran und küsste sie. Ich küsste ihre warmen, weichen Lippen, die ich schon viel zu oft lediglich betrachtet hatte. Doch jetzt schmeckte ich sie – und wie. Sie schmeckte so gut und fühlte sich noch besser an. Dann ließ ich von ihr ab und mit einem kurzen, flüchtigen Blick vergewisserte ich mich, dass er alles gesehen hatte. Ich hoffte, dass er ein kleines bisschen von dem Schmerz verspürte, der in meinem Inneren allgegenwärtig war. Das würde mich zumindest für den Moment mit Genugtuung erfüllen. Der Kuss war für den Fick, den er

Penny gegeben hatte, und für die anderthalb Schlaftabletten. Und für mich, weil ich neugierig gewesen war, wie sich Millie anfühlte. Und sie fühlte sich so berauschend an, dass es für kurze Zeit meine Sinne betäubte.

»Nicht nur aus Rachegelüsten, soso? Das soll ich dir glauben?«, murmelte Millie verschmitzt.

»Ja. Oder hat es sich für dich wie ein liebloser Kuss angefühlt?« Es mochte lediglich ein Kuss gewesen sein, aber ich hatte Millie gern. Sie war mir eine gute Freundin und obwohl ich den Kuss genossen hatte, hoffte ich, es änderte nichts zwischen uns.

Das Lächeln, das auf ihrem Gesicht erschien, war Antwort genug. »Das war ganz und gar nicht ein liebloser Kuss, Jordan.«

Da war ich wirklich erleichtert. »Und jetzt lass uns bitte von hier verschwinden.« Daraufhin nickte sie und wir liefen schnurstracks Richtung Stadtmitte. Nun konnte ich Koffein und Zucker noch mehr gebrauchen.

*

»Und du hältst das wirklich für eine gute Idee?« Millie stand vor dem Spiegel in meinem Zimmer und zupfte missmutig an ihrem Kleid herum. Es stand ihr hervorragend, aber was sagte ich da schon? Sie konnte so ziemlich alles tragen, jeder Lumpen sah an ihr gut aus.

»Klar.«

»Und deine Eltern haben nichts dagegen? Und die von Großkotz-Gabriel?«

Ich grinste. Es gefiel mir, dass sie Gab einen derart passenden Spitznamen verpasst hatte, nachdem ich ihr zumindest grob von den Erlebnissen mit ihm berichtet hatte. Die Nacht, in der er in mein Zimmer eingebrochen war, hatte ich ausgelassen, aber sie hatte einen ungefähren Eindruck davon bekommen, welchen Schmerz er mir zugefügt hatte.

»Ach, die sind doch sowieso viel zu pseudohöflich, als dass sie einen weiteren Gast ausschließen würden«, entgegnete ich und rollte mich auf den Rücken, platzierte ein kleines Kissen hinter meinem Nacken.

»Gut, dann lass uns dem Typen mal einheizen. Dem gehören bei vollem Bewusstsein die Eier abgeschnitten.« Sie zwinkerte mir zu und bürstete sich die Haare, ehe sie sich zu mir aufs Bett setzte. »Ich war noch nie auf so einer piekfeinen Veranstaltung. Das erste Mal, dass ich wo bin, wo es keinen Billigfusel gibt.«

Ich lachte. »Der einzige Weg, zwischen all den Snobs klarzukommen, ist sich darüber lustig zu machen. Anders hält man das keine Sekunde aus. Erschreckend und anstrengend, wie sich diese Menschen über ihren Beruf und dem Status in der Gesellschaft profilieren.«

Ihre Augen fokussierten mich, dann bettete sie ihren Kopf auf meinem Bauch. »Ich denke, es ist genauso wichtig, nicht zu vergessen, wo man herkommt, sowie sich vor Augen zu führen, wohin man es geschafft hat. Die Zeiten, in denen es viermal in der Woche Bohnensuppe gab, werde ich nie vergessen. Daran erinnere ich mich jedes Mal, wenn ich in einem Restaurant sitze und mir mal etwas anderes gönnen kann.«

Sie war nicht nur schön, sondern klug, unfassbar klug. Dennoch hatte ich ein schlechtes Gewissen, weil ich sie mit zum Barbecue schleppte. Natürlich hatte ich sie gern dabei, aber wenn ich Gab damit provozieren konnte, war es ein Trumpf, den ich gern entgegennahm. Bex war davon begeistert gewesen und sich ganz sicher, dass es ihn rasend machen würde. Sie hätte gern vorbeigeschaut, allerdings musste sie im Rix arbeiten. Den Kuss mit Millie fand sie zwar anfänglich fragwürdig – nicht weil es Millie war, sondern weil sie befürchtete, dass es mal wieder eine meiner unbedachten Aktionen gewesen war. Aber zwischen Millie und mir war alles wie immer, die aufgeheizte Stimmung war bei uns beiden allgegenwärtig.

Ich brannte darauf, sein Gesicht zu sehen. Seine Augen, die sich mit Wut und Hass füllten, und zu spüren, wie sein Herz ein kleines bisschen brach. Das Geräusch, wenn es brach, erfüllte mich mit Vorfreude und scheiße, nein, es tat mir nicht leid. Er hatte es verdient und weitaus mehr. Schmerz konnte ja so viel mit einem anstellen und Ausmaße annehmen, die man nicht erwartete.

*

Und mein Innerstes stand in lodernden Flammen, als Gabriel mich erblickte und ihm klar wurde, dass ich in Begleitung gekommen war. Genugtuung war ein schönes Gefühl. Sein Blick lastete auf mir, seitdem wir das Haus betreten hatten. Die polierten Möbel blendeten mich wie gleisendes Licht, typisch diese Snobs.

»Aber, Mum, wenigstens ein Glas«, brummte ich.

»Jordan, benimm dich, kein Alkohol. Keine … Eskapaden.«

Sicher. Sie hatte Sorge, ich würde sie blamieren, und das würde mit oder ohne Alkohol passieren. Doch sie war so schnell in ein Gespräch mit Gabriels Mum verwickelt, dass ich den Moment der Unachtsamkeit nutzte. Immerhin wollte ich Millie zeigen, wie dieser übertrieben teure Fusel schmeckte. Und er verfolgte jede meiner Bewegungen, meine Mimik, und es machte mir jetzt schon einen Heidenspaß. Ich genoss die Qualen, denen er ausgesetzt war.

»Zum Pool?«

»Ich hab aber keinen Bikini dabei«, sagte Millie, »geschweige denn was drunter.«

Gespielt entsetzt schaute ich sie an. »Hättest du was gesagt, hätte ich auch keinen Slip angezogen. Auf solchen selbstdarstellerischen Veranstaltungen bereitet das noch mehr Spaß. Ich spreche aus Erfahrung.« Ich wagte einen kurzen, kaum wahrnehmbaren Blick zu Gab, der hinter Millie an der Bar lehnte und das zweite Glas Whisky leerte. In seinen Augen lag pure Anstrengung.

Wir schlenderten in den Garten zum Pool und ehe ich mich umsah, war Gabriel verschwunden. Zumindest hatte es den Anschein, als würde er mich unbeobachtet lassen. Aber ich konnte mich nicht weiter darauf konzentrieren, denn am Poolrand saß Ches. Das war ja klar, und doch hatte ich es nicht berücksichtigt.

»Ist das nicht der Typ, der –«

»Jep«, beantwortete ich Millies unausgesprochene Frage und leerte den Inhalt meines Glases über Ches' Zigarre aus.

Mit schreckgeweiteten Augen sah er auf und direkt in mein Gesicht. »Was zur Hölle –«

»Heul nicht. So geht man mit Verrätern um, du kleines Aas.«

»Jordan, ich hab das nicht getan, weil Gab mich beauftragt hat, das musst du mir glauben.«

»Steck dir deine lahmen Ausreden in den Allerwertesten«, herrschte ich ihn mit gedämpfter Stimme an. »Das ist ja unerträglich, wie sehr du unter seinem

Einfluss stehst. Ob Bex weiß, dass sie auf elendige Verräter steht? Wie laut ist sie, wenn du es ihr besorgst? Stöhnt sie ungefähr so?« Ich imitierte ein übertrieben hohes Stöhnen, wodurch sich einige zu uns herumdrehten und mir empörte Blicke zuwarfen. »Wenn ja, dann täuscht sie alles nur vor. Ach ja, weiß es dein bester Freund schon? Ich kann das auch gern für dich erledigen.«

Ches war mittlerweile puterrot angelaufen und hatte sich erhoben. »Shit, mit dir sollte man sich wirklich nicht anlegen, was? Du wirst mir die Hölle heiß machen.«

»Die Hölle?« Ich lachte auf. »Ich werd dir dein Scheißleben heiß machen, bis du verstehst, was du mir angetan hast.«

Diesmal lachte er bitter auf. »Ich dir angetan? Streng dein schlaues Köpfchen mal an, Jordan. Weshalb ziehst du das alles ab? Wegen ihm, weil er auch Einfluss auf dich ausübt. Weil sich eines in zwei Jahren nie geändert hat: deine Gefühle. Falsch, *eure* Gefühle. Aber du bist zu stolz, zu egoistisch, ja, auch zu verletzt. Und Gab, tja, das weißt du besser als ich.«

Ich glaubte nicht mehr atmen zu können. Seine Worte prasselten auf mich ein und ich wollte weinen und schreien zugleich. Ich wollte das Glas auf den Boden schmeißen, aber ich durfte mir keinen weiteren Fauxpas erlauben, sonst endete das hier schneller, als es begonnen hatte. Und ich war noch nicht fertig, nicht mal ansatzweise. Also machte ich auf dem Absatz kehrt, lief schnellen Schrittes die Treppe hoch in Gabs Zimmer und schloss die Tür hinter mir. Ich wusste nicht, wo Millie war, ob sie vor der Tür stand oder nach wie vor am Pool. Mein Kopf war zu voll, um logischen Gedankengängen zu folgen.

Alles roch nach ihm. Nach seinem herben Parfüm, Zigarren, Zigaretten, Pfefferminzkaugummi. Das Bett stand wie eh und je an der linken Wand, die Schubladen der Kommode waren geöffnet und Kleidungsstücke ragten heraus, auf dem Boden lagen Socken, T-Shirts und leere Zigarettenschachteln zerstreut. Die tannengrünen Gardinen waren zugezogen, ließen keine Sonnenstrahlen hinein, und auf den Fensterbänken befanden sich Aschenbecher, Feuerzeuge, alte Schallplatten und Kondomverpackungen. Der Raum lag in einnehmender Dunkelheit und doch erkannte ich überall Erinnerungen. Wie wir auf dem klapprigen Bett lagen, seine Küsse auf meinem Körper, seine Stimme in meinen Ohren.

»Was hast du hier zu suchen?«

Ich fuhr herum und starrte ihn an. Er wirkte verloren, ausgelaugt, die Augen matt und leer. Er trug ein einfaches, ausgebeultes T-Shirt und zerschlissene Jeans, die in Boots steckten. Was auch immer ich hier suchte, es war mir entfallen.

»Wie war es, sie zu küssen?« Auch seine Stimme klang tonlos, als verlangte jedes Wort, das er aussprach, unvorstellbare Mühe.

»Das ist es nicht, was du wissen willst«, lautete meine Antwort, die ich viel zu spät gab.

Wir standen uns gegenüber, die Blicke ineinander verfangen. Die letzten Wochen waren wir uns immer angegangen, hatten uns beschimpft und wehgetan. Nun schien uns der Eifer zum Verhängnis zu werden.

»Richtig.«

Die Sehnsucht nach Rache und ungezügelte Wut wichen unendlicher Traurigkeit. Vielleicht waren die letzten Wochen ein Spielchen, aber was nützte es schon, wenn es dabei weder Gewinner noch Verlierer gab? Als teilten wir uns den Gedanken, gingen wir aufeinander zu und kaum berührte seine Hand meine Wange, verflog das letzte bisschen Traurigkeit.

Er sah mir in die Augen, wie eine stumme Bitte um meine Erlaubnis, und legte schließlich seine Lippen auf meine. Ein Kuss, so zaghaft und zerbrechlich. Ich schlang meine Arme um seinen Nacken, zog ihn an mich heran und ließ ihn gewähren. In diesem Moment schob ich all die schlechten Gefühle, den ganzen Hass und die ganze Verachtung, beiseite. Ich gestattete mir die aufgestaute Sehnsucht zuzulassen und mich zu verlieren. In dem Kuss, in Gab, in uns. Auch wenn ich wusste, dass es falsch war, dass ich es bereuen würde, dass mein Herz mächtiger war als die Vernunft.

Seine Hände waren überall auf meinem Körper und obwohl es nicht annähernd genug war, konnte ich die Tränen nicht zurückhalten. Ich vergrub meine Hände in seinem Haar, presste mich an ihn und fühlte, wie sein heißer Atem meine Wange streifte.

»Wein nicht, Babygirl, bitte wein nicht«, flüsterte Gab zwischen mehreren Küssen, ehe er innehielt und mich betrachtete. Mit den Fingerspitzen wischte er die Tränen weg und es war, als nahm er meinen Schmerz auf sich. Als verstünde er, dass er es war, der ihn ausgelöst hatte.

»Es ist so falsch«, sagte ich.

»In wessen Augen? In deinen? Oder in denen anderer Menschen?«

»Ich hasse dich.«

»Das tue ich schon selbst genug.« Dann legte er seine Stirn an meine, schloss die Lider und die folgenden Worte jagten mir einen wohligen Schauer über den Rücken. »Ich brauche dich, Babygirl.«

Wie viel Kraft und Mut es ihn wohl gekostet hatte, sich das einzugestehen? Es war, als brach er unter seinem selbsterrichteten Lügenkonstrukt zusammen. Als könnte er den Schein, den er nach außen trug, nicht mehr ertragen.

»Warum jetzt?«

»Nicht jetzt. Schon immer«, brachte er hervor und als er mich diesmal küsste, war es ein Kuss der Hoffnungslosigkeit.

Manchmal schmerzte die Wahrheit, und manchmal wiederum setzte sie die Splitter gebrochener Herzen zusammen.

Es existierte kein Zeitgefühl mehr, keine schlechten Erinnerungen, keine Wut und kein Hass. Es gab nur noch ihn und mich und all die verdammten Gefühle, die uns dahingeführt hatten, wo wir uns gerade befanden. Irgendwo zwischen Himmel und Hölle und dem Fegefeuer.

»Gab«, murmelte ich. »Gab.« Immer und immer wieder. Ich wollte an nichts anderes denken, an nichts anderes als daran, endlich das zu bekommen, wonach ich mich seit zwei Jahren sehnte. Etwas, das ich all die Zeit versucht hatte zu ersetzen, zu vergessen, zu verfluchen. »Nimm mich, Gab.«

»Jordan.«

»Nimm mich. Hier und jetzt, bitte.«

»Ich –«, er hielt inne, »kann nicht.«

»Du kannst, und du wirst.« Mein Blick bohrte sich in seinen.

»Verlang das nicht von mir. Es wird nicht so enden, wie du dir erhoffst.«

»Glaubst du, ich bin zu schwach, um den Schmerz, den du mir zugefügt hast, ein zweites Mal auszuhalten?« Ich entlockte ihm ein kleines Lächeln, viel zu schön für den grimmigen Ausdruck auf seinem Gesicht.

»Ich werde dir Schmerzen zufügen, Jordan, aber solche, die dich lustvoll schreien lassen werden.« Und da funkelte etwas in seinen Augen, das mir verriet, dass auch gebrochene Herzen noch schlagen konnten. Selbst das eines vermeintlich Herzlosen.

Schließlich drückte er mich mit dem Rücken gegen die Fensterbank, fuhr mit den Fingerspitzen an der Innenseite meines Oberschenkels entlang und biss sich auf die Lippen, als er den dünnen Stoff meines Slips zur Seite schob. Seine Finger drangen in meine verräterische Nässe ein und er fand sofort die richtige Stelle, die mich aufstöhnen ließ. Erregung schoss durch meinen Körper und ich schob ihm mein Becken entgegen, um seine Berührungen intensiver wahrnehmen zu können. Seine Lippen liebkosten meinen Hals, da gruben sich seine Zähne auf einmal in mein Fleisch. So fest, dass mich ein lauer Schmerz durchfuhr, und doch so sanft, dass ich mich vor Lust wand. Genau das war es, was ich wollte, was ich brauchte, was mich in einen Rausch katapultierte, der meinen Atem beschleunigte.

»Fick mich, Gab.«

Doch er hörte nicht auf, sondern führte seine Bewegungen weiter aus, bis ich wild stöhnend kam. Dann drehte er mich mit einer Plötzlichkeit um, während mein Orgasmus noch abebbte, und stieß sich in mich. Und ich glaubte ein weiteres Mal zu zerspringen. Gab in mir zu spüren gab mir den Rest – den Rest, den es brauchte, um zu begreifen, dass eine Sucht immer unter der Oberfläche lauerte. Und meine Sucht nach ihm brach in diesem Augenblick aus. Ebenso wie er seine nicht mehr länger zurückhalten konnte – oder wollte –, nachdem ich ihm verdeutlich hatte, dass mein Herz nicht auf ewig zerbrochen war.

»Du wirst nie aufhören mein Babygirl zu sein, Jordan, niemals«, presste er zwischen mehreren Stößen hervor, ehe er meinen Nacken umfasste und sich tief in mich rammte.

Sein Atem ging stockend, wohingegen ich meinen angehalten hatte und erst wieder atmete, als mich ein weiterer Orgasmus vereinnahm.

»Scheiße, ja, komm für mich. Zeig mir, dass ich –« Seine Bewegungen wurden langsamer, da zog er sich aus mir zurück und drehte mich zu sich. Er legte die Finger an mein Kinn, die glänzenden Augen auf mich gerichtet. »Dass ich ein Dummkopf war, dich zurückgelassen zu haben.«

Ich war nicht fähig zu sprechen, nicht über den Schmerz, den er in mir angerichtet hatte. Stattdessen beugte ich mich zu ihm und strich mit den Fingerspitzen über seine Bartstoppel. »Bist du nicht enttäuscht darüber, dass ich einen Slip trage?«

»Hmm«, machte er und fuhr mit seiner pochenden Eichel zwischen meine Schamlippen entlang. »Ein bisschen. Aber das bringt mich auf einen anderen Gedanken«, endete er und drang mit einem einzigen Stoß wieder in mich ein. Er stieß unerbittlich in mich, überging jeden meiner lieblosen Versuche, mich gegen ihn zu stemmen, und ergoss sich schließlich in meinem Slip. Nur wenige Tropfen landeten auf meinem Venushügel. »Zieh ihn wieder an.«

O Shit, das war ganz nach meinem Geschmack. Ich antwortete ihm lediglich mit einem verschmitzten Grinsen und kam seiner Anweisung nach. Das Sperma nicht nur in meinem Slip, sondern auf meiner Haut zu wissen, ließ meinen Puls in die Höhe schießen.

Er erwiderte das Grinsen und schloss seine Hose, ohne den Blick von mir zu nehmen. »Wenn du mir gehorchst, dann im Bett.«

»Bild dir nicht zu viel darauf ein.« Und wie er das tat, ich kannte ihn schließlich mein ganzes Leben lang.

Stille kehrte zurück und mit ihr auch die anfängliche Befangenheit. Doch eines blieb aus: Reue. Aber wenn es so falsch war, musste ich es nicht auch bereuen? Oder bedeutete das, dass es gar nicht falsch war? Verflucht, ich war nicht mal in der Lage, meinen eigenen Gedankengängen zu folgen – und daran war einzig und allein Gab schuld!

»Du bist so ein Mistkerl«, brummte ich, bemüht mir nicht anmerken zu lassen, wie sich die Lüge in mein Herz brannte. Irgendwann musste dieses Organ inmitten meiner Brust abgestorben sein.

Statt wie erwartet mit einem selbstgefälligen Grinsen oder Spruch zu reagieren, stand er einfach nur da und schaute mich an. Als hätte er mich seit einer Ewigkeit nicht mehr gesehen. Und vielleicht waren die zwei Jahre eine Ewigkeit gewesen.

»Und jetzt bist du wieder da. Ich kann dich riechen, fühlen, schmecken, ertasten …«, äußerte ich meine wirren Gedanken unbeabsichtigt.

Sein Gesicht nahm einen unergründlichen Ausdruck an. »Ich dachte, ich brauche Abstand, dabei hat es nur diesen einen Fick gebraucht, damit ich es verstehe.« Die Worte kamen abgehackt über seine Lippen, dann machte er einen Schritt auf mich zu und strich mein Haar über die Schulter.

Da öffnete sich urplötzlich die Tür und Millie stand, mit einem Drink in der Hand, im Zimmer. Ihr Blick heftete sich auf uns, ihr Mund klappte auf und wieder zu. Ehe sie sprach, nippte sie an ihrem Glas und ließ die Flüssigkeit auf ihrer

Zunge zergehen. »Du hast dein Herz unwissentlich vor sechzehn Jahren hergegeben. Es zurückzubekommen ist gar nicht so leicht – wenn sogar schier unmöglich.« Es klang nicht wie ein Vorwurf oder gar wie eine Frage, sondern wie eine Vorstellung. Als verstünde sie mein inneres Chaos besser als ich selbst.

Ich starrte zwischen Gab und Millie hin und her. Millie, die keine Anstalten machte umzukehren, und Gab, der sich keinen Millimeter rührte. Eine eigenartige Situation. Millie, der ich vor wenigen Tagen einen Kuss gestohlen hatte, und Gab, der vor wenigen Minuten noch in mir gewesen war.

Eigenartig war untertrieben.

KAPITEL 13

Kaum hatte Jordans Freundin das Zimmer betreten, brachte sie mich auf eine … Idee. Eine Idee, von der ich wusste, dass sie Jordan gefiel. Weil sie Grenzen überschritt. Weil sie zu viel und gerade durchtrieben genug war.

Millies Anwesenheit schien Jordan nervös zu machen. Sie guckte wirr zwischen uns beiden hin und her, als wusste sie nicht, was sie machen oder sagen sollte. Dabei verriet ich ihr gleich, was sie machen sollte. Die bloße Vorstellung erregte mich so sehr, dass mein Schwanz gegen meine Jeans drückte.

»Wir sind uns noch gar nicht vorgestellt worden«, durchbrach ich das Schweigen und drehte mich zu Millie um. »Ich bin –«

»Gab, ich weiß, wer du bist«, schnitt sie mir das Wort ab und lächelte so gefährlich freundlich, dass ich glaubte, sie ginge gleich auf mich los. Ebenso wie Jordan hatte sie diese gewisse Ausstrahlung. Lieb und nett, wenn der Engel waltete. Raffiniert und angriffslustig, wenn der Teufel die Führung übernahm. »Jordan hat mir schon viel von dir erzählt.«

Das wurde zunehmend interessanter. »Ich hoffe nur Gutes.«

Ihre Augen funkelten und sie nahm einen weiteren Schluck aus ihrem Glas. »Ausschließlich Gutes.«

Oh, Jordan, du wirst mir Rede und Antwort stehen müssen. Als konnte sie meine Gedanken hören, hob sich ihr Brustkorb hektisch und ihr Atem beschleunigte sich. »Schließ die Tür hinter dir«, wies ich Millie an und überraschenderweise kam sie dem sofort nach. »Und jetzt komm her.«

Das Kleid umspielte ihre Beine, während sie auf uns zukam und vor uns stehen blieb. Sie wirkte viel zu unschuldig für das, was ich mit ihr vorhatte, aber genau das machte es so reizvoll für mich. »Wenn du schon so viel über mich weißt, solltest du deinen Drink besser leeren. Sonst bekommt es dir womöglich nicht so gut und das wäre doch jammerschade.«

Ihre Finger krallten sich um das Glas. »Scheiße, du bist echt so gestört, wie Jordan gesagt hat«, erwiderte sie, exte den Drink und fuhr sich mit der Zunge über die benetzten Lippen.

»Gilt wohl für dich wie für deine Freundin: Ihr beide mögt herrisch sein, aber im Bett dient ihr mit Gehorsam.«

In Millies Augen spiegelten sich sowohl Fassungslosigkeit als auch Faszination wider, wobei sie angestrengt versuchte es nicht durchblicken zu lassen.

»Gab.«

Offenbar hatte Jordan wieder ihre Stimme gefunden, allerdings sah sie nach wie vor zwischen uns hin und her.

»Ach, wenn du allein mit mir in einem Raum bist, hast du weniger Angst, als wenn jemand dabei ist«, sagte ich.

Jordans Gesicht färbte sich rot, da umfasste ihre Hand plötzlich den Kragen meines T-Shirts. »Fick dich und deine beschissene Überheblichkeit! Lass sie da raus. Ich hab sie geküsst, und? Ich hab noch viel mehr Schwänze in mir gehabt, und weißt du was? Daran trägst *du* Schuld und niemand anderes! Also wenn du es jemandem heimzahlen willst, dann kassier dir selbst einen Schlag in die Visage.«

Ich lachte auf und schüttelte den Kopf. »Wer redet denn von heimzahlen? Beruhig dich mal, Babygirl.« Ich überwand den Abstand zu Millie mit einem großen Schritt und legte ihr den Zeigefinger an die Lippen. »Wie hat Jordan geschmeckt? Süß nach Zitronenlimonade oder bitter wie Zigaretten?«

»Scharf wie Pfefferminzbonbons.«

Ihre Antwort entlockte mir ein Grinsen. »Ihr beide werdet euren Kuss wiederholen.« Anspannung, gemischt mit Erregung, hing im Raum und steigerte meine Vorfreude. »Jordan, zieh deinen Slip runter.« War es nur Einbildung oder hatte sie gerade tatsächlich Luft eingesogen? Vermutlich ahnte sie bereits, was ihr blühte. »Und jetzt, Millie, gehst du auf die Knie.« Es gefiel mir, zu sehen, dass sich beide mir unterwarfen, und dass sie es so bereitwillig taten. Ich hatte mit mehr Widerstand gerechnet. Aus ihren braunen Augen schaute mich Millie abwartend an, sie hatte wohl die Regeln verstanden. »Als hätte ich geahnt, dass du zu uns stößt, habe ich dir etwas übrig gelassen, Millie, und du wirst es sauber lecken. Mein Sperma. In Jordans Slip.« Zwei Augenpaare stierten mich an und lustigerweise stand in beiden ein und dieselbe Reaktion: Entsetzen.

Fassungslosigkeit. Und fucking Neugierde. »Worauf wartest du?«

Millie nickte zögerlich, senkte den Kopf, nahm den Stoff des Slips zwischen ihre Finger und begann die weiße Samenflüssigkeit abzulecken. Dabei hatte Jordan den Blick stets auf ihre Freundin gerichtet und beobachtete sie mit Argusaugen. O Shit, das bereitete mir mehr Spaß als angenommen. Jordan, von der ich geglaubt hatte sie auf ewig verloren zu haben, und ihre Freundin, die einer vollkommen verrückten Fantasie nachging. Die beiden hatten ja keine Ahnung, wie gut *mir* das gefiel.

Wie von selbst grub sich meine Hand in Millies Schopf, der gerade so lang genug dafür war, und zog ihren Kopf nach oben. Sperma hatte ihre Lippen benetzt und so kam ich nicht umhin ihr einen weiteren Befehl aufzutragen. »Küss sie, Millie.«

Ihre Münder trafen sich und sie versanken in einem Kuss, der mich noch tiefer traf als der vorherige. Leidenschaftlich, berauschend und mit einer Zärtlichkeit, die ein klein wenig Eifersucht in mir hervorrief. Vielleicht war Jordan nicht mehr die meine und vielleicht würde sie es nie mehr sein, aber eines würde sie immer haben: ein Stück meines Herzens. Das Stückchen, das nur sie zum Leben erwecken konnte. Scheiße, das klang so was von schnulzig – und so gar nicht nach dem Typen, den ich immer vorgab zu sein. Oder glaubte sein zu müssen.

Die beiden sich küssen zu sehen, vor allem Jordan jemand anderen küssen zu sehen, sprengte meine Vorstellungskraft. Wut und Eifersucht pochten irgendwo tief in meinem Inneren, aber viel gegenwärtiger war die Erinnerung an die Zweisamkeit, die wir geteilt hatten. Und die Küsse. Scheiße, alles lief aus dem Ruder. Ich wollte mit

Jordan allein sein, das hatte ich geschafft. Und was nun? Was hatte ich mir davon erhofft?

Immer wieder schossen mir Pennys Worte, ausgerechnet ihre, durch den Kopf und führten mir vor Augen, dass ich keinen Schritt weiter war. ›Du bist ein Feigling, Skalbeck, weil du nicht zu dir stehst. Und zu ihr.‹ Ich war nicht fähig mir einzugestehen, dass Jordan mich damals wie heute nicht kaltließ. Dass sie die Einzige war, die mir nahkam. Dass sie die Einzige war, die mich wütend, traurig und auch glücklich machen konnte. Weil sie mir vom ersten Augenblick an das verfluchte Herz gestohlen hatte – und sie mir im Gegenzug ihres gegeben hatte. Doch im Gegensatz zu ihr hatte ich es ausgenutzt, ihr Herz auseinandergerissen, war darauf herumgetrampelt und bereute es bisher nicht. Bis heute. Bis mir klar geworden war, wovor ich davongelaufen war. Wie ein Feigling.

»Das reicht jetzt«, brummte ich, griff erneut in Millies Haar und tauschte ein Grinsen mit ihr aus. »Leck ihre Pussy. Das willst du doch, oder, Babygirl?«

Jordan sah mich mit geweiteten Augen an und ich glaubte kaum, was ich darin erkannte: Verängstigung. Obwohl es mich erstaunte, konnte ich es nachvollziehen, denn gewissermaßen ging es mir genauso. Nach wie vor war so vieles ungeklärt. So vieles, von dem ich wusste, dass ich es aus der Welt schaffen musste. *Ich will dich nicht noch einmal verletzen, Babygirl, nie mehr.* Es waren nur Worte, für mich jedoch weitaus mehr: ein Eingeständnis und ein Versprechen. Allerdings war die Glaubwürdigkeit gering, denn viel zu oft hatte ich einen Scheiß darauf gegeben. Dabei war Jordan die Einzige gewesen.

Shit, sie *war* die Einzige. Die Erkenntnis, die ich zumindest mir selbst eingestand, schnürte mir die Luft ab.

Alle hatten sie recht gehabt, nicht nur Penny, sondern auch Bex und Ches. Sie alle hatten so was von recht.

Ich war das Ekel. Ich war es, der es so weit hatte kommen lassen. Ich war derjenige, der sich von seiner Angst hatte leiten lassen. Vor Angst vor meinen eigenen Gefühlen, weil sie bedeuteten, dass sie verletzlich machten. Und das bedeutete Schwäche. Aber lösten die Gefühle, die ich für Jordan hegte, nicht so viel mehr aus, das alles andere in den Schatten stellte?

Warum verstand ich all das erst jetzt, wo zwei Frauen vor meinen Augen miteinander rummachten? Und weshalb hatte Jordan mir immer noch keine Antwort gegeben, verdammt?

»Jordan?«

Sie schluckte. »Denkst du, das ist gut?«

Woher sollte ich wissen, was gut war und was nicht? Schließlich hatte ich erst seit Kurzem begriffen, dass es so was wie ein Gewissen gab. Und das brachte alles durcheinander.

»Es wird gut werden«, sagte Millie plötzlich und sah erst zu ihrer Freundin, dann zu mir. »Vertrau mir. Okay?«

»Okay«, japste Jordan und kaum kniete sich Millie zwischen ihre Beine, ließ sie den Kopf in den Nacken fallen. Millies Zunge leckte über ihre Pussy und die dort befindlichen Spermatropfen. Der Raum wurde von Jordans kehligem Stöhnen ausgefüllt und reflexartig legte ich meine Hand um ihren Hals und drückte zu. Dann küsste ich sie und für diesen Moment war jegliche Angst verflogen.

»Soll ich weitermachen?«, fragte Millie und sah zu uns mit glänzenden Lippen auf.

Ich ließ von Jordan ab. »Willst du kommen, Babygirl?«

Jordan presste die Lippen aufeinander, ehe sich ein Grinsen auf ihrem Gesicht abzeichnete. »Verflucht, ja.«

Das war meine Jordan. Zumindest jetzt, für den Augenblick, für wenige Herzschläge.

Also vergrub Millie ihren Kopf wieder zwischen Jordans Beine, leckte unermüdlich über ihre Pussy, die Hände um ihre Hüften gelegt. In Jordans Gesicht spiegelte sich pure und ungezügelte Erregung wider, weshalb ich mich nicht zurückhalten konnte und meine Lippen auf ihre geschwollenen legte. Die ganze Situation überstieg meine kühnsten Träume, Fantasien und Vorstellungen. Vor ein paar Tagen hatte Jordan das Mädchen, das zwischen ihren Beinen kniete, geküsst, um mir eins auszuwischen. Und fuck, sie hatte ihr Ziel erreicht und damit eine ungeahnte Fantasie entfacht, die gerade zur Realität wurde.

Da griff auf einmal eine Hand in mein Haar und zog daran, sodass ich die Augen öffnete und in die von Jordan schaute. Ihre Wangen waren gerötet, ihre Augen funkelten.

»Gab«, stieß sie atemlos hervor.

»Was ist, Babe?«

»Ich komme gleich.«

Ich grinste. Manches verging eben nie. »Komm, Babygirl, so laut du willst.«

Als hätte sie auf mein Einverständnis gewartet, schrie sie den Orgasmus aus sich heraus, ihre Hand weiterhin in mein Haar gekrallt. Sie sah so wunderschön aus, wie jegliche Last von ihr abfiel und sie sich gehen lassen konnte.

»Ich hasse dich, Gabriel«, stammelte sie, »so sehr. Fuck, ich hasse dich.«

Wenn ich nur eine Sekunde länger ihrem Blick standhielt, würde sie ihre Genugtuung bekommen, denn sie würde etwas erkennen, was sie nicht erkennen sollte. Dass ich bereute, dass ich zerbrach, dass ich mich selbst verachtete. Deshalb zog ich Millie sogleich an ihrem Haar zu uns hoch, als Jordans Orgasmus abgeebbt war.

»Küss sie, Gab.«

Was?

»Küss sie, Gab. Ich will, dass du mich an ihren Lippen schmeckst.«

Ich konnte und wollte mich nicht zu Jordan umdrehen, aber die Bestimmtheit, die in ihrer Stimme lag, ließ keine Zweifel zu. Sie wollte verdammt noch mal, dass ich ihre Freundin küsste. Also befolgte ich ihren Wunsch und drückte meine Lippen auf Millies, die süßlich schmeckten. Süß wie Jordans Pussy und nach bitterer Genugtuung, die ich – mehr als alles andere – verdient hatte. Als wir uns voneinander lösten, war ich hin- und hergerissen zwischen dem Drang, wegzulaufen und so zu tun, als sei nichts gewesen.

»Hat jemand ’ne Zigarette?« Ich entschied mich für Zweiteres, weil es weniger anstandslos rüberkam. Hoffte ich.

»Sorry, ich rauche nicht.« Entschuldigend zuckte Millie mit den Schultern und wischte sich die Lippen an ihrem Handrücken ab.

Jordan, die sich inzwischen den Slip hochgezogen hatte, rückte ihr Kleid zurecht. »Ich hab nur noch eine«, meinte sie, »und du wirst ja wohl nicht annehmen, dass ich dir meine letzte Zigarette gebe.«

Ich hätte gelacht – wenn es denn ein Witz gewesen wäre. Aber so tonlos und unbeeindruckt wie sie gesprochen hatte, war mir nicht zu lachen zumute. Es war offensichtlich, dass die Nähe, die ich zu ihr verspürt hatte, nur vorübergehend gewesen war. Und dass nun der Moment gekommen war, in dem sie erloschen war. Nichts anderes hatte ich erwartet, doch alles andere erhofft.

Feigling.

»Ches hat bestimmt noch welche«, schaltete sich Millie ein, die unschlüssig zwischen uns stand und an ihrem Haar herumzupfte.

»Genau, frag deinen Verräterfreund. Leckt er dir auch die Eier, wenn du ihn darum bittest?« Gespielt unschuldig klimperte Jordan mit den Wimpern, dafür waren ihre Worte scharf wie eine Rasiermesserklinge.

Wie Engel und Teufel eben. Gerade tanzte der Teufel einen Freudentanz auf ihrer Schulter. »Ist das dein Ernst?«, schoss ich zurück. »Nachdem ich dich gefickt habe und –«

»Nachdem du bekommen hast, was du wolltest, wohl eher.«

»Was ich wollte? Hörst du dir überhaupt zu, Jordan?« Unbändiger Zorn stieß durch meinen Körper und ließ mein Blut überkochen. »Du hast darum gebettelt, falls du dich nicht mehr erinnern kannst – oder willst! Du wolltest unbedingt, dass ich dich nehme, dass ich es dir so besorge, wie es kein anderer Mann kann. Stell mich nicht so hin, als sei ich in dieser Sache der Schuldige.«

Ihre Unterlippe zitterte unmerklich und sie hatte die Hände zu Fäusten geballt. »Vielleicht nicht in dieser, aber in zahlreichen anderen.«

»Ich werde dir nicht widersprechen.« Ich brauchte auf der Stelle eine Zigarette, und vielleicht räumlichen Abstand zu Jordan, die alles noch schlimmer machte. »Denn ich bin es leid, Jordan, ich bin es leid zu leugnen. Zu leugnen, dass …« *Zu leugnen, dass ich Gefühle für dich habe. Seit Jahren. Seit ich dich das erste Mal gesehen habe. Seit ich deinen Engel mit deinem*

Teufel habe tanzen sehen. Ich hörte jedes einzelne Wort in meinem Kopf, aber ich konnte es nicht aussprechen.

Da lachte Jordan bitter auf und wandte sich zu ihrer Freundin. »Weißt du, was er getan hat? Er ist nachts einfach in mein Zimmer eingestiegen und hat mich –«

»Verdammt, Jordan!«, polterte ich los und war selbst von der Lautstärke meiner Stimme überrascht, sodass beide aufschreckten. »Deshalb hasst du mich? Sei ehrlich zu dir und gib zu, dass das nicht der Grund ist. Sondern weil ich abgehauen bin, weil ich weg war.«

»Ach ja? Na, du scheinst über großes Wissen zu verfügen«, schnarrte sie und legte sich den Zeigefinger ans Kinn. »Lass mich überlegen, das hast du von deinem Freund Ches, stimmt's? Berichtet er dir von den aktuellen News, nachdem oder bevor er dir in den Arsch gekrochen ist?«

Ich hatte ja nicht den blassesten Schimmer, dass sich in Jordan noch mehr Wut angesammelt hatte als in mir. Anscheinend war ich nicht annähernd so wütend auf mich selbst wie sie auf mich. Verständlicherweise.

»Ich weiß es, weil ich mich selbst am meisten dafür hasse. Jeden einzelnen Tag.« Meine Worte schienen die Zeit angehalten zu haben, denn sie verging quälend langsam. Ich wagte einen letzten Blick zu Jordan, die mich verblüfft anschaute, ehe ich auf die Zimmertür zuging – und die plötzlich aufgerissen wurde.

»Hier steckt ihr also«, sagte Ches, der ein Glas in der Hand hielt und schon ziemlich betrunken wirkte. »Was zur Hölle macht ihr hier drin?« Er kniff die Augenlider zusammen und machte einen Schritt ins Zimmer, da wedelte er mit der Hand vor seinem Gesicht herum. »Verkauft mich nicht für dumm, hier drin riecht es nach Sex – nach Sex zu dritt.«

Ich hatte keine Lust, ihm alles zu erklären, und zischte ihm im Vorbeigehen ein »Mehr oder weniger« zu. Aber am Treppengeländer angekommen, hielt ich inne und lauschte den durcheinanderredenden Stimmen von unten. Sicher ging es um irgendwelche teuren Immobilien, Finanzanlagen und wer wie viele Trophäen zu Hause stehen hatte. Die Bauchpinselei widerte mich an. Aber nicht nur die. *Schon wieder verpisst du dich. Schon wieder bist du zu feige. Schon wieder lässt du sie zurück.* Brach ich mein Versprechen schneller als angenommen? Das durfte ich nicht zulassen.

Darum machte ich mit einem gewissen Unmut kehrt und kaum stand ich hinter Ches in der Tür, setzte Jordan zur nächsten Tirade an.

»Hätte ich geahnt, dass das hier eine Versammlung von Verrätern und Versagern wird, wär ich nicht gekommen«, wetterte sie los und machte Anstalten, sich an Ches und mir vorbeizudrücken.

»Du bist aber gekommen«, ging ich dazwischen und versperrte ihr den Weg. »Mehrmals. Also kann ich kein Versager sein, oder?«

Mit zu Schlitzen verengten Augen funkelte sie mich an. »Für das, was du bist, gibt's keine Worte, Skalbeck.«

Ich liebte und hasste es, wie sie Kontra gab, wie sie ihren Schmerz nach außen trug und ihn in Zorn verwandelte. Es stand Jordan zu und es war mir verwehrt, ihr Einhalt zu gebieten. Sollte sie den Schmerz aus sich herausschreien, wenn es ihn linderte und die Möglichkeit einräumte, dass sie mir ihr Vertrauen schenkte. Denn Jordan, ihr Herz und ihr Vertrauen waren das Wertvollste gewesen, das ich je besessen hatte. Und ich hatte es achtlos weggeworfen, weil ich ein selbstsüchtiges Arschloch gewesen war. Wie hatte ich nur zwei Jahre brauchen können, um das zu kapieren?

Für das, was du für mich bist, gibt's nur ein richtiges Wort: die Eine. Ich wünschte, ich könnte es ihr sagen, ihr zeigen, ihr begreiflich machen. Doch etwas in mir sträubte sich dagegen und ich wollte es am liebsten packen, gegen die Wand schleudern und – fuck, das brachte doch alles nichts. Immer und immer wieder zerbrach ich mir den Kopf darüber, statt mich dem zu stellen, was mich daran hinderte, Jordan gegenüber gnadenlos ehrlich zu sein. Auch wenn das bedeutete mich verletzlich zu machen und zuzulassen, dass sie Gleiches mit Gleichem vergalt.

Jordans Stimme, die wie pures Gift triefte, drang zu mir durch. »Geh mir aus dem Weg, Ches. Oder bist du sein Handlanger und erfüllst ihm widerstandslos jeden Befehl, den er dir aufträgt?«

Ihr Zorn kannte keine Grenzen und wieder mal war es meine Schuld, dass ihr zweites Opfer Ches war. Nur weil er schonungslos loyal war – und weil er eher begriffen hatte, wofür ich Jahre gebraucht hatte. Die ganze Zeit über hatte eine Schuld auf meinen Schultern gelastet, deren Tragweite ich jetzt erst verstand. Womöglich war es aber keine Schwäche, das zuzugeben, sondern es ignoriert zu haben. Womöglich war alles, von dem ich dachte, es sei eine Schwäche, gar keine. Womöglich lag ich die ganze Zeit über falsch.

Dieser Abend machte mich fertig. Das Schicksal hatte mir so vieles vor Augen geführt: was ich verloren hatte, was ich fälschlicherweise geglaubt hatte und wofür es sich zu kämpfen lohnte.

»Manchmal müssen Fehler gemacht werden, um sie zu erkennen und in Zukunft zu vermeiden«, sagte ich zu Jordan, die von meinen Worten viel zu überrumpelt zu sein schien, um sofort zu antworten.

»Ach, du gibst also zu welche gemacht zu haben?«

Herrgott, wie gern wollte ich dieses unsinnige Gespräch beenden, sie gegen die Wand drücken und einfach küssen. So lange, bis sie verstand, dass … sie immer die Eine sein würde. Auf einmal kam ich mir furchtbar einfältig vor, es jahrelang verdrängt zu haben.

»Raus«, knurrte ich zu Ches und Millie, fasste mir an die pochende Schläfe und fügte leiser hinzu: »Geht bitte raus.«

Daraufhin setzten sie sich in Bewegung, verließen den Raum und stürzten sich ins unten stattfindende Getümmel.

»Welch Wunder, dass in deinem Wortschatz bitte vorkommt«, spottete Jordan mit vor der Brust verschränkten Armen.

Sie machte mich noch wahnsinnig, komplett wahnsinnig. Wie eh und je eben. »Du hast allen Grund dazu, mich zu hassen und zu beschimpfen. Aber das wird weder dir noch mir auf Dauer guttun. Morgen, 17 Uhr am Rohill Lake, lass es uns ein für alle Mal aus der Welt schaffen.« Ich befürchtete fast, sie würde protestieren, doch stattdessen sagte sie nichts. Sie stand weiterhin in feindseliger Manier vor mir, die Lippen aufeinandergepresst. »Das werte ich mal als ein Ja. Gut, dann … amüsier dich noch ein Weilchen.« Das hatte ich mir doch nicht verkneifen können.

Wenigstens reagierte sie darauf mit einem »Haha« und stolzierte davon. Ich schloss die Zimmertür hinter mir, drehte den Schlüssel um und blickte in die Leere. Wenn der heutige Tag bereits eine Herausforderung war, wie würde wohl der kommende werden?

Eine Chance. Meine Chance. Die Chance, zu mir und Jordan zu stehen. Denn ob ich wollte oder nicht – und es gab keinen Grund mehr, es nicht zu wollen –, gab sie dem Wörtchen Liebe eine Bedeutung. Eine Bedeutung, die sich viel zu gut anfühlte, als dass es eine Schwäche oder etwas Schlechtes sein konnte.

Und wenn es sich nach zwei Jahren noch stärker anfühlte, wie sollte es sich bei Jordan in blasse Erinnerungen aufgelöst haben? Ich hatte es doch in ihren Augen gesehen und in unseren Küssen gespürt, dass da nach wie vor was war. So was wie Liebe.

Ich genoss die Einsamkeit und Ruhe in meinem Zimmer, nur gelegentlich drang gedämpftes Gelächter nach oben. Doch ich ging kein weiteres Mal nach unten. Stattdessen kostete ich die neuerschaffenen Erinnerungen der vergangenen Stunden aus, die wir fortan miteinander teilten. Irgendwann wurde es leiser im Haus, Autotüren wurden zugeschlagen und kurz nach Mitternacht hörte ich meine Eltern zu Bett gehen.

In dieser Nacht schlief ich unruhig, rollte mich von der einen Bettseite auf die andere und sah ständig auf die Uhr. Und das lag nicht nur an der fehlenden Zigarette.

KAPITEL 14

»Ich will dir ja nichts vorwegnehmen.« Bex räusperte sich und warf mir einen Blick zu, während sie die Pancakes in der Pfanne wendete. »Was genau lief da gestern ab? Und ich möchte noch so jedes schmutzige Detail hören, klar?«

Sie hatte ja nicht die leiseste Ahnung, was sie da verlangte. »Also an deiner Stelle wäre ich mir nicht so sicher, ob ich das wirklich hören wollte.« Ich grinste in mich hinein und nippte an meinem Orangensaft, als Holly, Bex' kleine Schwester, die Küche betrat. Sie setzte sich mir gegenüber an den Tisch und schnappte sich mein Glas schneller, als ich reagieren konnte. Sie nahm einen tiefen Schluck und stellte es anschließend wieder vor mich.

»Holly! Nimm dir gefälligst ein eigenes Glas«, maßregelte Bex sie prompt, woraufhin ihre kleine Schwester eine wegwerfende Handbewegung ausführte.

»Ich kenn Jordan schon mein ganzes Leben lang, was ist also dabei?« Sie schob sich die Brille zurück auf die Nase und klemmte sich eine Strähne ihres dunklen Haares hinters Ohr.

»Schwesterherz, ich glaube nicht, dass du deinen Mund dort haben willst, wo sie«, Bex zeigte mit dem Finger auf mich, »ihren vergangene Nacht hatte.«

Sofort verzog Holly angeekelt das Gesicht. »Igitt, seid ihr ätzend!«

»Jaja, in deinem Alter hab ich auch noch mit Puppen gespielt«, sagte ich.

Bex lachte auf, servierte die Pancakes auf Tellern und kam damit zu uns an den Tisch. »Mit vierzehn hast du mit Puppen gespielt? Du hast sie wohl eher miteinander rumvögeln lassen, Jordan, gib's zu.«

»Das ist eben meine Definition von Puppenspielen«, rechtfertigte ich mich breitgrinsend und steckte mir eine Gabel mit Pancake in den Mund. »Ich hab Ken sogar einen Penis angemalt und Barbie schöne Nippel.«

»Wenn ich später als Erwachsene so bin wie ihr, will ich lieber nicht erwachsen werden«, gab Holly brummend von sich und tunkte ihre Portion in eine Siruppfütze auf ihrem Teller.

»Wart nur ab, irgendwann kannst du es kaum erwarten, erwachsen zu sein, und dann denkst du: *Wie? Das war's?* Und dann wirst du merken, dass es, trotz der ganzen Pflichten, auch eine Reihe Privilegien als Erwachsener gibt«, erwiderte Bex zwischen mehreren Bissen.

Holly stocherte lustlos in ihrer Pancake-Siruppampe herum. »Pflichten wie neben dem Studium zu jobben, um die Mutter und Schwester durchzufüttern?«

Bedrückende Stille kehrte schlagartig ein. Bex hatte von Privilegien gesprochen, und ich wusste nur zu gut, dass vor allem ich diese genoss. Im Gegensatz zu ihr war ich nicht auf einen Nebenjob angewiesen, musste nicht jeden Penny zweimal umdrehen und mich nicht darum sorgen, am Ende des Monats nur Wasser und Brot übrig zu haben. Nach außen hin tat Bex oft so, als trüge sie keine Last auf ihren Schultern, die ihr manchmal zu schwer wurde und die sie für einen Augenblick absetzen wollte. Aber ich kannte sie. Sie war stolz, selbstlos und ließ sich ihren Wert von nichts und niemandem nehmen. Lediglich zweimal war es vorgekommen, dass sie die Hilfe meiner Familie angenommen hatte, und das notgedrungen. Einmal ging es um anstehende Studiengebühren und ein andermal um eine offene Rechnung, als Holly im Krankenhaus behandelt werden musste. Ohne zu zögern, hatten meine Eltern die Kosten übernommen, und während Bex' Mum sich bei jeder Gelegenheit dankbar zeigte, hatte es meine beste Freundin vermieden, sich die nächsten Monate blicken zu lassen. Es war ihr unangenehm und sie nahm an in unserer Schuld zu stehen – was vollkommener Schwachsinn war. Meine Eltern erwarteten keine Gegenleistung, schließlich gehörte Bex zur Familie. Sie würde ihren Stolz nie ablegen und lieber Doppelschichten belegen, als Hilfe in Anspruch zu nehmen. Deshalb nahm ich es mir heraus, sie gelegentlich von der Last auf ihren Schultern zu befreien. Das konnte ein entspannter Tag am See mit Picknick sein, ein Filmabend mit ihrer Mum und Holly, eine Packung Zigaretten oder eine Einladung zu piekfeinen Veranstaltungen wie am Wochenende, auf denen wir uns über die noblen Gäste lustig machten.

»Bin wieder da!«, schallte auf einmal eine Stimme und wir fuhren alle drei herum. Mrs Alinac trug noch ihre Arbeitskleidung aus dem Seniorenheim und hatte zwei vollgepackte Tüten unter ihre Arme geklemmt, während sie mit einem Fuß die Tür schloss. »Rebecca! Holly!« Sie trat in die Küche und legte die Einkaufstüten auf dem Küchentresen ab. »Jordan! Was für eine Überraschung! Wie geht es dir? Wie läuft die Uni?« Sie schenkte mir ein warmes Lächeln und strich mir durch das Haar.

»Gut, Mrs Alinac, danke.« Ich deutete auf die Pancakes. »Möchten Sie auch? Ich glaube, Rebecca hat genug für eine ganze Rugbymannschaft gemacht, und sie sind ausnahmsweise nicht angebrannt.«

Sie wollte gerade zu einer Antwort ansetzen, da sprang Bex von ihrem Stuhl auf und signalisierte ihrer Mutter sich hinzusetzen. »Iss was, Mum, ich räum die Einkäufe aus.«

Ich sagte ja, selbstlos. Nachdem Bex' Mutter zwei Pancakes verdrückt hatte, legte sie sich aufs Ohr und wir machten es uns vor dem Fernseher mit Trash-TV gemütlich.

»Du warst also mit Millie auf der Spießerveranstaltung? Und, ist er vor Wut an die Decke gegangen?« Sie wackelte verschwörerisch mit den Augenbrauen und hoffte wohl auf eine Geschichte, die nicht mit Sex, Spermaspielchen und einer Verabredung für den heutigen Tag endete. Shit, das war ja schon in ein paar Stunden. Die Ungewissheit, was genau Gab aus der Welt schaffen wollte und vor allem wie, verursachte mir Bauchschmerzen. Oder lag es an dem dritten Pancake? Ach, egal, jedenfalls war es mir schleierhaft, ob ein einziges Gespräch ausreichte, um was auch immer aus der Welt zu schaffen. Da war die Freundschaft, die uns seit der Kindheit verbunden hatte und die er durch seine überstürzte Flucht mit Füßen getreten hatte. Die Tausend Küsse, Nächte und Tage, die wir miteinander geteilt hatten. Die Blicke, die wir ausgetauscht hatten. All das war fort, zerstört von Gabs Egoismus. Die Nacht, in der er meine Willenlosigkeit ausgenutzt hatte, und wiederum die Nacht, in der er Penny gevögelt und mich anschließend geküsst hatte. Es war so viel vorgefallen. Hatten wir uns doch gegenseitig Blessuren und Wunden zugefügt, uns am tropfenden Blut des anderen ergötzt wie hungrige Aasgeier. Wie viel konnte unsere einstige Freundschaft aushalten? Und wann war Liebe vergebens? Wann überwiegten Schuld und Sühne? Wann war Liebe so giftig, dass sie tödlich wurde? Fragen über Fragen, deren Beantwortung nach wie vor ausstand und zu denen es womöglich keine richtige oder falsche Antwort gab.

»Was treibt ihr? Und was zur Hölle ist das für eine billige Dating-Show? Allein dass sie um diese Uhrzeit läuft …« Hollys plötzliches Auftauchen riss mich aus den Gedanken und sie fläzte sich auf den Sessel.

»Keine Ahnung, was Jordan macht, vielleicht die Geschehnisse des gestrigen Tages Revue passieren lassen.« Der Unterton in Bex' Stimme verriet mir, dass sie es kaum erwarten konnte, davon zu erfahren.

Ihre Schwester schnaubte. »Dreht sich bei euch alles nur um Kerle?«

»Tatsächlich nicht, wenn es um gestern geht«, erwiderte ich und prompt schoben sich Bilder des vergangenen Tages vor mein inneres Auge. Gab, der Millie und mich unverblümt anstarrte, Gab, der mich geküsst hatte, als sei er nie weg gewesen, und Millie, deren Lippen sich ein zweites Mal auf meine gelegt hatten. So war das jedenfalls nicht geplant gewesen …

»Uhh«, machte Bex und beugte sich zu mir vor. »Spann mich nicht weiter auf die Folter!«

Ich räusperte mich und vergrub meine Hände in dem Kissen, das ich auf meinem Schoß gebettet hatte. »Ähm, ich glaube, das ist nicht unbedingt für die Ohren eines unschuldigen Teenies gedacht. Wir wollen doch nicht deine Schwester verderben, oder?«

»Schon gut, schon gut!« Abwehrend hielt Holly die Hände vor den Körper. »Ich muss eh noch Hausaufgaben erledigen.« Dann verschwand sie auch schon in ihrem Zimmer und kurz darauf ertönte leise Musik. Sie wollte wohl auf Nummer sicher gehen und nichts von unserem Gespräch mitbekommen. Das war eindeutig besser, denn für irgendwelche Spermaspielchen war Holly eindeutig zu jung.

»Da muss es ja actionreich zugegangen sein. Ich platze gleich vor Neugier, Jordan, bitte!« Sie umfasste meine Hände und schüttelte wie wild daran, als bekäme sie so die Worte aus mir heraus.

»Okay, aber«, ich seufzte, »es ist alles anders gekommen als erwartet.«

Bex klatschte und kicherte. »Umso besser.«

Das dachte sie jetzt noch. Wenn ich ihr alles erzählte, aber auch wirklich *alles*, dachte sie danach, ich wäre komplett verrückt. Na gut, gar nicht so abwegig. »Also, natürlich war Gab total überrascht, dass ich mit Millie kam. Ich habe seinen Blick bei jedem Schritt auf mir gespürt. Millie und ich haben uns erst mal an der Bar bedient, nachdem meine Eltern mit seinen in ein Gespräch verwickelt waren. Du weißt schon, teurer Fusel, und so. Danach ist aber so ziemlich alles aus dem Ruder gelaufen.«

»Und was bedeutet das genau?«

»Ich hab natürlich nicht daran gedacht, dass auch Ches dort sein wird. Ihn zu sehen hat mich rasend gemacht – wegen der Sache im Rix, von der ich dir erzählt hab.« Scham durchfuhr mich und Kälte legte sich über mich.

»Ich kann es immer noch nicht fassen, was die beiden da geplant hatten, wobei Ches mir versichert hat, … dass er es nicht für Gab getan hat.« Bex' Stimme wurde zum Ende hin wesentlich leiser, als befürchtete sie, dass ich sie gleich köpfte.

»Und das nimmst du ihm ab? Die zwei sind beste Freunde und niemand weiß besser als ich, wie er auf einen wirken konnte.«

»Er hat es nicht getan, weil er dich verletzen wollte, Jordan. Ich glaube ihm, weil …«

»Weil du ihn liebst«, beendete ich ihren Satz.

Sie senkte den Blick. »Ja.«

»Schau nicht so, als würde ich dich jeden Moment umlegen. Ich frage mich nur, wie es dazu gekommen ist. Ich meine, es ist nicht irgendjemand, sondern du – und Ches! Für ihn gab's doch immer nur Gras und Whisky.«

»Ich weiß auch nicht.« Sie zuckte mit den Schultern. »Wir sind uns einfach nähergekommen und aus einem Kuss wurden zwei und drei …«

Es war immer noch vollkommen surreal, zu wissen, dass die beiden so was wie ein Paar waren. »Ihr seid also so richtig zusammen?«

»Schätze schon.«

»Und Gab weiß nichts davon.«

»Er soll sich nicht so anstellen. Was geht's ihn an?«

»Wahrscheinlich wird er sich verraten fühlen, weil ausgerechnet du, die er nie leiden konnte, mit seinem besten Freund zusammen ist«, mutmaßte ich. »Genauso wie ich mich von deinem Freund verraten fühle.«

»Ich kann Gab ebenso wenig leiden und trotzdem flippe ich nicht aus, weil du ihn liebst. Okay, vielleicht ab und zu ein bisschen.«

Weil du ihn liebst. Aus Bex' Mund hörte sich das so selbstverständlich an und in meinem Kopf war es ein einziges Mysterium. »Eigentlich ist Ches ein netter Kerl«, räumte ich ein.

Ein kleines Lächeln schlich sich auf ihr Gesicht. »Ich steh eben nicht so wie du auf Bad Boys.«

»Gab und ein Bad Boy, das ist sogar untertrieben.«

»Nun lenk nicht weiter ab und erzähl mir endlich, was gestern los war!«, forderte sie.

Ich kam ja doch nicht drum herum. »Bex, es gibt da noch etwas, das ich dir verschwiegen habe. Weil ich selbst nicht weiß damit umzugehen.«

»Jordan, raus mit der Sprache. Auf der Stelle.«

»Es war vor ein paar Wochen, ein paar Tage, nachdem Gab zurück gekommen war«, setzte ich an und zupfte am Kissen herum. »Er hat mich gefickt. Während ich schlief. Während ich außer Gefecht gesetzt worden war.«

Ihre Augen hatten sich gefährlich geweitet. »Er. Hat. Was?«

»Bex, bitte, lass es mich nicht noch mal sagen. Es hört sich verrückt und abartig genug an.«

»Scheiße, weil es das ist!«, platzte es aus ihr heraus. »Ich weiß ja, dass du auf … krankes Zeug stehst, aber das? Das geht doch zu weit.«

Ging es das? Wenn ich daran dachte, konnte ich nicht mehr klar denken, und das war das Fatale. Ich konnte nicht mehr zwischen Gut und Böse unterscheiden.

»Oder etwa nicht?« Es war, als wollte sie sichergehen, dass ich derselben Meinung war. Aber was, wenn dem nicht so war?

»Ich weiß es nicht«, wisperte ich wahrheitsgemäß. »Ich weiß es einfach nicht, Bex, und deshalb hab ich dir nichts davon erzählt! Weil es sich falsch anfühlen sollte, aber da doch etwas ist, das sich … gut anfühlt. Wie verdammt noch mal kann sich so was gut anfühlen? Wie kann es sich gut anfühlen, im Schlaf und völlig willenlos gefickt zu werden? Bex, ich darf so was nicht fühlen!« Und mit einem Mal hatte ich die Zweifel geäußert, die mich in den letzten Wochen geplagt hatten.

Bex atmete tief ein und aus, ehe sie sich in der Couch zurücklehnte. »Ich denke, niemand kann dir vorschreiben, wie du zu fühlen hast. Das musst du für dich selbst entscheiden. Fühlst du dich missbraucht oder verletzt?«

»Verletzt ja, aber in Anbetracht der Tatsache, dass er plötzlich wieder da war und meinte mich benutzen zu dürfen. Er war zwei Jahre weg, verflucht, und das ist das Erste, was er tut? Das ist es, was mich verletzt hat.«

»Du bist niemandem Rechenschaft schuldig, was deine Gefühle angeht, Jordan. Nur dir selbst.« Sie legte ihre Hand auf meine und unsere Blicke trafen sich. Sie hatte recht. Die eigenen Gefühle gingen andere nichts an, immerhin interessierte es mich sonst ebenso wenig, was andere von mir hielten. Und im Grunde genommen ging es mich auch nichts an, was Bex Ches gegenüber empfand. Sie war meine beste Freundin und ihr Glück war das Wichtigste für mich.

»Ich dachte, du hasst mich«, murmelte ich betreten.

»Ich kann dich gar nicht hassen, du Schlumpf. Ich find's zwar ziemlich schräg, aber seit ich dich kenne machst du schräge Dinge.« Wir tauschten ein Lächeln aus und ich sammelte das bisschen Kraft, das noch übrig war, um ihr von gestern zu erzählen.

»Jedenfalls kam es gestern irgendwie dazu, dass … wir Sex hatten. Es ist einfach passiert.«

»Wow, okay, das überrascht mich weniger als erwartet.« Sie runzelte die Stirn. »Womöglich weil ich immer noch wegen der anderen Sache etwas durch den Wind bin. Na ja, egal. Erzähl, wie war es?«

»Wunderschön«, stieß ich hervor und erst als ich das aussprach, wurde mir bewusst, wie sehr. Wie sehr ich es genossen hatte, wie sehr es mich an alte Zeiten erinnert hatte und wie sehr ich Gab vermisst hatte.

»Du liebst ihn und hast nie damit aufgehört.«

Ich konnte und wollte es nicht länger leugnen. Viel zu lange hatte ich es mir nicht eingestanden, weil Gab nicht in der Lage war, mir gänzlich Zugang zu seinem Herzen zu gewähren. Er hatte sich immer gewehrt diesen Teil zu öffnen, aus Angst, sich verletzlich zu zeigen.

»Ausgerechnet einen Typen, der sich nicht eingestehen kann so was wie Gefühle zu besitzen. Als sei es eine Krankheit oder als bedeutete es den Weltuntergang.« Ich verdrehte die Augen.

»Warum eigentlich? Ich meine, ist da mal irgendwas vorgefallen, das ihn derart geprägt hat? Familiär oder so?«, bohrte Bex nach und verzog nachdenklich das Gesicht.

»Gute Frage, nicht dass ich wüsste. Du kennst ihn, er war schon immer in allem extrem. Vielleicht gab es kein ausschlaggebendes Ereignis, sondern sein Charakter hat sich einfach so entwickelt.«

»Wir reden wie Psychologinnen!« Bex lachte, ehe sie wieder ernst wurde und mich anblickte. »Also, ihr hattet Sex, und wie ging es danach weiter? Habt ihr … gesprochen?«

»Mehr oder weniger. Ich war noch total aufgekratzt, als plötzlich Millie im Zimmer stand und äh, wir so eine Dreier-Sache am Laufen hatten.« Ausgesprochen hörte es sich genauso verrückt an wie in meinen Gedanken, wenn nicht sogar noch verrückter. Vorausgesetzt, das war überhaupt möglich.

»So eine Dreier-Geschichte? Okay, das musst du mir jetzt erklären.«

»Es ist wirklich abgefahren«, sagte ich und versuchte ihrem neugierigen Blick auszuweichen, was unmöglich war, weil sie mich mit Argusaugen ansah. »Wir haben eben ein bisschen miteinander rumgemacht, jeder hat jeden geküsst. Mit Gabs Sperma.«

»Und ich dachte, so was kommt nur in Pornos vor, verdammt noch mal. Das übersteigt meine kühnsten Erwartungen. Ich hab angenommen, du lässt Gab explodieren, aber nicht so.«

»Das hört sich auch alles wie nach einem schlechten Porno an, nur dass es wahrhaftig so abgelaufen ist. Ich kann es selbst heute kaum glauben.«

»Und Millie hat das alles mitgemacht?«, fragte Bex.

Ich nickte. »Überraschenderweise ja. Das war natürlich alles ganz nach Gabs perversen Geschmack.«

»Und *deinem* Geschmack, vergiss das bloß nicht.«

Schließlich hatte ich mitgemacht und das mehr als freiwillig. Gegen eine Wiederholung hatte ich jedenfalls nichts. Meine Güte, wer zur Hölle war ich eigentlich?

»Gegen Ende ist Ches reingeplatzt«, führte ich meine Erzählung fort. »Er hat sofort gemerkt, dass da was im Gange war, und Gab … er hat sich auf einmal ziemlich seltsam verhalten. Ziemlich … nett. Untypisch nett.«

»Sag bloß, er hat dir seine Liebe gestanden?«

»Haha, übertreib nicht, Bex. Es war, als gewährte er mir das erste Mal einen Einblick in sein Inneres. Als zeigte er mir, dass was in ihm schlummert, dass er nicht so unnahbar ist, wie er sich gibt.«

»Wahrscheinlich wallte noch sein Blut, nachdem er dich und Millie miteinander gesehen hatte«, meinte Bex glucksend.

»Er will mich später am See treffen. Und reden. Und es ›ein für alle Mal aus der Welt schaffen‹, wie er es nannte.«

Da wurde sie hellhörig. »Falls er wieder irgendeine Scheiße baut, reiße ich ihm eigenhändig die Eier ab und dafür fahre ich ihm auch mehrere Hundert Meilen durchs Land hinterher. Das kannst du ihm gern mitteilen.«

So ernst die Situation, so dankbar war ich Bex für ihre Loyalität. Ich konnte immer auf sie zählen, selbst wenn ich den größten Fehler beging.

»Manchmal wünsche ich mir einfach ein Happy End.« Ich mochte zwar oft taff wirken und haute einen coolen Spruch raus, aber sehnte sich nicht jeder in seinem Leben nach Glück? Doch konnte Gab mein Glück bedeuten, wenn er mein Herz nicht nur höherschlagen ließ, sondern zerbrach? Oder wurde auch Glück von Schatten heimgesucht? Oder hatte sich bereits das Gift, das in den Wurzeln unserer Liebe lag, so sehr in mir ausgebreitet, dass ich nicht mehr klar denken konnte? Dass ich übersah, was sich wie eine übermächtige, dunkle Gewitterwolke über uns legte?

»Dein Happy End ist nicht von anderen abhängig, Jordan, nur von dir.«

Das stimmte, und dennoch hatte ich zugelassen, dass Gabriel dazu beitrug. Dabei war ich dafür zuständig, ob ich im Regen tanzte oder im Schwall der Dunkelheit unterging.

*

Es war Punkt 17 Uhr, als ich den Pfad zum Rohill Lake entlanggging. Der See lag im Schein der Abenddämmerung und unwillkürlich dachte ich an all die Tage und Nächte, die wir allein oder mit Bex und Ches hier verbracht hatten. Es war gerade mal zwei Jahre her und doch eine Ewigkeit mehr.

Mein Blick schweifte über den See, das Schilf und die dicht bewachsenen Bäume, als ich innehielt. »Scheiße, was machst *du* denn hier?« Ich stapfte auf Ches zu, der bis eben noch am Ufer im Gras gesessen hatte und inzwischen aufgesprungen war. »Ist das wieder so ein ach so lustiger Einfall von dir und deinem … Befehlshaber?«

Abwehrend hob er die Hände und schaffte Abstand zwischen uns. »Beruhig dich, Jordan, ich bin genauso überrascht darüber, was du hier suchst.«

Ich lachte bitter auf. Dachten die beiden wirklich, ich fiel ein zweites Mal drauf rein? O nein, da hatten sie sich gewaltig geschnitten. »Was nun? Ist hier irgendwo Penny versteckt und er will sie erneut vor meinen Augen –«

»Gott, hol mal Luft, und führ dich nicht so auf!«, fuhr Ches plötzlich aus der Haut und stürzte mit großen Schritten auf mich zu. Er strich sich eine Strähne aus dem Gesicht und starrte mich an. »Ich weiß nur, dass Gab zu mir gesagt hat, dass ich um 17 Uhr am Rohill Lake sein soll. Das bin ich.«

»Ach, hat er das?«, gab ich schnippisch zurück. Ich glaubte ihm kein Wort. Es war doch glasklar, dass hier wieder irgendwas vor sich ging, von dem ich nicht den blassesten Schimmer hatte.

»Hat er.«

»Blöd nur, dass ich dir das nicht abkaufe. Einmal Verräter, immer Verräter.«

»Ich war nie ein Verräter. Nie. Kapier es endlich.«

Ja, sicher, in seinen feuchten Träumen vielleicht. »Freunde, Ches, du hast gesagt, wir wären Freunde.«

»Wenn du nur ein einziges Mal zuhören und deinen Kopf anschalten –«

Meine Hände schnellten vor und schubsten ihn, sodass er zurücktaumelte. »Sag mir nicht, was ich zu tun habe.«

»Du drehst mir jedes Wort im Mund herum. Merkst du noch was? Womöglich ist Gab deshalb abgehauen, weil er es nicht mehr ertragen hat.«

Wie ein spitzer Dolch bohrte sich seine Äußerung in mein Fleisch und schnürte mir die Luft ab. »Weil er es nicht mehr ertragen hat, mir und vor allem sich selbst etwas vorzuspielen?«

Als begriff er die Bedeutung seiner Worte erst jetzt, ließ er die Schultern hängen. »So hab ich das nicht gemeint.«

»Im Grunde genommen bist du wie er. Er gesteht sich nicht ein Gefühle zu besitzen und du gestehst deinem«, ich malte mit den Fingern Anführungszeichen in die Luft, »besten Freund nicht, mit Bex zusammen zu sein. Dass du sie küsst, dass du sie vögelst, dass du sie liebst.« Meine Stimme war heiser, so laut hatte ich gebrüllt. Vor Zorn, vor Frustration und vor tief verankertem Schmerz.

Ches öffnete den Mund, um zu sprechen, aber stattdessen durchbrach jemand anderes die aufgeheizte Stimmung: Gab. Er hatte sich die ganze Zeit über offensichtlich hinter den Bäumen und Sträuchern aufgehalten. Langsam, die Hände in die Hosentaschen geschoben und eine Zigarette hinter das Ohr geklemmt, kam er auf uns zu.

»Ich habe euch beide hierherberufen«, setzte er an und stellte sich mit dem Rücken zu uns ans Ufer. »Damit ihr euren dämlichen Streit beseitigen könnt, denn allem Anschein nach hegst du, Jordan, Wut auf Ches.« Er machte eine bedeutungsschwere Pause, hob den Kopf an und sah in den Himmel. »Und noch vor einer Minute hätte ich dir widersprochen und gesagt, dass Ches kein Verräter ist.«

Verdammte Scheiße. Natürlich hatte er alles mitangehört und wie erwartet war er nicht erfreut über das kleine Geheimnis, das sein bester Freund ihm verschwiegen hatte. Bis ich es in die Welt posaunt und somit irrtümlich aufgedeckt hatte.

In einer einzigen flinken Bewegung, in der so viel Kraft steckte, drehte sich Gab zu Ches um und packte ihn am Kragen seines Hemdes.

»Du fickst Bex? Die, die gesagt hat, es sei besser für Jordan, wenn ich wieder verschwinde? Ihr habt was am Laufen?«, donnerte er los. »Wie lange schon? Wie lange schon schaust du mir in die Augen und verheimlichst es mir? Seit ich weg war und ich dir aufgetragen hab, dass du auf Jordan achtgeben sollst?«

»Gab, Mann, es ist einfach so passiert«, nuschelte Ches und versuchte erfolglos sich aus dem Griff zu befreien. »Ehrlich gesagt verstehe ich nicht, warum du dich so aufregst. Weil sie dir nicht immer wohlgesonnen war? Weil sie nie einen Hehl daraus gemacht hat, dass du Jordan wehgetan hast? Dass du sie lieber verletzt hast, als sie zu lieben.«

Mir war eiskalt und glühend heiß zugleich. Ches' und Gabs Worte kamen bei mir an, ich hörte sie und auch wieder nicht. Ich nahm sie auf und doch begriff ich sie nicht.

Dass du auf Jordan achtgeben sollst.

Dass du sie lieber verletzt hast, als sie zu lieben.

Ich wollte schreien und wimmern zugleich. Da ließ Gab auf einmal von seinem besten Freund ab, wandte sich ab und ging einige Schritte, ehe er stehen blieb.

»Ich hab mich nie gefragt, warum ich Bex nicht leiden kann«, sagte er und klang dabei seltsam ruhig. »Weil sie mich auch nie leiden konnte. Aber das hat sie nur, weil sie mich früher durchschaut hat als ich mich selbst.«

Ich versuchte die aufkommenden Tränen wegzublinzeln und ein Blick Richtung Ches verriet mir, dass er ebenso erstarrt war. Was ging hier vor sich? Was war in Gab gefahren, dass er sich so … resigniert verhielt? Dass er mir mit einem Mal näher schien als jemals zuvor?

Dann drehte er sich wieder um und sah zuerst mich, danach Ches an. »Er ist kein Verräter. Er hat es getan, weil er wusste, wie viel mir an dir liegt, Jordan. Weil er ein guter Freund ist und nur mein Bestes wollte.«

Sag es nicht. Sag es nicht. Sag es nicht. »Du willst mir jetzt nicht weismachen, dass dein Bestes …« *Ich bin*, wollte ich sagen.

»Du bist«, vervollständigte Gab meinen Satz, als er sich mir zuwandte. Auf seinem Gesicht zeichneten sich allerlei Empfindungen ab und ich wusste nicht, welche ich zuerst wahrnehmen sollte.

»Du weißt, dass sich das furchtbar kitschig anhört?« Ich konnte mir ein Lächeln – das ihm ebenfalls eines bescherte, wenn auch ein unscheinbares – nicht verkneifen.

»Scheiße, und wie. Ich kann es nicht fassen, dass ich solche Worte überhaupt in den Mund nehme, geschweige denn denke.« Sein Blick ruhte weiter auf mir, wobei ich es ihm ansah, dass ihm die Situation unangenehm war. Kein Wunder, wann hatte er jemals so offen gesprochen?

»Ich will die Romantik ja nicht zerstören«, schaltete sich Ches ein und näherte sich uns zaghaft, »aber habt ihr euch gerade eure Liebe erklärt? Oder befinden wir uns in einem Paralleluniversum?«

»Du hast sie gerade zerstört, Ches«, meinte ich grinsend und klopfte ihm auf die Schulter. »Allerdings waren wir noch nie sonderlich romantisch und das hat gerade unsere Romantik-Skala zertrümmert. Ist also halb so schlimm.«

»Ich merk schon die Nebenwirkungen wie Übelkeit und Bauchkrämpfe.« Und plötzlich war da ein unübersehbares Lächeln auf Gabs Gesicht. Einfach so.

»Du kannst ja sogar witzig sein«, rutschte es mir heraus.

»Kann einem ganz schön Angst machen, was?«, stimmte Ches mir zu und als sich unsere Blicke kreuzten, stockten wir beide einen Moment. Hatten wir so schnell unser Kriegsbeil begraben?

Na gut, vielleicht hatte ich etwas überreagiert und Ches keine Chance gegeben, sich zu erklären. Ich hatte ihn immer als einfältigen Anhänger Gabs gesehen und es nie hinterfragt. Nun war vielleicht eines aus der Welt geschaffen, allerdings noch lange nicht alles, was sich ereignet hatte. Fehler zuzugeben und zu verzeihen war das eine, aber zu vertrauen das andere. Ohne Vertrauen existierten weder Freundschaft noch Liebe.

»Ich lass euch mal allein, ihr habt sicher noch mehr zu bereden. Wir sehen uns bestimmt die Tage.« Zum Abschied hob Ches die Hand und fügte ein »Tut mir leid, Jordan« hinzu.

»Mir tut's auch leid«, erwiderte ich.

Die Sonne war inzwischen untergegangen und die Dunkelheit des Abends hatte den Rohill Lake vereinnahmt. Zusammenhanglose Wörter schossen mir durch den Kopf, unfähig sie zu ordnen oder gar zu äußern. Ich hatte die Vorahnung, dass dieser Abend alles änderte, dass er alles auf den Kopf stellte und das Glück doch nicht ungreifbar war.

»Lass uns ans Ufer setzen«, schlug Gab vor und ich nickte zustimmend.

Als wir uns ins Gras setzten, berührten sich unsere Ellbogen und ich zuckte unwillkürlich zusammen. Nicht weil die Berührung unangenehm war, sondern ungewohnt.

»Wirst du meine Berührungen je wieder genießen können?«, fragte er in die Stille hinein.

Ich zupfte am Gras herum, unsicher, was ich darauf sagen sollte. »Als du nachts in mein Zimmer eingebrochen bist, konnte ich sie ja gar nicht genießen.«

»Ich hab eine Grenze überschritten.«

»Das hast du. Und weißt du auch weshalb?« Ich sah auf den See, in dem sich der hoch obenstehende Mond spiegelte. »Du warst zwei Jahre weg. Zwei Jahre, in denen ich gelitten habe. Zwei Jahre, Gab, verflucht! Und dann kommst du einfach so wieder und glaubst mich wie ein Stück Fleisch benutzen zu können.«

»Es war falsch von mir. So falsch, wie etwas nur sein kann«, gab er zu. »Ich hab Scheiße gebaut, Jordan, das weiß ich mittlerweile. Jede Menge Scheiße.«

Ich merkte, wie er versuchte meinen Blick aufzufangen. Aber war ich bereit dafür, in seine Augen zu schauen?

»Hast du dir nichts mir nichts ein Gewissen bekommen oder woher stammt die Kehrtwendung?« Ich konnte nicht verhindern, dass Spott in meiner Stimme mitschwang.

»Schau mich an, Babygirl, bitte.« Seine Hand näherte sich meiner an und ich ließ zu, dass sich unsere Finger miteinander verschränkten. Ich ließ zu, dass ich ihn ansah. »Ich bin nicht plötzlich ein besserer Mensch geworden, aber ich kann nicht länger so weitermachen. Als wäre ich damals weg, weil mich Prattsville angekotzt hat. Ich bin weg, weil ich nicht damit klarkam, dass ich was für dich empfinde. Etwas anderes als Hohn, Belustigung oder Verachtung. Keine Ahnung, es hat mich überfordert und zu einem manipulativen Arsch werden lassen.«

Ich zog die Augenbrauen in die Höhe. »Und jetzt willst du mir womöglich weismachen, dass du neuerdings auf Blümchensex stehst, oder was?« Ich entzog ihm meine Hand, setzte mich auf und entfernte mich einige Schritte von ihm. Er erdrückte mich mit der rohen Wahrheit, die in seinen Worten steckte, und der Plötzlichkeit, in der es geschah. »Gab, was –«

Da wirbelte er mich auf einmal herum, nahm mein Gesicht in seine Hände und küsste mich. Er küsste mich so, … dass mir die Luft wegblieb, dass ich glaubte zu zerspringen. Seine Lippen auf meinen fühlten sich so gut an, schmeckten nach Reue und Wiedergutmachung. Fast war es wie früher, als wir nicht genug voneinander hatten bekommen können. Aber eben nur fast.

»Auch wenn ich es mag, wenn du mich küsst«, sagte ich, nachdem ich mich von ihm gelöst hatte, »kannst du so nicht jeder Auseinandersetzung aus dem Weg gehen.«

»Da hast du mich ertappt.« Grinsend griff er nach der Zigarette an seinem Ohr, zündete sie an und zog daran. Dann bot er sie mir an und dankend nahm ich sie entgegen.

»Du hast mich verletzt, als du abgehauen bist. Einfach so, ohne ein Wort, ohne Verabschiedung. Ich hab nicht verstanden warum«, sprach ich aus, was ich mich in den vergangenen zwei Jahren nicht getraut hatte auszusprechen.

»Ich schätze, anfangs wusste ich selbst nicht, was ich mir davon erhofft hatte, – und mir ist es erst vor Kurzem klar geworden. Ich bin wegen dir weg und doch habe ich mich die ganze Zeit nach dir gesehnt, total verrückt. War ’ne Schnapsidee.«

»Aber, Gab, … warum fällt es dir so schwer, zuzugeben, dass …« Wow, ich wunderte mich, warum er nicht zu seinen Gefühlen stehen konnte, und zugleich schaffte ich es nicht, dieses eine Wort in den Mund zu nehmen. Vielleicht weil ich es selbst nicht glauben konnte und es nach wie vor vollkommen surreal war. Gab rebellierte, Gab provozierte, Gab tat dies und jenes, aber doch nicht lieben, oder? Er konnte Menschen höchstens gut leiden.

Mit der Hand fuhr er sich durch das dunkle Haar, knabberte auf seiner Unterlippe herum und murmelte etwas, das sich wie »Fuck« anhörte. Dann wandte er sich mir zu und das erste Mal spiegelte sich in seinem Gesicht Unsicherheit wider. »Jordan«, setzte er an. »Ich hab mich mit aller Kraft dagegen gewehrt, aber es hat keinen Sinn mehr. Damit mache ich noch mehr kaputt als ohnehin, allen voran dich. Dabei bist du unschuldig – ausnahmsweise, Babygirl – , weil du das einzig richtige tust: auf dein Herz hören. Ich hingegen hab mich geweigert, weil ich dachte, meine Gefühle zuzugeben bedeutete mich schwach und verletzlich zu zeigen. Aber wenn es bedeutet dich an meiner Seite zu haben …«

Ich spürte, wie mir das Herz bis zum Hals schlug und mich Gabs Worte völlig aus der Bahn warfen. Ich konnte mir vorstellen, wie viel Überwindung es ihn kostete, zu seinen Gefühlen zu stehen und sie nicht länger zu verdrängen.

»Du bist immer für eine Überraschung gut, Skalbeck«, versuchte ich die angespannte Stimmung aufzulockern, was mir nur mäßig gelang. »Ich hab vorhin mit Bex gesprochen.«

Er gab ein schnaubendes Geräusch von sich. »Auf einer Skala von eins bis zehn, wie sehr hasst sie mich? Zwanzig?«

Ich schüttelte den Kopf und stieß ihm spielerisch den Ellbogen in die Seite. »Mindestens fünfunddreißig.«

»Das ist für ihre Verhältnisse harmlos.«

Da musste ich doch lachen und Gab fokussierte mich dabei mit einem Blick, der meine Wangen mit Sicherheit rot werden ließ. In seinen Augen lag ein Ausdruck, den ich nicht zu deuten wagte, weil es so abwegig erschien. Begehren, Zärtlichkeit, Zuneigung. »Ich hab ihr von der Nacht erzählt.«

»Und da sind wir erst bei fünfunddreißig?«

»Wir haben auch über Gefühle geredet und Bex meinte, das Wichtigste sei sich über die eigenen Gefühle im Klaren zu sein. Ganz egal, was andere davon halten. Ich finde, das kann sich sowohl auf Bex und Ches als auch auf dich und mich beziehen.«

»Wird noch eine Weile dauern, bis ich kapiere, dass die beiden zusammen sind«, brummte er. »Ja, Bex und ich kommen nicht sonderlich gut miteinander aus und ich hab mich nie sonderlich nett verhalten. Aber warum zur Hölle habe ich nichts, aber auch gar nichts mitbekommen? Shit, Ches ist doch mein bester Freund.«

»Die Welt dreht sich nicht nur um dich, Gab, und deine hat sich vielleicht um anderes gedreht«, gab ich ihm zu bedenken, woraufhin er vor sich her grummelte.

»Meine hat sich wohl ein bisschen zu schnell gedreht.«

Unsere Blicke waren auf den See gerichtet, als ich nicht groß darüber nachdachte, Gabs Hand ergriff und ihn ins Wasser zog. Es peitschte um unsere Beine und war so eiskalt, dass ich mit den Zähnen klapperte. Gab schaute mich verwirrt an, da begann ich ihn mit Wasser zu bespritzen, was ihn offensichtlich aus seiner Starre löste.

»Das lasse ich mir nicht gefallen«, sagte er mit verheißungsvollem Ton in der Stimme und machte es mir gleich, indem er mich mit einem Schwall Wasser übergoss.

»He! Ich hab dich nicht komplett nass gemacht, du –« Ehe ich den Satz zu Ende sprechen konnte, verlor ich den Halt unter den Füßen und sah mich bereits komplett unter Wasser gehen, als Gab mich gerade so auffing. Seine Hände legten sich an meine Hüften und auf einmal waren wir uns so nah, dass ich alles um uns herum ausblendete. Das sanfte Rauschen des Wassers und der Wind, der die Blätter zum Rascheln brachte, waren wie verstummt. Da waren nur noch Gabs heißer Atem, sein herber Duft, der mich benebelte, und seine Hände, die sich wie glühendes Eisen auf meiner Haut anfühlten. Sein Brustkorb berührte den meinen beim Atmen und die Worte, die als nächstes seinen Mund verließen, ergossen sich wie Eiswasser über mich.

»Jordan«, sagte er stockend. »Ich weiß, dass du mich für all meine Fehler bestrafen wirst und scheiße, das hab ich verdient. Hass mich, beschimpf mich – wenn du mir dadurch irgendwie vergeben kannst. Aber eins weiß ich jetzt auch und obwohl es mir beschissen schwerfällt, sollst du es wissen: Ich liebe dich. Fuck, ja, das tue ich. Jetzt ist es raus und vielleicht hab ich es zu spät begriffen.«

Es hatte den Anschein, als wurde die Luft um mich herum immer dünner und als fuhren die Temperaturen Achterbahn. Mir war kalt und heiß zugleich, mein Herz pochte wie wild und ich hielt es kaum aus. Er liebte mich. Das hatte er doch gesagt, oder? Gabriel Skalbeck liebte mich, verdammt. Ich kannte ihn so gut, dass ich nie erwartet hatte, das von ihm zu hören. Stattdessen hatte ich das genommen, was er mir gegeben hatte, und mich wie ein ausgehungerter Kojote darauf geworfen: Küsse und wohltuender Schmerz.

»Du hast es ziemlich spät begriffen, dabei bist du nicht auf den Kopf gefallen, oder?«, erwiderte ich schmunzelnd. »Man sagt ja, besser spät als nie. Das war haarscharf. Und du kannst dich darauf verlassen, dass ich dir die Hölle heiß machen werde. Bei Ches hab ich noch nicht mal damit angefangen und er hat sich schon in die Hosen gemacht.«

»Und da sag mal einer, ich bin der Verrückte.«

»Jeder hat da so seine eigene Definition.«

Ein Grinsen bildete sich auf seinem Gesicht, dann deutete er auf meine durchnässte Kleidung, die an meinem Körper klebte. »Lass uns besser Heim, bevor du dir eine Erkältung holst.«

Ich befürchtete mir fielen vor Fassungslosigkeit fast die Augäpfel raus. »Wer bist du und was hast du mit Gabriel gemacht?«

»Keine Sorge, der ist immer noch da.« Ohne Vorwarnung packte er mich, warf mich über seine Schulter und trug mich aus dem Wasser raus.

»Aha, und damit hole ich mir weniger eine Erkältung?« Es war ein schwacher Versuch, ihn zu piesacken, aber die Fassungslosigkeit über sein neu an den Tag gelegtes Verhalten steckte mir nach wie vor in den Knochen.

»Klar, ich bin so heiß, da wirst du in Nullkommanichts trocken«, antwortete er flapsig, was mir Anlass für einen weiteren unterirdisch schlechten Spruch bot.

»Oh, Gab, ich bin immer feucht. Das solltest du doch wissen.«

»Du solltest das Schreiben von schlechten Anmachsprüchen zu deinem Job machen, immerhin wirst du als Kunstgeschichtlerin sowieso Taxifahrerin.«

Ich japste nach Luft. »Falsch, eines Tages werde ich eine Galerie leiten, während du mit sechzig weiterhin im Rix sitzt und vorher 'ne Viagra einschmeißt. Außerdem, wer hat denn mit den dämlichen Sprüchen angefangen?«

Da lachte er auf und klatschte mir so fest auf den Hintern, dass ich fast von seinen Schultern flog. »Dein vorlautes Mundwerk hab ich tatsächlich vermisst. Auch wenn du mir damit manchmal den letzten Nerv raubst, Babygirl.«

»Ach, das hast du aus einem ganz anderen Grund verpasst. Die anderen schaffen es kaum, ohne sofort zu würgen. Das Zauberwort lautet: Übung.«

Mit derselben Plötzlichkeit, mit der er mich auf seine Schulter gepackt hatte, ließ er mich wieder runter und presste mich gegen einen Baumstamm. Seine Hände ruhten auf meinen Hüften. »Du kleines Miststück. Tatsächlich habe ich in den letzten zwei Jahren kaum einen Gedanken daran verschwendet, jemand anderes zu vögeln. Und selbst wenn, war es nicht der Rede wert.«

»Da hast du ja fast wie im Zölibat gelebt.«

»Aber du nicht wie eine Nonne.«

»O nein.«

Mit dem Finger fuhr er über meinen Bauch hinauf zu meiner Brust. »Hast du es genossen?«

Ich zuckte mit den Schultern. »Mehr oder weniger. Es hat seinen Zweck erfüllt: Druckabbau, Ablenkung, nichts Besonderes.«

Gab nickte. »Mhm, nichts Besonderes trifft es gut.«

»Allerdings«, widersprach ich und legte meine Hand auf seine, die gerade versuchte unter mein Oberteil zu gleiten, »solltest du aufhören dich wie ein Stalker zu verhalten, an der Uni aufzutauchen und mich anzustarren wie ein Psychopath. Das war nicht romantisch, sondern beängstigend.«

»Ich muss zugeben, das war es. Ursprünglich wollte ich dir ein bisschen Angst machen, aber wahrscheinlich wollte ich dich einfach nur sehen.« Er hielt inne. »Okay, das klingt ziemlich stalkerhaft. Wird nicht wieder vorkommen, Babygirl.«

»Stattdessen kletterst du einfach in mein Zimmer, abgemacht?«

Er runzelte die Stirn. »Ich kann gerade nicht abschätzen, ob du das ernst meinst oder mich auf den Arm nehmen willst.«

Ich tippte ihm mit dem Finger an die Nasenspitze. »Dann wirst du es wohl herausfinden müssen.« Ich nutzte den Moment seiner Unachtsamkeit aus, schlüpfte unter seinem Arm durch und lief einige Meter voran. »Langsam wird mir wirklich kalt, also nimm die Beine in die Hand, du hoffnungsloser Romantiker.«

Nach wenigen Gehminuten hatten wir mein Elternhaus erreicht und standen etwas unschlüssig am Gartentor. Das Treffen hatte zweifelsohne einiges bereitgehalten, aber was bedeutete das im Umkehrschluss für uns? Für uns alle – Bex, Ches, Gab und mich?

»Also, wirst du hierbleiben?«, fragte ich in die bedrückende Stille der Nacht.

»Ja«, antwortete er, als sei es das Normalste der Welt. »Allerdings muss ich mir was überlegen, ich kann nicht ewig bei meinen Alten wohnen. Sie würden am liebsten sehen, dass ich studiere, aber darauf können sie lange warten.«

»Stimmt, du und Studieren passt nicht.«

»Ich hab da schon was im Hinterkopf, muss mal meine Kontakte behelligen.« Dann näherte er sich mir, legte den Finger an mein Kinn, sodass ich zu ihm aufsehen musste. »Ich gebe dir ein Versprechen, Jordan: Ich werde nicht wieder abhauen.«

»Große Worte.«

»Wahre Worte.«

Schließlich küssten wir uns ein letztes Mal, ehe ich im Haus verschwand. Gab stand immer noch auf der Straße, als ich im oberen Stockwerk angekommen war. Er hatte mir sein Versprechen gegeben und somit die womöglich größte Liebeserklärung.

KAPITEL 15

Gabriel

Es war Samstagnacht und ich tigerte bereits eine Weile ungeduldig in meinem Zimmer herum. Ich hatte vor lauter Aufregung viel zu viele Zigaretten geraucht und spähte ständig aus dem Fenster. Die Aussprache mit Jordan am See war nun vier Tage her und es verging kein Augenblick, in dem ich nicht daran dachte. Ich hatte ihr doch wirklich meine Liebe gestanden.

Meine Liebe.

Es auszusprechen fiel mir schwer, aber zugleich war es, als nahm man mir eine Last von den Schultern. Eine Last, die mir verboten hatte frei zu atmen. Die letzten Jahre hatte ich damit verbracht, einen Kampf auszutragen, den ich nicht gewinnen konnte: einen Kampf um mich selbst. Ich hatte all meine Kraft dafür aufgebraucht, vor meinem eigenen Schatten davonzurennen.

Als es kurz vor Mitternacht war, trat ich aus meinem Zimmer und traf unten in der Küche auf meinen Vater. Er trug einen Bademantel und nippte an einem Glas Whisky.

»Gabriel«, sagte er. »Du schleichst um die Uhrzeit noch raus?«

»Das Rix würde sich bestimmt freuen auch einmal seinen Bürgermeister zu Gesicht zu bekommen.«

Obwohl er verärgert die Stirn runzelte, erkannte ich das Lächeln, das an seinem Mundwinkel zupfte. »Wie war dein Gespräch mit Mr Davies?«

Tatsächlich hatte er es nicht vergessen. Dabei hatte ich die Missbilligung in seinem Gesicht bemerkt, als ich ihm von meinem Plan erzählt hatte. Ein Studium wäre ihm nach wie vor lieber. »Aufschlussreich. Er weiß, was er tut, und wenn Ches mitzieht, werden wir es angehen.«

»Und du hast genug Eigenkapital? Ich kann dir welches leihen, wenn du –«

»Ich weiß es zu schätzen, Dad, aber ich hab reichlich.«

Er stellte das Whiskyglas ab. »Ach ja?«

»Ich habe schon vor vielen Jahren begonnen mit Aktien zu handeln«, klärte ich ihn auf und genoss es, ihn so verblüfft zu sehen. Tja, er mochte das Oberhaupt einer Kleinstadt sein, jedoch nicht allwissend.

»Das … wusste ich gar nicht«, murmelte er.

»Ich verbringe meine gesamte Zeit eben doch nicht im Rix.«

»Offensichtlich.« Er räusperte sich und nahm auf den Schock einen tiefen Schluck aus seinem Glas. »Gut, wenn es das ist, was du willst.«

»Ist es.«

»Komm mir aber bloß nicht an, wenn du dein ganzes Geld verspielt hast, Junge. Klar?«

Ich verdrehte die Augen. Natürlich ließ er es sich nicht nehmen, mich zu belehren. »Das ist doch, was *du* wolltest. Dass ich mir eine berufliche Zukunft aufbaue, dazu gehört auch Verantwortung und Risiko. Und wenn ich mich mit einem davon auskenne, dann mit Risiko.«

Nun war er es, der mit den Augen rollte. »Das ist kein Spiel, Gabriel, sondern ein Job. Du handelst mit Wertpapieren und sonstigen Werten wie Devisen, Rohstoffen und musst dabei die Börse im Blick behalten.«

»Darüber bin ich mir im Klaren. Mr Davies ist ein Experte auf dem Gebiet und wird Ches sowie mich anlernen, damit wir bald selbst durchstarten können.« Langfristiges Ziel war es, als Broker Erfahrung zu sammeln und schließlich mit Unternehmen zu handeln. Schon mit sechzehn hatte ich, weniger ernsthaft, mit Aktien gespielt und mich gelegentlich mit dem Börsenmarkt auseinandergesetzt. Es war eine lukrative Berufssparte und bot mir die perfekte Komposition zwischen Risiko und handfester beruflicher Zukunft. Für andere mochten Aktien langweilig sein, für mich das Studentenleben.

»Na gut, dann muss ich zugeben, dass du mich wirklich überrascht hast, Gabriel, positiv überrascht.« Er prostete mir zu. »Ich wollte dich nicht zu einem Studium drängen, auch wenn es möglicherweise so rüberkam. Deine Zukunft liegt mir am Herzen und ich bin froh, dass du daran gearbeitet hast.«

»Ja, das bin ich auch«, gab ich überraschend zu.

»Was ist mit Jordan? Sie ist ein liebes Mädchen.«

Ich zog die Augenbrauen zusammen. Der Themenwechsel kam plötzlich. »Wie kommst du denn darauf?«

»Ich habe mich gefragt, ob es da vielleicht ein Mädchen in deinem Leben gibt, und da ich weiß, dass ihr früher viel Zeit zusammen verbracht habt.«

Aha, das hatte er mit Sicherheit von meiner Mutter. Er war doch viel zu beschäftigt als Bürgermeister, um so was mitzubekommen. »Ich werde sie gleich treffen.«

Dad wurde kreidebleich. »Du wirst sie doch nicht mit ins Rix …«

»Du kennst sie eben nicht so gut wie ich.« Mit einem Grinsen im Gesicht hob ich die Hand zum Abschied und verließ das Haus. Dann stieg ich in meinen Chevrolet und fuhr mit schnurrendem Motor bis zu Jordans Elternhaus vor. Ich sah, dass sie bereits mit angezogenen Knien auf der Veranda-Treppe saß, eine glimmende Zigarette zwischen den Fingern. Sie sprang auf, öffnete die Autotür, setzte sich neben mich und schnippte die Zigarette aus dem Fenster.

»Verrätst du mir jetzt endlich, wohin wir fahren?«, grummelte sie.

»Nette Begrüßung. Reizend wie eh und je«, merkte ich an und gab Gas.

Sie warf mir einen vernichtenden Blick zu. »Ich bin erst nett, wenn ich weiß, wo es hingeht.«

»Heute hast du wieder den Teufel ausgepackt, was?« Wie konnte etwas derart anstrengend und erregend zugleich sein?

»In seiner besten Fasson, Gab.«

Ich musterte Jordan von oben bis unten. Sie trug das Haar offen, ein schlichtes schwarzes Top mit passender Jeans und darüber eine nietenbesetzte Lederjacke. Auffällige Farben waren weder ihr noch mein Ding. Sie hatte einen Style, der lässig und cool als auch unbeabsichtigt sexy war. Ebenso unbeabsichtigt hatte sie sich dem inoffiziellen Dresscode des Rix angepasst. Ich grinste vor mich hin, woraufhin Jordan abfällig schnaubte. Die Ungewissheit machte sie fuchsig und das wiederum bescherte mir einen Heidenspaß.

»Kein Grund, bockig zu sein, Babygirl.« Ich legte ihr eine Hand auf den Oberschenkel, während ich meinen Blick wieder nach vorn richtete. »Mach mal das Handschuhfach auf, da liegt was für dich drin.«

»Überraschungen über Überraschungen«, murmelte sie und hielt inne, als sie in das Fach griff und eine lederne Augenbinde rauszog. »Was soll ich damit?«

»Leg sie dir um.«

»Gab, wehe, du spielst irgendwelche Spielchen.«

Die Ampel wechselte auf Rot und ich hielt an, dann beugte ich mich zu ihr. »Du wirst es nicht bereuen.«

»Das will ich dir auch geraten haben«, wisperte sie viel zu nah an meinen Lippen, als dass ich mich konzentrieren konnte. »Wo bleibt eigentlich der Begrüßungskuss? Oder ist er dir nicht mehr so viel wert?«

»Du Biest.« Ich zog sie an mich heran und küsste sie, zärtlich und behutsam, als sei sie zerbrechlich. Ihre Zunge stupste gegen meine und so wurde der Kuss drängender und wilder. So wild, dass wir beide nach Luft rangen, als wir uns voneinander lösten. »Zum Glück sind die Straßen menschenleer und niemand steht hinter uns.« Die Ampel war inzwischen auf Grün gesprungen und bevor wir eine weitere Rotphase ausharren mussten, trat ich aufs Gaspedal. Währenddessen legte sich Jordan die Augenbinde um und trommelte ungeduldig mit den Fingern auf dem Armaturenbrett herum.

Wenige Minuten später erreichten wir das Ziel, ich parkte den Wagen und zog den Schlüssel. »Nur noch einen Augenblick, Babygirl.« Ich stieg aus, umrundete das Auto und half Jordan auf die Beine. An der Hand führte ich sie an den Hintereingang, klingelte mit dem Smartphone meine Kontaktperson an und kurz darauf öffnete sich die Tür. In schwarzer Arbeitskleidung stand Tanner, ein Mitarbeiter des Rix, vor uns und machte eine ausladende Handbewegung. Ich nickte ihm dankend zu und wir traten ein.

»Gab, was zum Teufel ist hier los? Verschleppst du mich?«, zischte sie.

»Keine Sorge, derjenige, der dich finden würde, würde dich auf der Stelle zurückgeben. Deine ewige Zickerei und Ungeduld erträgt ja kein Mensch.«

»So was nennt man Superkräfte.«

»Interessante Ansicht«, gab ich lachend von mir und sie boxte mir spielerisch in die Rippen, woraufhin ich mit der Zunge schnalzte. »Kein guter Schachzug, Babygirl.« Dann nahm ich ihr die Augenbinde ab und sie rieb sich zunächst die Augen, ehe sie wahrnahm, wo wir waren.

»Das ist ein Scherz. Oder?«, stieß sie fassungslos hervor.

»Eindeutig nicht.«

Mit großen Augen sah sie sich um und betrachtete den Flur, dessen Ende nicht zu erahnen war und von dem zahlreiche Türen abgingen. »Ich dachte, du wolltest mich nie hierher mitnehmen.«

»Das dachte ich auch«, pflichtete ich ihr bei und deutete mit der Hand Richtung Bar. »Aber vielleicht war genau das mein Fehler.« Meine uneingestandenen Gefühle gegenüber Jordan hatten mich glauben lassen, ein Besuch im Rix würde uns das nehmen, was uns verband. Doch das, was uns verband, war mehr als das, was im Rix vor sich ging. Es war nicht nur Körperliches, es war etwas viel Intimeres, Innigeres: Vertrauen, Liebe, so seltsam und wundersam sie sein mochte. Nichts, außer wir selbst, konnte uns das nicht nehmen. Es existierte, solange wir es fühlten. Solange es unsere Herzen zusammen schlagen ließ. Und das hatte Jordan seit jeher getan: mein Herz mit ihrem im gleichmäßigen Takt schlagen lassen. Fuck, meine Gedanken trieften vor rosarotem Kitsch und doch war es die Wahrheit. Die unverfälschte Wahrheit, der ich mich bis vor Kurzem nicht getraut hatte ins Antlitz zu schauen.

Doch als mein Blick zur Bar schweifte, konnte ich mir ein ausgesprochenes »Fuck« nicht verkneifen. Hinter der Theke stand Penny, die Lippen passend zur Haarfarbe rot geschminkt, und mixte Drinks.

»Sag mir nicht, dass du seit eben erst weißt, dass sie hier arbeitet?« Mit vor der Brust verschränkten Armen positionierte sich Jordan vor mir und zog missbilligend eine Augenbraue in die Höhe.

Das hatte ich wohl nicht ganz bedacht, schließlich kannte ich die Dienstpläne der Angestellten nicht. Allerdings hatte ich keine Lust, mir den Abend von Penny versauen zu lassen. Durch meine unüberlegte Aktion hatte ich es mir mit ihr sowieso versaut. »Was willst du trinken? Ich hol uns was.«

Ihre Lippen kräuselten sich und ehe ich begriff, was sie vorhatte, stolzierte sie an die Bar. Das war ja klar, als ließ sie sich von irgendjemandem – insbesondere ihrer Erzfeindin – etwas vorschreiben.

»Hallo, Penny. Na, wie geht's?«, fragte Jordan sie überzogen freundlich und stützte sich mit den Ellbogen auf der Theke ab.

»Was zur Hölle –«, setzte Penny an und hielt in ihrer Bewegung inne, als sie mich erspähte. »Hast du sie etwa hierher mitgebracht, Gabriel? Scheiße, du bist von allen guten Geistern verlassen.«

»Glaubst du etwa, ich ertrage deinen Anblick nicht? Wenn ich das Rix gut wegstecke, dann auch dich«, konterte Jordan, die ihr Grinsen auf dem Gesicht wie eine Krone auf dem Kopf trug. Und irgendwas an ihrem Verhalten, selbstbewusst und kampfbereit, machte mich an. Ich wollte ihr am liebsten ins Haar greifen und sie küssen, bis ihr die Luft ausging, bis sie sich mir hingab und ich ihren Geist ficken konnte. Was stellte sie nur wieder mit mir an?

»Bestell deinen verdammten Drink«, zischte ich Jordan zu, woraufhin mich beide verwundert anstarrten.

»Oh, ist es dir etwa unangenehm, mit uns, die du beide gevögelt hast, hier zu sein?« Diesmal war es Penny, die unverschämt lieblich mit den Wimpern klimperte.

Da drehte sich Jordan zu mir um, fuhr mit der Fingerspitze über mein T-Shirt und leckte sich mit der Zunge über die Lippen. »Dir hat es gefallen, als ich Millie geküsst habe, oder, Gab? Ich weiß, du hättest uns am liebsten beide genommen, unseren Saft gekostet und gesehen, wie sowohl sie als auch ich deinen Samen ablecken. Oder?«

Shit, mein Mund war staubtrocken und ich war nicht zu mehr fähig, als zwischen Penny und Jordan hin- und herzuschauen. In Jordans Augen schlummerte der Teufel wie loderndes Feuer.

Und dann wandte sie sich Penny zu, umgriff mit einer Hand ihren Nacken und küsste sie. Nicht zärtlich oder behutsam, sondern stürmisch und drängend. Die anderen Gäste ließen sich das Schauspiel selbstverständlich auch nicht entgehen und beobachteten es ungeniert. Anders als erwartet verspürte ich keinerlei Eifersucht in mir aufkochen, sondern ungeahnte Erregung. Scheiße, Jordan und Penny, das übertraf meine kühnsten, kranksten Vorstellungen.

Erst als sich beide voneinander lösten, gleichermaßen außer Atem, konnte ich mich aus meiner Starre befreien. »Einen Whisky, selbstverständlich ohne Eiswürfel.«

Doch Jordan lachte lediglich und Penny grinste selbstgefällig. »Ich glaube, Gabriel braucht eine Abkühlung, Schwester.« Dann zwinkerte sie Jordan zu und ich fragte mich, was zum Teufel hier gerade vor sich ging. Der Kuss. ›Schwester‹. Das Zwinkern. Ihr Hass beruhte auf Gegenseitigkeit – oder war er mit einem einzigen Kuss plötzlich ausgelöscht worden?

»Du bist hier angestellt, also komm deiner Arbeit gefälligst nach«, brachte ich mit zusammengebissenen Zähnen hervor.

Weiterhin grinsend goss Penny mir einen Whisky ein und setzte mir das Glas vor. Bevor ich vollkommen bewegungsunfähig wurde, schnappte ich es mir sogleich und leerte es in einem Zug. Meine Kehle brannte und ich befürchtete fast, sie sei verätzt, so schnell hatte ich den Alkohol heruntergekippt. Jordans amüsierter Blick ruhte nach wie vor auf mir und der Kuss hatte mich derart unvorbereitet getroffen, dass ich vergaß, weshalb ich sie eigentlich hierher ausgeführt hatte.

»Und du hast echt gedacht, das Rix könnte verstörend auf mich wirken?«, fragte Jordan, deren loses Mundwerk mich mehr erregte als strapazierte.

»Wie konnte ich nur auf eine so einfältige Idee kommen?«, murmelte ich kopfschüttelnd.

Sie beugte sich zu mir, das Gesicht so nah an meinem, dass ihr heißer Atem meine Wange streifte. »Du solltest mich besser kennen.«

»Sollte ich.« Die gedämpften Gespräche um uns herum, das Klirren von Gläsern und gelegentliches Gelächter waren wie ausgeblendet. Ich erkannte in ihren Augen, dass sie mehr wollte. Mehr brauchte. Das Teufelchen in ihrem Inneren war so ausgehungert, dass er nach mehr lechzte. Und sie sollte mehr bekommen. »Komm mit, Babygirl.«

Ausnahmsweise folgte sie mir widerstandslos und kurz darauf fanden wir uns in einem abgelegenen, separaten Raum wieder. Die Wände waren mit dunkelrotem Samt bestickt und das Mobiliar farblich darauf abgestimmt. Schwere Vorhänge hingen von der Decke herab und gaukelten Privatsphäre vor, obwohl die angebrachten Spiegel offenbarten, dass dem nicht so war. Mit verträumtem Blick streifte Jordan zwischen den Vorhängen umher, berührte sie mit den Fingerspitzen und schien vollkommen gebannt. So gebannt, dass sie es nicht kommen sah, als ich sie mit voller Wucht gegen die samtene Wand schleuderte.

Ihr Atem ging abgehackt, ihre Augen starrten mich schreckgeweitet an. »Gab«, wisperte sie.

Ohne auf ihre stumme Bitte einzugehen, liebkoste ich ihren Hals und biss sanft in ihr Fleisch. Daraufhin drückte sie mir ihr Becken entgegen und krallte ihre Fingernägel in meinen Rücken. »Wie ist es, nicht zuzuschauen, sondern mit dabei zu sein?«

»Willst du nicht Penny mit dazu holen? Sie sagt bestimmt nicht –«

Sie besaß doch tatsächlich die Courage und den Atem, den Mund aufzureißen. Aber das nahm ich ihr, indem ich ihr die Hand auf die Lippen legte und mit der anderen ihre Hose öffnete. »Wie tief lutschst du meinen Schwanz, wenn ich in der Annahme richtig gehe, dass du nichts drunter trägst?« Sie wand sich unter meinen Berührungen, erfolglos, denn unter dem Stoff entblößte sich ihre glänzende Scham.

»Richtig, so tief wie ich ihn dir in den Rachen schiebe.« Mit dem Finger tauchte ich in ihre Nässe, immer und immer wieder, bis sie stöhnend nach mehr bettelte.

»Gab, bitte.« Sie warf den Kopf hin und her, presste sich gegen mich, in der Hoffnung, mehr zu bekommen.

»Was denkst du, wie viele dich gerade hier sehen und dich gern auf der Stelle nehmen wollen?«, raunte ich ihr ins Ohr, woraufhin sich ihre Augen weiteten.

»Mir egal«, brachte sie mühevoll hervor.

»Ach ja? Und was hast du gefühlt, als du Millie geküsst hast? Und Penny? War deine Pussy genauso nass wie jetzt, Babygirl?« Ich pausierte meine Berührungen und legte stattdessen den Finger an ihr Kinn, sodass sie mich ansehen musste. Ihre Augen wirkten glasig, wie benommen, wie in einem anderen Universum. Ein Universum, in dem nur wir existierten.

Jordan biss sich auf die Unterlippe, ehe sie mir antwortete. »Was ich gefühlt habe? Genugtuung, Gab, und Begehren.«

Ja, das hatte ich erwartet, genau diese Antwort. »Gut, Babygirl. Und was fühlst du jetzt?« Meine Lippen streiften ihre, berührten sie fast zögerlich, bevor ich sie küsste. Sie stöhnte in meinen Mund, legte ihre Arme um meinen Nacken und der Augenblick schien unvergänglich. Wie hatte ich jemals so dumm sein und davon ausgehen können, in der Lage zu sein, mich länger zu belügen? Wie hatte ich jemals davon ausgehen können, dass Liebe etwas Schwaches war, wenn sich kleine Momente wie pures Glück anfühlten?

»Dasselbe«, antwortete sie schmunzelnd, »und noch viel mehr.«

Ich bedachte sie mit einem nachdenklichen Blick. »Glaubst du mir?« Ob ich jemals den Mut aufbringen konnte, die Worte auszusprechen, ohne mich zu verschlucken?

»Was, Gab?« Sie wusste es, und doch bestand sie darauf, dass ich es sagte. Und es war ihr gutes Recht, denn sie hatte mir jahrelang ihre Liebe gegeben, ohne etwas zu fordern.

»Ich liebe dich, Jordan. Mit allem, was ich habe, Babygirl, mit allem, was mein Herz hergibt.«

Ein kleines Lächeln, einzig und allein für mich bestimmt, schlich sich auf ihr Gesicht. Dann strich sie mir eine Strähne hinter das Ohr und legte ihre Hand an meine Wange. »Ich habe es dir schon immer geglaubt, aber du dir selbst nicht. Auch wenn ich nie gedacht habe, solche Worte wahrhaftig aus deinem Mund zu hören.«

»Scheiße, ja.« Das Offensichtliche in ihren Worten klang so klug, dass ich nichts darauf zu erwidern wusste.

»Ob die Vorstellung nicht etwas langweilig für unsere Zuschauer wird?«

»Deshalb hab ich dich nicht mitgenommen, auch wenn ich es in Betracht gezogen habe«, entgegnete ich, »und es durchaus seinen Reiz hat. Aber heute Nacht soll es nur uns zwei geben.«

»Nur du und ich, hm? Wo bleiben die Rosen?«

»Werd nicht aufmüpfig, sonst –«

Ihre kalte Hand schob sich auf einmal unter mein Shirt. »Was?«

»Das wirst du später spüren, Babygirl. Ich werde mich nicht zurücknehmen.«

»Das hoffe ich doch.«

Ihr herausfordernder Blick bohrte sich in meinen und ich ließ von ihr ab, nur um sie im nächsten Moment erneut an mich zu reißen. Sie prallte gegen meinen Brustkorb und sog scharf die Luft ein. »Dann lass uns von hier verschwinden, der Kuss mit Penny und der Whisky haben mir ganz schön zugesetzt.«

Jordan lachte, schloss ihre Hose und zog mich an der Hand hinter sich her. »Sorry für die lahme Vorstellung!«, rief sie in den Raum, ehe wir den Flur betraten. Dort roch es nach Alkohol, schmutzigem Sex und einer vielversprechenden Nacht.

Wir passierten zahlreiche Räume, in denen hemmungslos gestöhnt und geschrien wurde, als ich innehielt und mir die Augen rieb. Vertrug ich jetzt nicht einmal mehr ein Glas Whisky, ohne dass es mir Wahnvorstellungen verursachte?

»Entweder spielen mir meine Augen einen üblen Streich oder –«

»Das sind Bex und Ches!«, platzte es aus Jordan heraus, womit sie meine Frage beantwortet hatte.

»Das ist womöglich noch seltsamer, als die eigenen Eltern dabei zu erwischen«, murmelte ich, während ich wie gebannt in den Raum starrte, in dem Ches in zügellosem Tempo Bex von hinten nahm.

Jordan hingegen schien das zu belustigen und klopfte ohne jegliche Scham an den Türrahmen. Daraufhin schnellten zwei Köpfe zu uns herum, die uns ebenso schockiert anschauten. Wobei vermutlich keinem anderen als mir die Augäpfel herausfielen. Da hatte ich vor Kurzem erfahren, dass mein bester Freund und Jordans beste Freundin ein Paar waren, und schon traf ich sie im Rix an. Im Rix, verflucht.

»Oh«, machte Ches, der nach wie vor in Bex steckte, die uns wiederum zuwinkte. »Hey, Leute.«

»Sorry, wir wollen euch nicht stören«, meinte Jordan und griff nach meiner Hand.

»Ja, sorry.« Entweder befand sich hier irgendwo eine versteckte Kamera oder dieser Abend war einfach vollkommen außer Rand und Band geraten.

»Na los, lassen wir die zwei allein. Oder so allein wie möglich, wer weiß, wer hinter den Spiegeln sitzt.« Und ehe ich mich versah, zerrte Jordan mich an der Hand in Richtung Ausgang. Die kühle Abendluft, die uns empfing, war wohltuend und half mir fürs Erste den Schock zu überwinden. »Bist du so erschüttert, dass du kein Wort mehr herausbekommst?«

»Kann man so sagen«, brummte ich und kramte in meiner Hosentasche nach einer Zigarette.

Jordan legte mir beschwichtigend eine Hand auf die Schulter. »Wirst du es verkraften?«, fragte sie gespielt besorgt und brach dann in Gelächter aus.

»Haha. Ich hab einfach nicht erwartet sie dort anzutreffen und vor allem nicht dabei.«

»Du wirst damit klarkommen müssen, die beiden zusammen zu sehen.« Sie zuckte mit den Schultern.

»Ich werde ab sofort nur noch den vorderen Teil des Rix betreten«, meinte ich und konnte dank des beruhigenden Nikotins sogar wieder etwas lachen.

»Vergiss es, Gab«, sie streckte mahnend den Zeigefinger in die Luft, »du hast mich dahin geschleppt und jetzt will ich jeden einzelnen Raum kennenlernen. Ohne Wenn und Aber.«

»Na, da hab ich mir ja was eingebrockt.«

»Ich werde nicht nachgeben.«

»Vermutlich wird man mich einweisen, weil du mich an den Rand des Wahnsinns bringst.« Ich zog ein letztes Mal an der Zigarette, dann drückte ich sie aus und wir fuhren mit meinem Wagen an den Rohill Lake. Über einen abgeschiedenen Trampelpfad nah des Parkplatzes erreichten wir den See binnen weniger Gehminuten. Verloren und allein lag er im Schein des Mondes vor uns, als hätte er bereits auf uns gewartet.

Den Blick auf das Gewässer gerichtet, sprang Jordan plötzlich auf meinen Rücken und brachte mich damit aus dem Gleichgewicht, sodass ich torkelte.

»Was hältst du von Nacktbaden?«, flüsterte sie mir ins Ohr. »Oder ist dir das zu kalt?«

Genauso unvorbereitet, wie sie auf mich gesprungen war, rannte ich los ins Wasser und wirbelte sie dabei in der Luft herum. Ihre Lederjacke landete im See.

»Gab! Eigentlich wollte ich genau das vermeiden.« Mit geschürzten Lippen deutete sie auf ihre klatschnasse Kleidung.

»Seit wann bist du so empfindlich, Babygirl?« Ich näherte mich ihr und betrachtete ungeniert ihre Brustwarzen, die sich unter dem Oberteil abzeichneten. Mit einer flinken Bewegung zerriss ich den Stoff und Jordan stand lediglich in den Fetzen bekleidet vor mir. »Deinen Brustwarzen nach zu urteilen, offensichtlich sehr empfindlich, so wie sie abstehen.«

Mit gesenktem Blick machte sie sich an meiner Hose zu schaffen, bis sie meinen Schwanz befreit hatte und ihre zierlichen Finger ihn umfassten.

»Gab«, sie sah zu mir auf, »ich brauche es. Bitte.«

Ich legte meine Hand auf ihre, sie stellte ihre Bewegung ein. »Was brauchst du? Sag es mir, ich muss es hören.« Die letzten Tage, die letzten Wochen hatten mir so vieles vor Augen geführt, dass ich es nicht mit bloßer Unüberlegtheit vernichten wollte.

»Nimm mich, benutz mich«, sagte sie. »Fick mich genau so, wie du es in dieser einen Nacht getan hast.«

»Scheiße, Babygirl, hast du eine Ahnung, was du dir da wünschst?« Wenn sie so mit mir sprach, gleichermaßen bestimmt wie demütig, konnte ich mich nicht lang beherrschen.

»Wir haben schon alles getan, was Fehler hergeben: uns verletzt, uns verleugnet, uns verloren. Das sollte uns nicht davon abhalten, auf unser Herz zu hören. So verdorben und sonderbar die Wünsche sein mögen.«

Und so kam ich ihrem nach, küsste sie und genoss es, wie sich ihre Seele mir hingab, und das erste Mal tat ich es ihr gleich: Ich gab mich ihr hin. Bedingungslos und mit dem tiefsten Gefühl, das ich je für einen Menschen empfunden hatte.

EPILOG

1 Jahr später

Ungeduldig saß ich an der Kasse und verabschiedete die letzten Besucher der Galerie. Kurz vor meinem Studienabschluss hatte mich eine Dozentin der Leitung der Galerie empfohlen und seitdem jobbte ich ein paar Mal die Woche hier. Vor wenigen Wochen hatte ich sogar meine erste Führung halten dürfen und ich war noch nervöser als ohnehin gewesen, da es sich Bex nicht hatte nehmen lassen, dabei zu sein. Es war ein Wunder, dass sie es zeitlich einrichten konnte, da sie kürzlich ihren Master begonnen hatte und die meiste Zeit im Labor verbrachte. Natürlich hatte sie ihren Bachelor mit Bravour gemeistert und obwohl sie es nicht hatte zugeben wollen, hatte sie sich danach gesehnt, weiter zu studieren. Es hatte einige Überredungskunst von Ches und mir gebraucht, um sie zu überzeugen und ihr die Sorge zu nehmen, sich so weniger um ihre Familie kümmern zu können. Kaum hatte ihre Mum davon erfahren, hatte sie keine Widerrede geduldet und so war Bex schneller für den Master eingeschrieben gewesen als gedacht. Die Naturwissenschaft, insbesondere die Biologie, faszinierte sie seit der Junior High – während ich im Unterricht neben ihr gesessen und auf meinem Block herumgekritzelt hatte.

Auf einmal vibrierte mein Smartphone in der Hosentasche und ich rechnete schon fast damit, dass sich Gab verspätete, als ich die Nachricht meiner besten Freundin las: *Halt dich fest, Jordan, mein Professor hat mir für nach dem Master eine Stelle angeboten! In der Forschung! Das müssen wir feiern, stell die Cocktails kalt.*

Mit einem Lächeln im Gesicht antwortete ich ihr, da stürmte jemand durch die Tür und vor Schreck landete mein Smartphone auf der Theke vor mir.

»Hey, Babygirl.« Vollkommen in Schwarz gekleidet stand Gab vor mir und beugte sich zu mir herüber.

»Wie ein normaler Mensch eine Galerie zu betreten kommt dir auch nicht in den Sinn, was?« Grinsend näherte ich mich ihm, bis sich unsere Lippen berührten.

»Ach, normal kann doch jeder«, raunte er, vergrub seine Hand in meinem Haar und küsste mich. Er küsste mich, als konnte er es gar nicht erwarten und genug davon bekommen.

»Gab«, brachte ich zwischen mehreren Küssen hervor und löste mich schließlich von ihm, »lass mich die Galerie abschließen, dann können wir fahren.«

Nach einem letzten Kontrollgang löschte ich sämtliche Lichter und schloss die Türen ab. Bereits nach kürzester Zeit hatte Mrs Burton, die Galerieleiterin, mir Verantwortung übertragen und ich wollte sie keinesfalls enttäuschen. Wobei Mrs Burton, eine international anerkannte

Kunstwissenschaftlerin, so begeistert von mir war, dass sie mir eine Festanstellung angeboten hatte. Deshalb ging es für mich demnächst nach London.

»Wie war dein Termin mit Mr Johnson?«, fragte ich, als wir beide in seinem Chevrolet saßen und in Richtung Prattsville fuhren.

»Sehr erfolgreich, wir haben bereits einige Termine mit möglichen Geschäftspartnern in London. Das passt also zeitlich zu deiner Weiterbildung.« Gab lenkte den Wagen auf die Autobahn, beschleunigte und zog an einigen Lastkraftwagen vorbei.

Ich sah aus dem Fenster und betrachtete den Umriss von West Barnes, die nächstgrößere gelegene Stadt, die von Prattsville eine Stunde Fahrt entfernt war. Wolkenkratzer schossen in die Höhe und die untergehende Sonne stand am Horizont. »Und was ist mit Ches? Wird er mitkommen?«

Gab seufzte. »Er liegt mir seit drei Wochen mit dieser Abschlussarbeit in den Ohren, die er fertigstellen muss, und er findet jedes Mal eine andere Ausrede.«

»Na ja, mit euren Geschäften am Börsenmarkt macht ihr genügend Geld, da braucht er sich darum keine Sorgen zu machen«, meinte ich lachend. »Allerdings werden sich das weder sein Dad noch Bex lange gefallen lassen. Immerhin wollen die beiden sich bald ein Appartement anschauen.«

»Spätestens wenn Bex auf den Tisch haut, wird er es kapieren. Der steht ja mittlerweile genauso unter ihren Pantoffeln wie ich unter deinen.«

»Ach, ist das so?« Ich ließ meine Hand in seinen Schritt gleiten, woraufhin er scharf die Luft einsog und seine Fingerknöchel sich so fest um das Lenkrad krallten, dass sie weiß hervortraten.

»Fuck, Jordan, willst du, dass ich uns umbringe?«, stieß er mit mahlendem Kiefer hervor.

»Ich glaube, da machen sich bei mir Entzugserscheinungen vom Rix bemerkbar«, schnurrte ich übertrieben anzüglich und begann meine Hose zu öffnen. Mit den Fingern strich ich über die glattrasierte Scham, während Gab mich aus dem Augenwinkel beobachtete, wie ich mich selbst anfasste. Nässe umschloss meinen Finger und ich führte ihn an meine Lippen, um ihn abzulecken.

»Du forderst es wirklich heraus, Babygirl.« Dann trat er aufs Gaspedal und wir ließen West Barnes endgültig hinter uns. »Stell dich darauf ein, dass du die nächsten Tage nicht sitzen kannst – ich mein, du kannst es schon, aber es wird dich jedes Mal daran erinnern, dass deine Pussy wegen mir glüht.« Das schmutzige Grinsen auf seinem Gesicht galt ganz mir und der Vorfreude auf die kommenden Stunden.

»Das macht den ganzen Spaß doch erst aus«, erwiderte ich. »Nur weil wir ein gewöhnliches Berufsleben führen, heißt das noch lange nicht, dass es alle Bereiche unseres Lebens betrifft.«

Er schnalzte missbilligend mit der Zunge. »Gewöhnlich, was ist schon gewöhnlich, wenn man sich es zu eigen macht?« Sein Blick streifte mich für einen kurzen Augenblick und obwohl darin ein Schatten lag, so dunkel wie die Nacht, erstrahlte ein Fünkchen. Für mich, für uns.

ENDE

BONUSSZENE

Bex

Vor zwei Jahren

Hier, Bex, dein Trinkgeld von heute.« Dorian hielt mir die Geldscheine hin, die ich entgegennahm und provokativ in meinen Ausschnitt steckte.

»Danke, Dorian.«

Er fuhr sich mit der Hand durch das grau melierte Haar und stützte sich am Tresen ab. Die Ärmel des schwarzen Hemdes hatte er hochgekrempelt und es spannte sich um seine trainierten Oberarme. Ich konnte – oder vielmehr wollte – es nicht leugnen, er war heiß. Er war mein Boss, gut fünfzehn Jahre älter als ich und vielleicht genau deshalb heiß. Ich hatte schon immer was für ältere Männer übrig gehabt. Jordan witzelte immer, ich hätte einen Daddy-Komplex. Etwas, das ich ebenso wenig leugnen konnte. Als meine kleine Schwester Holly auf die Welt gekommen war, war es ihm wohl zu viel Verantwortung geworden und eines Tages war er verschwunden. Er hatte meiner Mom das letzte Geld genommen und seitdem war er für mich gestorben. Ich brauche keinen Mann, der mich finanzierte. Auch wenn das bedeutete, dass ich seit meiner Kindheit zurücksteckte, damit es wenigstens Holly gut ging. Ich arbeitete bereits als

Jugendliche neben der Schule und hatte zeitweise zwei Jobs gleichzeitig, was ich meiner Mom selbstverständlich nicht mitteilte. Sie schuftete ohne Ende im Krankenhaus, um ihre Töchter über die Runden zu bekommen.

»Nun geh schon, mach früher Feierabend«, meinte er. »Ich spüle die letzten Gläser ab.«

Ich wandte mich ihm zu, warf das Küchentuch auf meine Schulter und legte die Hand auf Dorians Brust. »Ich schwör's dir, zu deinem Geburtstag bekommst du einen Pokal mit der Aufschrift *Weltbester Boss*.«

Daraufhin lachte er kehlig und legte seine Hand auf meine, da wurde plötzlich die Tür zum Pub aufgerissen.

»Tut mir leid, wir haben schon –« Ich hielt inne, als ich mich zu dem neu eingetretenen Gast umgedreht hatte. »Ches, hey.«

Die Haare zu einem unordentlichen Knoten an seinem Nacken gebunden und den Blick auf mich gerichtet, stand er inmitten des Pubs. »Hey.«

Er war wütend, das erkannte ich an der Einsilbigkeit und Tonlosigkeit in seiner Stimme. Shit, klar war er das! Schnell nahm ich die Hand von Dorians Brust, hing das Küchentuch an seinen Platz und friemelte die Schürze umständlich von meinen Hüften. Wie mochte das für Ches nur ausgesehen haben? Dorian und ich, wie wir so nah beieinanderstanden und die Hände aufeinandergelegt hatten – zu nah für Chef und Angestellte. In Ches' Augen.

»Was machst du hier?«, fragte ich ihn, während ich endlich diese verdammte Schürze abbekam und achtlos auf die Theke schmiss.

»Dachte, ich hole dich ab. Sonst hättest du im Dunkeln allein nach Hause gemusst.«

»Das ist …« Komisch. Und irgendwie lieb. Eigentlich mehr lieb, aber ich war so überrumpelt von seinem Auftauchen, dass ich Schwierigkeiten hatte, angemessen darauf zu reagieren. »Echt lieb«, beendete ich den Satz, griff nach meiner Handtasche und verabschiedete mich von Dorian. Dann verließ ich, gefolgt von einem grummeligen Ches, den Pub. »Ich hatte nicht mit dir gerechnet«, durchbrach ich die Stille, während ich aus meiner Handtasche eine Schachtel Zigaretten nahm und mir eine Kippe anzündete.

»Muss ich mich immer anmelden?«, brummte er, die Hände in die Hosentaschen geschoben.

Ich zuckte mit den Schultern und stieß den Rauch aus. »Was zur Hölle tun wir hier?«

Nun hob er endlich den Blick und in ihm lag eine unergründliche Tiefe. Eine Seite an Ches, die er mir nur zeigte, wenn wir ganz allein waren. »Jedenfalls nicht das, was wir heute Morgen getan haben.«

»Ich kann nicht den ganzen Tag mit dir im Bett liegen«, versuchte ich es lustig, was allerdings nicht sonderlich gut bei ihm ankam.

»Das ist alles, was du in uns siehst?« Jetzt wirkte er weniger wütend als traurig.

»Fuck«, spie ich und zog an der Zigarette, ehe ich weiterfuhr. »Wenn es was gibt, was du von mir hören willst, dann sprich es aus, Ches. Ich kann verdammt noch mal keine Gedanken lesen.«

Eine Sekunde verging, zwei, drei und dann kam er auf mich zu, drückte mich gegen ein Auto und legte den Zeigefinger an mein Kinn. »Der Kuss. Der Kuss, Bex.«

Er war mir so nah, dass sein heißer Atem meine Wange streifte, und doch spürte ich, dass es nicht genug war. Heute

Morgen war es genug gewesen. Genug, als er mir eine Strähne hinter mein Ohr strich und mich mit einem Blick bedachte, der meinen Herzschlag aus dem Takt brachte. *Da-damm. Da-da-damm.* Und seine Lippen, so weich und warm, die mich küssten, meine Brustwarzen liebkosten, und seine Hand, die sich um meinen Hals legte, in mein Haar griff.

»Welcher Kuss, Ches?«, erwiderte ich grinsend. »Es gab so viele zwischen uns.«

»Genau das, Bex.«

Er hatte recht, bei so vielen Küssen, die wir miteinander geteilt hatten, musste etwas zwischen uns sein. Sowohl er als auch ich wussten es.

Ich war gefangen. In seinen Augen, die mich beobachteten, viel zu intensiv. Viel zu vertraut, als dass ich darüber hinwegsehen konnte. Ches beugte sich zu mir, er roch nach Whisky und herbem Parfüm. Er war zuvor wohl im Rix gewesen.

»Hattest du was mit ihm?«, fragte er mit einem Mal.

Ich runzelte die Stirn. »Mit Dorian?«

Seine Finger legten sich an meine Wange und mit geschlossenen Augen sah er auf mich herab. »Es macht nichts, wenn du mit ihm geschlafen hast.«

»Ach, nein?« Die Überraschung war deutlich aus meiner Stimme herauszuhören. Immerhin hatte ich keine Ahnung, was all das bedeutete – diese Sache, die wir seit Gabs Verschwinden am Laufen hatten und die sich bereits Monate zuvor angebahnt hatte.

»Wie hat er dich genommen?«

»Von hinten.« Kaum hatte ich diese erbärmlichen zwei Worte ausgesprochen, wurde mein Mund staubtrocken. Scheiße, was sollte das? »Einmal, Ches, es war –«

»Pssst.« Nun legte er den Zeigefinger auf meine Lippen. »Warum glaubst du dich rechtfertigen zu müssen, Bex?«

Gute Frage. »Ich weiß nicht.«

»Weil dir das hier«, er zeigte zwischen uns hin und her, »wichtig ist. Wichtiger ist, als du zugeben würdest.«

Ich schluckte. Ich wollte schlucken, aber mein Mund war nach wie vor staubtrocken. »Vielleicht, Ches, hast du recht. Aber haben wir es so lange zurückgehalten? Ich weiß, dass du mich schon wolltest, als Gab noch da war. Ich hab deine Blicke gespürt, immer.« Meine Stimme überschlug sich.

Ein heiseres Lachen entschlüpfte ihm und endlich öffnete er wieder die Augen. »Er wird wieder zurückkommen.«

»Und dann? Bist du so ein Scheißfeigling?«

»Ich? Bex, er ist seit zwei Monaten weg und nicht mal Jordan weiß davon. Nicht mal deine beste Freundin.«

Fuck, ja. Ich wollte mich nicht so offensichtlich geschlagen geben, also presste ich mich gegen ihn und atmete seinen Duft ein. »Ich hab keine Lust, dass wir alles verlieren, nur weil wir es zu schnell angehen.« Und weil ich noch nicht wusste, wie das mit uns funktionieren sollte. Seine Familie hatte so viel Geld, dass sie sich damit den Hintern abwischen konnte, und meine – tja, meine war nicht mal richtig vorhanden. Holly und Mum waren alles, was ich hatte und niemals verlieren wollte.

»Ich erkenne die halbe Wahrheit in deinen Augen, Rebecca.«

»Cheston«, äffte ich ihn nach.

»Du musst in dem Schuppen nicht bis zum Umfallen schuften«, sagte er. »Ich kann dir Geld geben, du brauchst es mir nicht zurückzuzahlen.«

Wut fuhr mir urplötzlich durch die Glieder und ich schubste Ches von mir weg, sodass er nach hinten torkelte. »Ist das dein Scheißernst? Du bietest mir Geld an? Verdammt, ich brauch dein beschissenes Geld nicht! Ich bin mein ganzes Leben lang ohne das Geld irgendeines Mannes zurechtgekommen, da brauch ich deines erst recht nicht!« Ich machte auf dem Absatz kehrt, Tränen des Zorns stiegen mir in die Augen und auf einmal wurde ich nach hinten gerissen. Ches' Finger umfassten mein Kinn und zogen mich an ihn heran. Wir sagten nichts, einzig die Wut auf uns selbst und diese verfluchte Anziehungskraft, gegen die ich nichts tun konnte, standen zwischen uns. Ich wollte mich gegen sie sträuben, doch mein Widerstand zerfiel in Asche, als Ches seine Lippen auf meine legte. Wie oft hatte ich mich genau danach gesehnt?

Zu oft, lautete die Antwort, viel zu oft.

DIR HAT DIESES BUCH GEFALLEN?

Dann freue ich mich über jede noch so kurze oder längere Rezension, damit noch mehr Menschen die Geschichte entdecken!

DANKSAGUNG

Dass ich eines Tages unter diese Geschichte »Ende« schreiben würde, war lange nicht klar. Denn ich habe *Sinner's Promise* in einer Zeit geschrieben, in der ich Selbstzweifel hatte. Zweifel, wie es mit dem Schreiben allgemein weitergehen soll. Zweifel, wie es mit der Geschichte weitergehen soll. Aber nun ist sie beendet und ich habe es wohl der Geschichte an sich zu verdanken, denn jedes Mal, wenn ich das Dokument geöffnet habe, waren die Zweifel weg. Jordan und Gabriel haben mir unsagbar viel Spaß bereitet – weil sie anders, wild und unberechenbar sind.

Und wenn sie euch ebenso viel Spaß beim Lesen wie mir beim Schreiben bereitet haben, habe ich alles richtig gemacht – von der Entscheidung, es überhaupt zu veröffentlichen, und schließlich im Selfpublishing.

Danke fürs Zweifelvernichten, fürs Zuhören, fürs Dasein – Sarah, Becky und Becca. Wer auch immer mir euch geschenkt hat – das Schicksal oder eine andere höhere Kraft –, ich bin auf ewig dankbar.

Auch gebührt Nina Hirschlehner ein großes Dankeschön für das Cover sowie die Postkarten! Ebenfalls danke ich Eileen für das Korrektorat – damit auch das Innere des Buches funkelt!

Da ich die Danksagung diesmal kurzhalten möchte, will ich nur noch eines loswerden: Selbstzweifel sind okay. Aber ihr seid genauso okay. Perfekt zu sein bedeutet nicht makellos zu sein. Perfekt zu sein bedeutet perfekt man selbst zu sein.

Alles Liebe
eure Sophie

ÜBER DIE AUTORIN

Sophie L. Gellar ist das Pseudonym einer deutschen Autorin, die unter ständigem Fernweh und unbändigen Plotbunnies leidet. Zwei Tage vor Weihnachten in der Pfalz geboren, hat es sie inzwischen der Liebe wegen in die Großstadt Berlin verschlagen.

Meist schreibt sie an mehreren Projekten gleichzeitig und das am liebsten nachts, wenn ihre Inspiration auf Hochtouren arbeitet, und mit Musik auf den Ohren. Und wenn sie das mal nicht tut (was durchaus vorkommt), versinkt sie in den Höhen ihres Stapels ungelesener Bücher und träumt von einem Roadtrip durch die schottischen Highlands. Derzeit befindet sie sich in den letzten Zügen ihres Germanistik- und Kunstgeschichtsstudiums.

Über eine Nachricht auf Facebook, Instagram oder per E-Mail freut sie sich sehr! Ebenso über einen Besuch auf Pinterest, wo man stets Einblicke in aktuelle Schreibprojekte erhält.

WEITERE BÜCHER DER AUTORIN

Ein Liebesroman über einen Maler, seine Muse und die tausend Farben dazwischen …

Exklusiv auf Amazon erhältlich!

Printed in Poland
by Amazon Fulfillment
Poland Sp. z o.o., Wrocław

25322431R00156